보석을 토하는 소녀

~그녀의 마음과 그의 마음~

4

나미아토 지음 | **케이** 일러스트 | **김현화** 옮김

리아피아트

대륙 동부에 위치한. 루카 가도의 역마을로 번영했던 도시. 과실과 화훼의 명산지. 치안이 좋고 기후가 온난하여 살기 좋은 곳으로 알려져 있다.

코쿠디에

'물의 도시'라는 두 번째 이름을 가지고 있는. 수로가 발달한 도시. 비교적 추운 지방이므로 겨울이면 눈이 쌓이지만, 수로는 일 년 내내 얼지 않는다. 마녀협회 지부가 있어서 마법사들의 거점 중 하나인 도시이기도 하다.

피네치카

리아피아트 시에서 루카 가도를 서쪽으로 나아간 곳에 있는 도시. 과실을 가공한 과자가 유명한데. 이는 리아피아트 시에서 수확한 과실이 이곳에서 가공되어 루카 가도로 운반되기 때문이다. 클루롤 보석상회 지부가 자리한다.

a Leaxfiat
Scene

Housekihaki No
Onnanoko

Natsu

소아란

마녀협회에 소속된 마법사.
사람을 대하는 태도가
나긋나긋하고, 중성적인
이목구비를 한 청년.
하지만 그 정체는 사랑스러운
소녀로 변신하여 '마법소녀
나기땅'이라고 이름을 대는
변태.

Sio
La

나츠

리아피아트 지부에 재적하고
있는 민완 경위. 시원스런
성격에 깔끔한 스타일의
여성. 스푸트니크와는
앙숙이다.

Illa

일라쟈

마녀협회에 소속된 마법사.
플래티넘 블론드의 긴
머리카락이 특징인
말수가 적은 여성.
소아란의 부하로
그를 좋아한다.

Clue

클루

스푸트니크 보석점의 종업원.
잘 웃고 잘 화내는
밤색 머리를 한 여자아이.
'보석을 토하는' 불가사의한
체질의 소유자.

스푸트니크

스푸트니크 보석점의 점주.
외모만큼은 쓸데없이 멋지지만,
입버릇이 나쁜 짓궂은 청년.
클루의 체질을 알고 있지만,
그녀에게 위험이 미치지 않도록
주위에 비밀로 하고 있다.

Sputnik

character
Housekihaki no Onnanoko

유키

클루롤 보석상회의 직원으로
스푸트니크 보석점을
관리담당하는 여성.
부드러운 인상을 주는
여성이지만……?

Yuki

엘사

카페 피네의 웨이트리스.
포니테일이 잘 어울리는
온화한 여성.
붙임성 있는 성격으로
나츠와 친한 사이.

Elsa

Housekibaki no Onnanoko

Written by Namjaro
Illustration by Kei

Housekihaki
no
Onnanoko
Written by Namiato,Illustration by Kei

4

프롤로그

——량.

이름을 부르는 파트너의 목소리가 지금도 여전히 귓가에
남아 있다.

*

이 공간 안에서 제대로 된 일을 겪은 전례가 없다.

그 사실을 알면서도 방문할 수밖에 없었던 이유는 전적으
로 자신이 짊어진 직책 때문이었다. 마녀협회 코쿠디에 지
부 부지부장이라는 직책을 가진 그는 방 주인을 앞에 두고
속으로 한숨을 쉬었다.

"소아란. 그 이야기 들었어요?"

서류 최종 확인 때문에 호출을 받아 우울한 기분으로 찾
아간 지부장실. 되도록 짤막하게 끝내고 싶어서 사전에 꼼
꼼하게 정리했던 설명은 10분도 채 지나지 않아 끝났지만,
그녀는 역시 그가 그대로 물러나는 것을 용납하지 않았다.

그녀가 그 한마디로 불러 세우자 그는 붙잡고 있던 문고
리를 마지못해 놓았다. 그리고 몇 박자 두고 천천히 돌아서
자 창가에 서 있던 그녀와 시선이 교차했다.

"무슨 이야기 말인가요?"

"마법사 몇 사람이 일반 시민을 유괴하려고 했다던데?"

듣지 않았을 리가 없다.

얼마 전에 있었던 일이다. 이곳에서 동쪽에 위치한 도시 피네치카에서 마법사 세 사람이 '마력 없는' 소녀를 납치해 위해를 가하려 했던 사건이 발생했다. 그녀가 묻는 것은 아마도 그 사건일 것이다.

사정 청취 중에 범인들은 "우리가 잡으려고 했던 소녀는 '광석증' 혐의가 있는 아이로, 확보해서 검증할 필요가 있다" 라고 한 말이 협회를 순식간에 떠들썩하게 만들었다.

광석증이란 '사람이나 생물이 보석을 토하게 만드는' 환상의 마법으로, 마법사 사이에서는 옛날부터 그 존재가 전해져 내려오고 있었다. 마법사에게 있어서 불가결한 도구인 보석을 한없이 생산해낼 수 있는 인간이 있다고 한다면 그것은──. 협회 본부는 광석증 개발을 위해 이 현대 시대에도 '실험'을 반복하고 있으니, 그러한 능력을 지닌 소녀가 발견된다면 틀림없이 마법사들에게는 일대 뉴스가 될 터였다.

……하지만 막상 뚜껑을 열어보니 이렇다 할 게 없었다. 해당 소녀는 이미 '광석증' 검사를 완료했으며 음성으로 결론이 난 보고서도 협회 본부에 확실히 제출되었었다. 더구나 범인을 추궁한 결과, 그 보고서 작성자가 마음에 들지 않아서 일을 저질렀다는, 지극히 자기 본위적인 동기를 자백했다는 구절을 읽은 시점에서 소아란은 조서를 더 이상 훑어보지 않았다.

애초에 그런 조서 따위를 읽지 않아도 소아란이 상세한 사항을 모를 리가 없었다. 어차피 자신이 그 보고서의 작성자이며, 더구나 사건이 일어났을 때 그 도시에 있었으니 말이다. ——그러나 전자는 어찌 됐건 후자는 입이 찢어져도 말할 수 없는 사실이다. 그래서 대신,

"중대한 일이군요."

라고만 답했다.

마녀협회 코쿠디에 지부 지부장. 그녀의 이름은 자보트였다.

그녀는 명망 있는 마법사 가문의 출신으로 혈통도 마법 재량도 나무랄 데가 없었다. 실제로 그녀의 어머니도 협회 본부의 중책을 맡고 있으며, 그녀 자신도 장래에 협회 본부로 진출할 예정이었다. 그런 사실을 생각해보면 이 사람과 '돈독한 관계'를 만들어두는 편이 확실히 차후에 도움이 될 터였다. 그러한 사실은 알고 있지만 소아란은 도무지 이 여자를 호의적으로 볼 수가 없었다.

"그 건에 대해서 당신은 어떻게 생각하죠?"

예상했던 질문이었다.

몇 번이나 다듬은 대본을 암기하는 듯한 마음가짐으로 답했다.

"'광석증' 말인가요? 제 약혼자가 연구를 했지만, 역시 미심쩍은 부분이 많은 것 같습니다. 요전번에 검사를 신청한 리아피아트의 여자아이 건도 목격자——유괴 사건의 범인

이라고 해야 할까요——의 단순한 허튼소리, 망언이었고 말이죠."

"그쪽이 아니라."

그러나 그녀는 그 흔들림 없는 대답을 가로막았다.

떨어뜨린 시야에 그녀의 발언저리가 비쳐서 고개를 들었다. 어느새 다가온 그녀는 오목조목한 그 얼굴에 매혹적인 미소를 짓고 있었다.

"당신을 신용하지 않는다고 하는 자들에게 뭔가 생각하는 바라도 없냐는 말이죠."

그쪽이었군.

그건 그것대로 그의 마음속에 '대본'이 이미 준비되어 있었다. 시선을 또다시 떨어뜨렸다.

"……걱정스런 일이군요. 성차별은 철폐되었을 텐데 말이죠."

"하지만 현재, 협회 본부 중역 중에 남성은 확실히 없어요. ——소아란."

가느다란 손가락이 그의 가슴에 닿았다.

"내 이름만 있으면 당신을 지금보다 더 출세시키는 일 따윈 어렵지 않아요."

"농담도 잘하시는군요."

"농담이 아니에요."

이 대화를 지금까지 몇 번이나 나눴는지 모른다.

뿌리치지도 밀치지도 못한 채 말로만 부드럽게 거절했다.

그러한 소아란의 가슴을 그녀는 서늘한 눈동자로 지켜보고 있었다.

"언제쯤일까요. 당신이 이 단추를 푸는 날은."

보통 단추와는 색이 다른 그것은 마법사 작법으로 상복을 입었다는 사실을 나타낸다. 소아란은 약혼자인 그녀가 세상을 떠났다는 사실을 알게 된 날부터 그 단추를 단 한 번도 풀지 않았다.

하지만 그 자세를 탐탁찮게 여기는 사람도 있는 모양이었다.

"그녀를 다시 만나는 날이겠죠."

"계속해서 그 여자의 망령에 얽매여 사는 건 어리석다고 생각하지 않아요?"

"처리할 일이 있으니 이만 실례하겠습니다."

더 이상 약혼자에 대해 이야기하고 싶지 않았다. 한 발 물러나 그녀의 손에서 거리를 두고 오른쪽으로 돌아 문고리를 잡았다.

"소아란."

이름을 불려도 더 이상 들리지 않는 척했다. 문을 필요 최소한만큼만 열고 틈으로 몸을 미끄러뜨리듯이 복도로 나와 바로 닫았다. 그녀가 자신을 쫓아서 방을 나오는 일은 없었다.

새어 나올 듯한 한숨을 어금니를 악물어 참았다. 어디에 누구의 눈이 있을지 알 수 없는 협회 복도다, 마음을 놓기

엔 일렀다. 왼쪽으로 향하자, 복도 안쪽에서 다급히 숨는 누군가의 모습이 보였다. 누군지는 모르지만 어차피 지부장실에서 부지부장이 혼자, 동행하는 이도 없이 나온 것에 대해 또다시 뭔가 좋지 않은 소문을 흘리겠지. ──지긋지긋하다.

시선만 바닥으로 떨어뜨리고 먼 하늘 아래를 생각했다. 동쪽 도시의 어느 아담한 보석점.

종업원인 그녀는 오늘도 과연 씩씩하게 웃고 있을까.

*

리아피아트 시(市)는 대륙 동부에 위치한 루카 가도의 역마을로 번영했던 중소 도시였다.

일 년 내내 온난한 기후 덕분에 각종 과실과 화훼의 산지로 알려진 그 도시는 마녀협회 지부는 없지만, 경찰국의 치안 유지 활동이 상당히 우수하여 미해결 사건은 제로나 마찬가지였기에 무척이나 살기 좋은 땅이었다.

그런 도시 한쪽 구석에 점원 두 사람이 일하는 아담한 보석점이 있었다. ──'스푸트니크 보석점'.

그녀의 마음

Housekihaki no Onnanoko

1

단골 찻집은 밤이 되자 간이 술집으로 바뀌었다.

그건 그가 이 도시로 이사 왔을 적부터 쭉 그랬으며, 그리고 그것은 오늘 밤도 마찬가지였다. 스푸트니크 보석점 점주인 스푸트니크가 이 가게의 입구를 밀어젖히자 동여매어 있던 종이 술을 즐기던 손님들의 떠들썩한 소리에도 아랑곳하지 않고 점내에 울려 퍼졌다.

"어서 오세요!"

종소리를 쫓듯이 울려 퍼지는 익숙한 웨이트리스의 목소리에 가볍게 손을 들어 인사를 대신했다. 빈자리에 적당히 앉아서 가게를 둘러보자 전표를 쥔 웨이트리스——엘사가 바로 다가왔다.

"스푸트니크 씨, 오셨어요? 오늘은 저녁 드시러 오셨어요? 아니면 한잔하러 오셨어요?"

"한잔하러 왔어. 맥주랑 안주 좀 줘. 아무거나 괜찮아, 맛있는 걸로 줘."

"어머나 무슨 소리세요, 우리 집 요리는 뭐든 맛있는걸요. ——알겠습니다. 잠시 기다려주세요."

"그리고."

전표를 들고 등을 돌린 엘사를 아슬아슬하게 붙잡았다. 빙그르 돌아서 "무슨 일이에요?" 하고 미소 짓는 그녀에게 스푸트니크는 이런 질문을 던졌다.

"홀 케이크, 금방 준비 가능할까?"

"네에? 있어요. 딸기 케이크면 될까요? 잠깐만 기다리세요."

"내가 받겠다는 게 아니라."

그러자 엘사가 의아한 듯이 고개를 갸웃거렸다.

말이 아니라 손가락으로 이어지는 말을 나타냈다. 근처 테이블을 여기저기 이동하며 단골들과 즐겁게 술을 마시고 있는 손님 한 사람의 모습이 보였다. "내가 아니라 저 녀석한테 줘."

"왜요?" 하고 질문받았지만 그 질문에 대답하지 않고 그냥 얼른 줘, 하고 재촉하듯이 말하자 역시 그녀는 의아한 표정을 지었으나 주문한 요리를 내기 위해 주방으로 들어갔다.

머지않아 주방에서 나온 엘사는 스푸트니크가 요청한 대로 크림이 듬뿍 얹어진 커다란 홀 케이크를 들고 있었다. 질문을 던지듯이 이쪽으로 향한 시선에 고개를 한 번 끄덕여서 답했다. 그녀는 빙긋이 웃더니 포니테일을 흔들며 지정한 사람의 곁으로 향했다.

스푸트니크보다 키가 조금 큰 그 사람은 엘사와 나란히 서 있자 더욱 커 보였다. 엘사의 손에 눈앞에 놓인 커다란 케이크에 그가 미소를 활짝 짓는 것을 확인하더니 스푸트니크는 자리에서 일어났다.

"어라, 이 케이크, 뭐야 뭐야? 나한테 주는 거야? 고마워!"

"아니, 준다고 해야 할까――어라? 어딜 간 거지? 조금 전까지 저쪽 자리에 있었는데…….”

“와아 기분 좋아라. 이렇게 먹음직스런 케이크, 어떤 귀여운 아가씨한테서 온 선물일까. 맞다, 괜찮다면 그 아가씨도 같이 웁.”

말이 도중에 끊어진 것은 다름 아니라 그의 얼굴이 케이크 안에 요란하게 처박혔기 때문이었다. ……그것은 물론 그의 뒤통수를 잡고 케이크에 처박은 인물이 있었기 때문이다. 이미 거나하게 취한 단골손님들이 갑작스런 구경거리에 눈을 휘둥그레 뜨고 한꺼번에 들끓었다.

잠시 후, 케이크 안에서 얼굴이 느릿느릿 올라왔다. 그 목은 마찬가지로 느린 동작으로 등 뒤에 서 있는 스푸트니크 쪽을 향했다.

크림에 파묻힌 얼굴이 어떤 표정을 짓고 있는지 전혀 판별할 수 없었다. 하지만 현재 상황을 기뻐하지 않는다는 사실만큼은 확실할 것이다. 새하얀 얼굴을 똑바로 쳐다보고 스푸트니크가 무표정하게 말했다.

“조건반사라는 건 무섭다니까.”

“나한테 슬슬 ‘사과’하는 편이 좋을 거야, 너!”

한 번 적이라고 인식하면 개선하기가 어려운 건지 아무래도 이 남자의 얼굴을 보면 공격하지 않고서는 배길 수 없었다. 대드는 그의 앞머리에서 날아오는 크림을 피하기 위해 한 발짝 물러섰다.

아주 깊이 한숨을 쉰 그는 뺨에 묻은 크림을 손가락으로

닦더니 입에 넣었다.

"그리고 조건반사가 아니라 명백하게 자각하고서 담담히 준비한 거잖아, 이거. ……아, 달고 맛있네."

그러고 보니 이 녀석은 단 음식이라면 사족을 못 쓰는 인간이었다. 다음엔 그라탕이나 고추를 산더미처럼 쌓은 음식을 준비해야겠다고 학습하며 스푸트니크는 다시 그를 쳐다봤다. 마녀협회 코쿠디에 지부 부지부장에다 사실은 단순한 변태이자 그 정체가 마법소녀인 남자, 소아란.

그는 엘사가 가져온 타월로 얼굴을 닦더니 원래 들고 있던 잔의 내용물을 단숨에 들이켰다.

"엘사, 이거 맛있네. 한 잔 더 줄래?"

이거라고 가리킨 것은 케이크가 아니라 음료일 것이다. 얼음 주위와 바닥 쪽에 희미하게 호박색 액체가 보였다. 엘사는 그의 손에서 잔을 받아들면서 마치 의외의 것을 봤다는 양 눈을 깜박였다.

"그런데 량, 오늘은 꽤 마시네. 무슨 안 좋은 일이라도 있었어?"

"……'량'?"

그리고 그녀의 말에서 흘려듣기 힘든 것을 듣고 스푸트니크는 무심코 반복해서 말했다. 뭐냐, 그 애칭은.

그에 답한 것은 소아란이었다. 얼굴 형태로 푹 파인 홀 케이크를 포크로 쿡쿡 찌르며 기분 좋게 말했다.

"아, 내 이름의 '소아'는 이쪽 대륙에서는 찾아보기 힘든

문화지만, 가명(家名)이란 거야. 그리고 '란'보다 '량'이 정식 발음에 가깝고. 그러니 너도 '량'이라고 불러도 돼."

"부르지도 않을 거고 신경 쓰이는 건 그게 아냐. 너희 왜 그렇게 친한 거야?"

"그 이후 량이 종종 와줬거든요. 음식도 먹음직스럽게 먹어주고 단골손님들이랑 술도 화기애애하게 마셔주니 저로선 기쁠 따름이죠."

"아하하. 이렇게 귀여운 웨이트리스가 있는 가게에서 술을 마실 수 있다면야 매일 달려와야지. 그런데 어째선지 오늘은 엘사가 한층 더 귀여워 보여서 아무래도 술이 자꾸자꾸 들어가네."

"어머나, 말은 잘하셔라."

"아, 물론 평소의 엘사가 귀엽지 않다는 건 아니야!"

여전히 촐랑대는 녀석이다.

하지만 신경 쓰이는 건 그 점이 아니라 이 남자가 빈번하게 리아피아트 시를 방문한다는 사실 쪽이었다. 종종이라는 말이 구체적으로 어느 정도의 빈도를 나타내는지는 모르지만, 적어도 마법사 녀석들에게 의심받지 않도록 해주길 바랐다. 그들에게 더 이상 이 도시를 침범당하고 싶지 않았다.

하지만 그 사실을 마법사에게 들킨다는 것은 바꿔 말해 그 혹은 마법소녀의 '무기'가 마녀협회에 알려진다는 사실로 이어지니 아마도 그 점에 있어서는 이 녀석도 잘 처리하고 있겠지. 그렇게 생각하면서 스푸트니크는 맥주를 한 모금 마셨다.

경박한 문구를 흘려들으며 엘사는 전표로 입가를 가리고 큭큭대며 웃었다.

"그치만."

역접을 말한 그녀는 눈을 가늘게 뜨고 갑자기 장난스러운 미소를 지었다. ──그러나.

다음 순간에 그녀가 한 말에는 그 자리에 있던 한 사람에게 있어서 전혀 웃을 수 없는 말이 담겨 있었다. 그것은──

"너무 많이 놀면 약혼자가 슬퍼할 거예요."

소아란의 뺨이 경직되었다.

때마침 방심하던 차에 오랜 상처를 건드렸다고 해야 할까. 그가 과거에 약혼자를 잃었다는 사실을 스푸트니크는 기억하고 있었다.

그리고 손님을 상대로 장사하는 엘사는 사람의 마음에 담긴 미묘한 사정을 알아차리는 데 예리했다. 아주 작은 변화였지만, 그의 미소가 일그러졌다는 사실을 확실히 알아차린 듯했다. 그리고 그 원인이 아마도 자신의 말에 있다는 사실도 알아차린 듯했다.

하지만 스푸트니크는 알고 있다. '그렇지 않다'. 그녀는 그 사실을 모른다.

"그래. 우리 가게에서 약혼반지를 맞췄었지. 헤어지면 곤란해."

맨 처음에 소아란을 이곳에 데려왔을 때 스푸트니크는 엘사에게 그를 '약혼자에게 줄 반지를 맞추러 온 고객'이라고 소개했다. 그래서 엘사는 '약혼자'에 대해서 말한 걸까. 다른 뜻은 전혀 없이.

절반은 건성이었지만, 그걸로 소아란은 알아차린 듯했다. 흔들리던 눈동자에 초점이 돌아왔다.

"아, 죄송해요. 제가…… 불길한 소릴 한 것 같네요."

"아니, 그럴 리가. 용케도 간파했다 싶어서 깜짝 놀랐을 뿐이야."

목소리 톤이 떨어진 엘사에게 소아란은 어깨를 으쓱하고 쓴웃음을 지어 보였다. 연기 같은 동작이었지만, 그 경박한 웃음은 무척이나 그다웠다.

"실은 여자 친구랑 때마침 다퉜던 차거든. 그것도 아침에 먹는 계란프라이에 소금을 뿌리는지 소스를 뿌리는지 하는 시시한 일로 말이야. 일단 화해는 했지만, 한창 다투던 중에 여자 친구가 '이대론 당신이랑 앞으로 몇 십 년 동안이나 같이 못 살 것 같다'고 말해서 아직 조금 응어리가 남아 있었거든. 어떻게 여자 친구의 마음을 풀어줄지 고민하던 게 생각났어. 신경 쓰이게 했나 보네, 미안."

용케도 그렇게 되도 않는 소리를 술술 내뱉었다.

스푸트니크는 도리어 감탄하며 소아란의 거짓말을 듣고 있었지만, 엘사 쪽은 미간을 찡그리고 심각한 듯이 "아, 그랬군요" 하고 맞장구를 쳤다.

"미안해요. 그런 줄도 모르고서."

"아니, 계속 피한다고 해서 될 문제가 아니니까——맞다, 엘사. 뭔가 좋은 어드바이스 없어? 같은 여성으로서 뭔가 이렇게 해주면 남자 친구를 용서할 수 있을 것 같다는?"

"글쎄요…… 저라면 맛있는 걸 선물로 사다 주면 조금은 용서할지도 모르겠네요."

"맛있는 거라! 그거 괜찮네, 참고할게."

"도움이 됐으면 다행이고요. 그런데 그럴 때는 저희 집 케이크나 젤리도 추천해요."

"아하하, 장사 잘하네. ——그럼, 추천하는 거 몇 가지 포장해줄래?"

"알겠습니다. 늘 감사합니다."

그렇게 말한 엘사의 표정에 이미 그늘은 없었고, 또한 자리에서 멀어져 가는 그녀의 등에 빙긋이 웃으며 손을 흔드는 소아란도 기분 좋음 그 자체였다.

여러모로 원만하게 해결된 것을 확인하고 스푸트니크는 원래 자리로 돌아갔다.

그러자 건너편으로 다가온 사람이 있었다. 물론 소아란이었다. 한 손에는 잔, 다른 한 손에는 움푹 파인 홀 케이크를 가져온 그는 허락도 받지 않고 마음대로 의자를 끌어다 앉았다. 그리고 오른손 검지를 세워서 스푸트니크에게 향했다.

"나이스 어시스트."

"넌 빈틈이 너무 많아."

이런 상태로 부지부장이라는 위치까지 잘도 출세했다 싶

었다.

마녀협회의 구성원들은 상당히 무능한 자들뿐인 걸까. 그렇게 생각하고 있다는 사실을 알아차렸는지 소아란은 멋쩍은 듯이 머리를 긁적였다.

"아니, 평소에는 좀 더 정신을 똑바로 차리고 있는데 아무래도 이 도시에 있으면 마음이 느슨해진단 말이지. 마법사들이 없으면……."

아무래도 부담이 없어져. 그렇게 말하고 과실주를 들이켰다. 이어지는 말을 알코올의 힘으로 목 깊숙한 곳까지 되민 것처럼 보이기도 했다.

무슨 일이 있었던 걸까. 애초에 이곳에서 멀리 떨어진 코쿠디에 시를 근거지로 삼고 있을 터인 그가 어째서 이곳에 있는 걸까? 그 '무언가'가 자신의, 혹은 자신들의 앞으로의 일과 관련돼 있다면 여기서 간과해서 될 일이 아니었다. 하지만——

"……흐응?"

소아란이 갑자기 지른 기묘한 소리 탓에 스푸트니크는 제정신으로 돌아왔다.

등에 갑자기 얼음이라도 집어넣으면 이런 소리가 나오지 않을까 싶었다. 쳐다보자 그의 눈이 스푸트니크의 등 뒤 창가 쪽으로 향해 있었다. 뭐가 있는지는 왠지 예상이 갔다. 왜냐하면 최근 들어 스푸트니크의 주변에서는 언제나 '그랬'기 때문이다.

돌아보았다. 이미 어두워진 창밖에 자그마한 사람 형체가 자리하고 있었다. 파카 후드를 빈틈없이 뒤집어쓰고 있는 것은 방재를 위해서가 아니라 자신의 정체를 숨기기 위해서일 것이다.

실내의 스푸트니크와 눈이 마주쳤다는 사실을 알아차리자 사람 형체는 다급히 창문 아래로 모습을 숨겼다. ──아니.

본인으로서는 숨어 있는 셈이겠지만 후드에 달린 곰의 귀가 남아 창문 건너편에서 대롱대롱 흔들리고 있었다. 이윽고 머리가 다시 조금씩 올라와서 두 개의 눈동자가 실내를 다시 들여다보던 차에 스푸트니크는 그쪽을 쳐다보기를 관뒀다.

그러나 수수께끼의 행동을 하는 그 소녀를 간과할 수 없었던 것은 소아란이었다. 눈을 동그랗게 뜬 채 스푸트니크에게 물었다.

"어, 저 귀여운 생명체는 뭐지?"

"저래 보여도 나름대로 숨은 거야. 눈이 안 마주치도록 해."

"아니, 하지만."

그냥 내버려두면 되는데 재미있는지 그는 수상쩍은 행동을 취했다. 그리고 그런 그녀를 내버려둘 수 없는 인간은 이 점내에 한 사람 더 있었던 모양이다.

"스푸트니크 씨."

엘사였다. 손에는 아무것도 들고 있지 않았다.

그녀는 테이블 옆에 서더니 얼굴을 이쪽으로 돌린 채 눈만 살짝 움직여서 창밖을 가리켰다.

"저 앙증맞은 수상한 사람은 어쩔 생각이에요? 밖이 좀 싸늘해진 것 같은데요."

살며시 등 뒤를 쳐다봤다.

말하기가 무섭게 클루는 입을 틀어막고 고개를 살짝 흔들었다. 무언가를 토하는 것이 아니라 단순히 재채기를 했을 뿐인 듯했다. 흘러내린 콧물을 주머니에서 꺼낸 티슈로 닦더니 코가 빨개진 것도 개의치 않고 그녀는 다시 '감시' 태세로 돌아갔다.

──못 말린다니까.

감기에라도 걸리면 일손이 부족해진다. 그렇게 생각한 스푸트니크는 지갑에서 돈을 얼마쯤 꺼내더니 엘사에게 쥐어주었다.

"적당한 자리에 앉혀서 따뜻한 거라도 내줘. 주문을 잘못 받아서 남은 요리라고 말하든지 해서. 남은 돈은 팁이야."

"훗훗. 알겠어요."

"평소라면 주문을 잘못 받을 리가 없지만, 단골손님의 부탁이라면 특별히 들어드려야죠"라고 농담처럼 말하고 그녀는 포니테일을 흔들며 밖으로 나갔다. 정말로 야무진 웨이트리스다.

잠시 후 돌아온 그녀의 다리 언저리에는 롱파카를 걸친

한 소녀가 들러붙어 있었다. 뒤덮어 쓴 후드에 귀 두 개가 달려 있는 것과 마찬가지로 엉덩이 부근에는 작은 꼬리가 달려서 대롱대롱 흔들리고 있었다. 소녀는 엘사의 그늘에 숨다시피 해서 안쪽 자리로 안내받더니 그곳에서 다시 조금 전과 마찬가지로 이쪽으로 시선을 보내기 시작했다.

그만 한숨이 새어 나왔다.

숙이고 있던 고개를 들자 기묘한 표정을 지은 소아란과 눈이 마주쳤다. 웃으려다가 사정을 잘 몰라서 웃어도 되는지 망설이고 있는 눈치였다. 이윽고 그는 스푸트니크가 조금 전에 말하려고 했던 것과 완전 똑같은 말을 했다.

"……무슨 일 있어?"

"……최근에 좀 이상해."

＊

"……위험해."

창문 건너편에서 그가 돌아본 순간 클루는 서둘러 몸을 숙였다.

그대로 잠시 숨을 죽이고 기다렸다가 다시 살며시 들여다보았다. 밝고 즐거운 카페 피네 점내에서 스푸트니크는 조금 전과 변함없이 건너편에 앉은 청년과 계속해서 담소를 나누고 있었다. 아무래도 알아차리지 못한 것 같았다.

자신의 반사 신경이 뛰어나서 다행이라고 안도하는 것과

동시에 가능하다면 알아차려주기를 바랐다는 상반된 생각도 들었다. 그러다 다시 우울한 감정을 떠올리고 그녀는 시선을 가만히 떨어뜨렸다. 자신은 어째서 이런 행동을 하고 있는 걸까.

──머릿속을 스치는 것은 그의 약혼자라고 말한 마법사 여성이었다.

클루는 요전번에 방문한 피네치카 시에서 그의 약혼자라는 여성을 만났다.

그녀는 마법사에게 공격받은 클루를 감싸서 구해주고 마법사들을 물리쳐줬다. 상처 입은 자신을 걱정해준 것도 포함해서 무척이나 좋은 사람이었다. 하지만.

그를 가리켜 '약혼자'라고 불렀다는 사실에 클루는 무척이나 어두운 감정을 느꼈다. 지금까지 스푸트니크가 미소 지어준 여성들에게 느낀 분노와 질투와는 다른, 더욱더 괴로운 마음이었다. 이것을 뭐라고 불러야 할지, 사전에는 뭐라고 쓰여 있을지 클루는 아직 몰랐다.

그럼에도, 아니 '그러하기에' 그 도시를 떠나 리아피아트 시로 돌아온 지금도 스푸트니크가 자신이 모르는 곳에서 그 '약혼자'와 만나는 게 아닌지, 자신이 없을 때 '약혼자'가 그를 만나러 오지 않을지 생각하면 진정할 수가 없었다.

그래서.

그 도시에서 돌아온 이후 스푸트니크가 밤에 혼자서 나가려고 할 때면 클루는 늘 이렇게 뒤를 밟고 있었다.

밤이면 밤마다 외출하는 그의 뒤를 밟고 있다는 것은 현재 상황으로는 들키지 않은 모양이지——클루는 그렇게 생각하고 있었다——만 스푸트니크는 촉이 좋은 사람이니 언젠가는 들키게 될 것이다. 그렇게 되면 스푸트니크는 이런 행동을 한 이유를 설명하라고 할 것이다.

하지만 그 사실을 그에게 말할 수 있을 리가 없다. 그래서 들키기 전에 관둬야 한다는 사실을, 자신의 마음에 매듭을 지어야 한다는 사실을 알고 있었다.

알고는 있지만.

——싸늘하게 차가운 바람이 뺨을 어루만지자 코에 위화감이 느껴졌다. 그 직후,

"흐…… 에취."

재채기가 한 번 나왔다.

다급히 티슈를 꺼내 흘러내린 콧물을 닦았다. 공허한 마음을 느끼면서 티슈를 주머니에 집어넣은 그때였다.

"안녕?"

등 뒤에서 목소리가 들려 클루는 자지러질 만큼 놀랐다.

당황해서 돌아보았다. 우선 눈에 들어온 것은 하얀 에이프런이었다. 밤의 거리인데도 그 하양은 무척이나 하얗게 클루의 눈에 비쳤다.

뒷짐을 지고 미소 짓는 그녀를 클루는 잘 알고 있었다. 카페 피네의 웨이트리스 엘사였다.

클루는 인사를 하는 그녀에게 다급히 고개를 숙였다.

"아, 안녕하세요."

"이 시간에는 술 취한 사람이 많아서 들어오기 힘들지? 미안해. 저녁 먹으러 왔지? 자 어서 들어와."

그리고 엘사는 클루를 안내하듯이 가게 입구를 가리켰다.

하지만 클루에게는 그 요청에 응할 수 없는 이유가 있었다. 점내에 스푸트니크가 있기 때문이다. 단순히 저녁을 먹으러 왔다고 해도 예리한 그가 믿어줄지 어떨지 미지수였다.

"……저기, 그게."

"아, 혹시 그냥 지나가던 길이었어? 나도 참."

"그, 그런 건 아니지만."

지나가던 길이라고 거짓말을 할 수 있을 리도 없지만, '스푸트니크를 쫓아서 왔다'는 말을 할 수 있을 리도 없었다. 부끄러워져서 후드 가장자리를 양손으로 잡아서 쭉 잡아당겨 얼굴을 가렸다.

그런 그녀를 보고 엘사가 어떤 생각을 했는지는 알 수 없다. 이상한 아이라고 생각했을지도 모른다. ……하지만 엘사는 그 자리에 웅크려 앉아 클루의 얼굴을 올려다보며 여느 때처럼 웃고 있었다.

어쩌지, 뭐라고 말해 이 상황을 모면해야 할까. 그렇게 고민하는 클루에게 엘사는 이렇게 말했다.

"저기, 클루. 실은 나, 조금 전에 그라탕 하나를 잘못 주문 받아서 남아버렸지 뭐야. 괜찮다면 먹고 가지 않을래?"

"그라탕."

그 한마디는 마치 마법 같았다. 모든 고민을 밀어내며 그녀의 가게에서 파는 그라탕의 모습이, 맛이 클루의 머릿속에 떠올랐다.

녹아내린 치즈, 옅은 갈색으로 적당히 구워진 표면, 피어오르는 김에서 나는 먹음직스런 향기가 이래도 그냥 지나치겠냐는 듯이 텅 빈 배를 유혹했다. 큼직한 스푼으로 따끈따끈한 베샤멜소스로 뒤엉킨 마카로니를 호호 불어가며 먹는 것이다. 싫어하는 당근도 그라탕에 들어 있다면 맛있게 먹을 수 있었다.

"그, 그치만, 그치만."

"식후에는 퐁당쇼콜라도 잘못 주문받을 예정인데."

머뭇거리는 클루의 머릿속에 그려진 그림이 한 장의 디저트 접시로 바뀌었다.

접시에 올려진 폭신폭신한 케이크에 은 포크를 살포시 꽂으면 안에서 끈적끈적하고 매혹적인 짙은 갈색이 등장한다. 진한 달콤함은 단품으로도 클루의 마음을 사로잡았지만 곁들여진 바닐라아이스크림과 함께 먹으면 차가우면서 따뜻하고, 달콤하면서 조금은 쌉쌀한 데다, 심지어 상큼하기까지 해서 입안이 행복 일색으로 물들었다. 참다못해 군침 한 줄기가 입가에서 흘러내렸다.

클루의 마음은 이미 크게 흔들렸고——그러다 문득 깨달았다.

"주문 실수는 하기 전부터 알 수 있는 건가요?"

"어머나, 나 같은 베테랑 웨이트리스쯤 되면 며칠 몇 시에 어떤 메뉴를 오더 미스할지 사전에 예측할 수 있어."

"엘사 씨는 대단하네요."

그러고 보니 스푸트니크도 이따금 가게에 들어온 손님이 원하는 물건을 아무 말도 듣지 않고도 맞출 때가 있다. 역시 '베테랑'은 다르다며 뇌리에 스푸트니크를 그리고 동시에 현재 상황을 떠올렸다.

이래선 안 된다. 수많은 유혹에 기울어진 저울을 가까스로 되돌렸다.

"그, 그치만, 그치만, 전, 배가 안 고파──."

그러나 그 순간, 타이밍이 나쁘게도 배에서 꼬르륵하는 소리가 났다.

다급히 배를 움켜잡았지만, 아무래도 틀린 것 같았다. 엘사의 잔잔한 웃음소리에 포기하고 고개를 떨어뜨렸다.

"……그치만, 전."

변명은 더 이상 생각나지 않았다.

하지만 그 어떤 맛있는 유혹보다도 지금은.

"스푸트니크 씨라면 괜찮아."

고개를 퍼뜩 들었다. 엘사는 포니테일을 흔들며 웃고 있었다.

"그야 지금의 클루는 멀리서 보면 그냥 귀여운 인형으로만 보이니까. 제일 안쪽 자리에 앉아 있으면 분명 모를 거야."

"어떻게……?"

힘이 실린 물음이 엘사의 말꼬리에 포개어졌다.

자신이 스푸트니크를 신경 쓰고 있다는 사실을 어떻게 알고 있는 걸까. 열심히 숨어 있었을 텐데. ……스푸트니크가 이미 클루의 행동을 알아차린 걸까. 그래서 엘사에게 무슨 말을 한 걸까.

이런저런 생각을 하느라 자신도 모르게 표정이 굳어졌다.

하지만 엘사는 클루가 어째서 이곳에 있냐는 질문은 던지지 않았다. 스푸트니크가 무슨 소리를 했는지 또한 말하지 않고 고개만 기울인 채 여느 때처럼 미소를 지었다.

"좋아하는 사람에 대해선 뭐든 알아두고 싶은 법이지."

"오늘 밤은 싸늘하잖아" 하고 내민 손을, 클루는 정신을 차려보니 잡고 있었다.

카페 피네의 제일 구석 자리로 안내받자, 클루는 마침내 제정신을 찾을 수 있었다.

파티션으로 가려진 이곳은 떠들썩한 주정뱅이들에게서 한 걸음 떨어져 있었지만, 스푸트니크의 모습은 또렷하게 보였다. 엘사 뒤에 숨어서 스푸트니크의 옆을 지나갈 때는 심장이 터질 듯이 두근거렸지만, 후드를 깊숙이 눌러쓴 덕분에 들키지 않은 것 같았다. 오늘 저녁 무렵에 동물 파카를 사둬서 다행이라고 새삼스레 옷가게에 감사했다.

그러나. '가게가 붐비는 사과의 뜻'으로 엘사가 가져다준 오렌지주스를 빨대로 빨아들이면서 클루는 생각했다. 그의 건너편에 앉아서 사이좋게 이야기하고 있는 저 청년은 대체 누굴까?

온화하고 중성적인 이목구비, 박아 넣은 듯한 페리도트 눈동자는 언젠가 본 것 같았지만, 도무지 생각나지 않았다. 스푸트니크를 놀리듯이 무언가를 이야기하고 짓궂게 웃는 모습을 구멍이 뚫어져라 관찰했지만, 저런 사람이 고객 중에 있었던가——공교롭게도 모든 고객의 얼굴을 완벽하게 기억할 만큼 클루의 기억력은 좋지 않았다. 편지를 주고받는 친구가 좋아하는 사람과 닮았다는 느낌도 들었지만, 그는 저렇게 얄미운 얼굴로 웃는 사람이 아니었고, 애초에 바쁜 사람이라서 이런 곳에 있을 리가 없었다.

머지않아 클루는 형태가 무너진 홀 케이크를 포크로 파내면서 무언가를 이야기하는 수수께끼의 청년과 대면하고 있는 점주에게 시선을 옮겼다.

스푸트니크. 피네치카 시에서 돌아오고 나서 그는 아무래도 이상했다.

이곳으로 돌아오고 나서 그는 아직 한 번도 여성과 단둘이 밤에 만나지 않았다. 어딘가의 술집에서 혼자, 혹은 그곳의 단골들과 술을 마시는 일은 있어도 모르는 여성을 기다렸다 만나는——일은 클루가 아는 한 없었다. 또한 아침에 돌아오는 일도 없어서 늦어도 뒤를 밟은 클루가 조금 졸릴 무렵에는 계산을 마치고 가게를 나왔다. '천하'의 스푸트니크에게는 지극히 드문 일이었다.

돌이켜보고 생각하다 재확인한 듯한 느낌이 들었다. 역시 피네치카 시에서 그에게 무슨 일이 있었던 것이다. 클루에게 말할 수 없는 무언가가, 클루가 여러 번 관두라고 말해도 도통 먹히지 않았던 밤놀이조차 그만둘 수밖에 없는 무언가가──그래, 예를 들어서──

"음식 나왔습니다."

예를 들어서 시끌벅적하고 밝은 점내에서 대접받는 따끈따끈하고 몽글몽글한 그라탕──이라고까지 생각하고 나서 그것이 상상이 아니라 현실이라는 사실을 깨달았다.

퍼뜩 고개를 들었다. 의아한 표정을 짓는 엘사와 눈이 마주쳤다.

"무슨 일이야? 무서운 표정을 다 짓고, 클루."

"아, 아뇨. 아무 일도 아니에요."

"슬픈 표정을 지으면 행복이 달아나버릴 거야. 자, 방긋 웃어봐."

"방긋, 방긋."

입가를 끌어올려 보이는 엘사에게 덩달아 웃어 보였다. 그러자 그녀는 만족스럽다는 듯이 고개를 크게 끄덕였다.

"응, 좋았어. 그럼 이 그릇 치울게. ……어머나."

샐러드 접시를 치우려고 내민 엘사의 손, 그러나 나무라는 듯한 말투와 더불어 그 손이 멈췄다. 동시에 미소도 사라졌다. 클루의 어깨가 흠칫하고 떨린 것은 엘사의 행동에서 짚이는 구석이 있었기 때문이다.

예상대로 그녀는 접시를 클루 앞에 내리고 조금 엄한 말투로 이렇게 말했다.

"클루. 당근을 남겼잖아."

"으."

그리고 그녀가 신경 쓴 것 또한 클루가 예상한 대로였다. 접시에 남겨진, 채 썬 당근을 보고 나무란 것이었다.

"오, 오늘은 좋아하는 걸 잔뜩 먹고 기운을 차리고 싶은 기분이에요."

"그래? 그럼 어쩔 수 없네. 오늘은 포기할게. ……그러고 보니 나츠는 당근을 많이 먹어서 가슴이 커졌다고 하던데, 클루가 그런 기분이라면 어쩔 수 없지."

"먹을게요."

거의 빼앗다시피 접시를 되받아서 남아 있던 당근을 단번에 입에 넣고는 서둘러 씹어 되도록 맛이 느껴지지 않도록 하며 삼켰다.

그런데도 혀에 조금 남은 당근 특유의 씁쓸한 단맛을 오렌지주스로 흘려보내고 나서 엘사를 향해 빈 접시를 힘차게 내밀었다.

"잘 먹었습니다!"

"응, 깨끗이 잘 먹었네. 변변치 않은 요리를 맛있게 먹어주셔서 감사합니다."

빙긋이 웃으며 접시를 받아든 엘사를 곁눈질하고 가슴을 톡톡 건드려보았다. ……기분 탓일지도 모르지만,

"왠지 조금 커진 것 같아요."

"그러네, 나도 왠지 클루가 멋진 아가씨에 한 걸음 더 가까워진 것 같아 보여."

역시.

놀라움에 양손을 뺨에 갖다 대자 엘사는 고개를 기울이고 이렇게 말했다.

"분명 스푸트니크 씨도 반할 거야."

"반할까요?"

"그럼, 당연하지."

매력 넘치는 자신에게 매료당해 정신을 못 차리는 스푸트니크——양손을 들고 그만 꺄악 하고 소리를 지르고 말았다. 하지만 그런 클루를 저지하듯이 엘사가 손가락을 입술에 갖다 댔다.

"그럼 못써, 클루. 오늘은 스푸트니크 씨를 몰래 쫓아온 거잖아? 그렇게 소란을 떨다간 스푸트니크 씨한테 들킬지도 몰라."

그렇다. 스푸트니크 쪽을 다급히 쳐다봤지만, 아직 알아차리지 못했는지 이쪽을 보지 않았다. 클루가 그가 있는 쪽을 향한 순간, 서둘러 고개를 돌린 것처럼도 보였지만 아마도 기분 탓일 것이다. 아마도.

그래서. 조금 전의 엘사가 행동한 것처럼 클루도 손가락을 세워서 쉿 하고 소리를 냈다.

"조용히 해야 해요."

"그렇지. 조용히 해야지."

그녀는 답하고 손으로 입가를 슬쩍 가렸다.

"맞다. 잠깐만 있어봐, 좋은 게 있거든."

"좋은 거요?"

"그래. 클루가 분명 마음에 들어 할 거야."

뭘까. 고개를 갸웃거리는 클루를 내버려 둔 채 엘사는 발걸음을 되돌려 안쪽 문 안으로 모습을 감추었다. 하지만 그리 오래 지나지 않아 가게로 돌아왔다.

갈색 물건을 팔에 끌어안고 있었다.

"기다렸지?"

그리고 말과 함께 엘사가 탁자에 올려놓은 것은 곰 인형이었다.

짙은 갈색의 반질반질한 눈동자와 같은 색깔의 코. 가슴에는 살짝 멋스러운 빨간 나비넥타이를 하고 있었다. 앞으로 쭉 뻗은 다리 뒤편에는 핑크색의 육구(肉球)가 있었는데, 그 또한 귀여움을 더하고 있었다. 그리고 더구나, 정말이지 뜻밖에도——

"색깔이 클루가 입은 파카랑 잘 어울리지? 세트라서 위장하는 데도 도움이 될 것 같았거든. 분명 멀리서 보면 비슷한 인형 두 개가 놓여 있는 것처럼 보일 거야."

엘사가 말한 대로 곰 인형의 색상은 클루가 입은 동물 파카와 아주 비슷했다.

작은 꼬리, 동그란 귀, 그리고 지금의 자신과 세트인 색깔. 그 완벽한 모습에 무심코 넋을 놓고 말았다. 어쩜 이렇게 멋진 인형이 다 있을까!

엘사는 클루가 그 인형을 마음에 들어 한다는 사실을 바로 알아차린 모양이었다. 더 이상 그 인형에 대해서 언급하지 않고 "수행 조사, 파이팅이야"라고만 말하더니 접시를 들고 일하러 돌아갔다.

남겨진 것은 클루와 그라탕과 능청스러운 눈동자로 클루를 응시하는 그 혹은 그녀. 앞쪽으로 내민 오른손이 악수를 청하는 듯했다.

그래서 머뭇거리며 손을 쥐어보았다.

그러고는 클루가 눈을 크게 뜬 것은 다름이 아니었다.

"이건."

정말이지 놀랍게도 그 손이 무척이나 폭신폭신했기 때문이다.

아니, 손뿐만이 아니었다. 몸통도 다리도 머리도. 닿는 모든 곳을 위로하듯이 몸 전체가 폭신폭신했다. 무척이나 기분 좋게 폭신폭신했다. 클루가 가진 인형 중에서도 분명 상위권에 들 만큼 뛰어나게 폭신폭신한 느낌에 자신도 모르게 숨을 머금었지——만, 바로 정신을 차렸다.

지금은 인형과 놀고 있을 때가 아니다!

"난 바빠요. 저기 그게, 수행 조사 중이에요."

엘사의 말을 반복하고 콧김을 흥, 하고 내뿜었다. 그리고 자신에게 힘을 북돋우듯이 그라탕을 힘차게 퍼 올려 입안에 넣었다. 하지만 표면이 봉긋봉긋하게 부푼 그라탱이 화상을 입을 만큼 뜨거웠기 때문에 다급히 입으로 바람을 호호 불었다.

인형을 힐끗 쳐다봤다. 동그란 눈동자가 "괜찮아?"라고 말하는 것처럼 보였다.

"괜찮아요."

인형을 신경 쓸 때가 아니다. 지금은 스푸트니크가 최우선이니까──힐끗.

폭신폭신하고 말랑말랑하고 시야 끝자락에 귀엽게 앉아 있는 인형에게 정신을 빼앗겨서는 안 된다──힐끗.

....

힐끗.

*

"폭신, 폭신해애."

참을 수 없다는 듯이 기묘한 소리를 내며 인형에 뺨을 비비기 시작한 시점에서 스푸트니크는 그녀를 신경 쓰는 걸 관뒀다.

엘사가 어딘가에서 가져와 클루의 곁에 놓고 간 저 인형이 대체 뭔지, 무슨 의미가 있는지는 신경 쓰이지만, 지금 당장 중요한 문제는 아니다. 한숨을 한 번 쉰 후에 고개를 들었다, 그러자.

그곳에 눈을 반짝반짝 빛내는 변태가 있었다.

"뭐야아 너무 귀엽잖아아아."

"십 대 여자애처럼 말하지 말아줄래?"

정중하게 어미까지 늘어뜨리며 말했다.

"그렇지만 그렇지만 그렇지만 귀엽잖아?! 뭐야아, 보송보송한 애가 보송보송한 걸 끌어안고 보송보송해하고 있잖아, 완전 장난 아니게 귀여워!"

"넌 대체 뭐냐?"

"아아아, 저 귀여운 애랑 같은 지붕 아래 살고 있는 데다 가끔은 옆에서 자기도 하는 이 아저씨는 왜 벌을 안 받는지, 법은 정말 잔혹해."

"홀 케이크 하나 더 주문할까?"

"입 꾹 다물겠습니다."

선언한 대로 갑자기 딱 조용해졌다.

다만 표정만큼은 여전히 성가시게도 케이크를 퍼서 입에 넣고는 이 세상에서 더할 나위 없는 행복이라는 양 활짝 미소 짓고 있었다.

……그러나.

"케이크에 솔티 도그가 잘 맞아?"

"?"

그가 쥐고 있던 잔의 내용물은 스푸트니크가 보는 앞에서 연달아 바뀌었고 지금은 자몽색을 띠고 있었다. 겉으로 보기에는 술이 셀 것 같지 않지만 의외로 술을 꽤 하나 보다고 생각하며 소박한 질문을 던졌다.

그러자 소아란은 눈을 한 번 깜박였다. 그 후 무언가를 손짓 발짓으로 전하려 했지만, 그 움직임 하나하나가 과장스러워서 괜히 소란스럽게 느껴졌다. 먼저 나가떨어진 쪽은 스푸트니크였다.

"말해도 돼."

"아, 고마워. ──'글쎄. 난 괜찮은 것 같은데'."

그는 그렇게 말하면서 가장자리의 소금을 안에 조금 떨어뜨렸다.

"'아니 그것보다 맥주에 멜론빵은 맞긴 해?'──여기까지 말했어."

"남의 취향에 이러쿵저러쿵 간섭하는 건 부끄러운 행동이라고 안 배웠어?"

"누가 할 소리래."

알면서 한 소리지만, 그는 그다지 신경 쓰지 않는 모양이었다. 낄낄대고 웃으며 그렇게 답하고서 다시 술을 한 모금 들이켰다.

"하아, 술맛 좋다. 짜증나는 날에는 술이랑 단 게 최고지. 술이야 술, 술 가지고 와라 이거지."

"무슨 일 있었어?"

스푸트니크는 표정이 어두워지는 것을 자각했다. 그의 '업무상 트러블'은 때로 자신의, 자신들의 안녕을 위협하는 일로 이어진다는 사실을 알고 있었기 때문이다.

목소리를 낮추고 물었다. ——하지만 이번만큼은,

"할망구가 날 유혹했어."

"불쌍하게 됐군."

대수롭지 않은 이유였다.

그 시점에서 이쪽은 흥미를 잃었지만, 그는 상당히 스트레스가 쌓였는지 테이블에 엎드린 채 이러쿵저러쿵 떠들기 시작했다.

"다 알고 있다고. 어차피 내 입장이랑 마력이 목적이겠지? 주변의 남자 마법사보다 마력이 뛰어나고 장래성이 있으니 키워두려는 속셈이라는 거 다 안다고. 할망구, 화장도 천박해서는. 매니큐어를 바른 표독스런 손으로 남의 옷이나 건드리지 말라고, 할망구야. 옷이 썩는다고."

엎드려 있는 탓에 알아듣기 힘들었지만, 대부분 그 여자 마법사에 대한 불만이었다. 울지는 않았지만, 흑흑흑 하고 구슬프게 신음했다. 부지부장이란 직책은 여러모로 힘든가 보다.

차라리 자신의 희한한 성벽——마법소녀——을 협회에 폭로하면 접근할 여자도 없어질 테지만, 그럴 수도 없는 노릇이었다. 그런 생각을 하다가 한 여자를 갑자기 생각했다.

"일라쟈는 잘 지내?"

"응?"

그 이름을 듣고 소아란은 마침내 고개를 들었다.

일라쟈. 스푸트니크도 예전에 만났던 적 있는 그 사람은 소아란을 상사 이상으로 연모하는 마법사다. 하지만 그녀의 마음을 모르는 그는 갑자기 그 이름이 튀어나왔다는 사실에 조금 의아한 모양이지만, 술안주로 삼기에는 나쁘지 않은 이야기라고 생각했는지 고개를 꾸벅꾸벅 끄덕였다.

"잘 지내. 오늘도 열심히 서류 정리를 하더라고…… 아, 맞다. 일라쟈한테 물어보니 너희 아가씨랑 아직도 펜팔을 하고 있나 보던데."

"그런 것 같더군."

할 이야기가 뭐가 그리 많냐고 주고받는 편지 내용에 대해서 물어본 적은 있지만, 아무리 물어도 "여자들만의 비밀이에요" 하고 얌전을 빼서 무슨 이야기를 하는지는 모른다.

일에 대한 이야기, '체질'에 대한 이야기는 아무쪼록 꺼내지 말라고 일단 못을 박아뒀는데, 그렇게까지 경솔한 종업원은 아니겠지.

……시선을 슬쩍 보내니 그 '아가씨'는 그라탕을 푼 스푼을 인형에게 갖다 대고 '자, 아아 해봐' 하고 말하고 있었다.

방긋방긋 기분 좋게 웃는 얼굴에 근심은 없어 보였다, 하지만.

"기분이 나아진 것 같아서 다행인 것 같군."

스푸트니크가 불평하듯이 한 말을 소아란이 예리하게 귀담아 들었다.

"왜, 싸우기라도 했어?"

"그런 건 아닌데…… 상태가 왠지 이상하단 말이지, 저 녀석.”

“토하는 보석의 색깔이라든지 말이야?”

“저 녀석한테 이상한 설정 같은 거 붙이지 마. 우리 종업원은 어딜 어떻게 봐도 건강한 우량아. 고용주의 의무로 해마다 건강 진단을 받게 하고 있지.”

“네에 네에, 알겠습니다. 너희 귀여운 공주님은 보석을 절대 토할 리가 없겠지요. 그래서 뭐가 이상하단 거야?”

태도는 괘씸했지만, 일일이 사과를 받아내는 것도 귀찮았다. 멜론빵을 물어뜯어 짜증과 함께 삼키고 이야기를 이어 나갔다.

“우선 쟤를 보면 알겠지만 내 뒤를 어째선지 졸졸 따라다녀.”

“귀엽지 않아?”

“귀엽다는 걸로 끝날 이야기가 아냐. 처음에는 화장실에도 따라오려 했다고. 물건을 사러 갈 때도 같이 가겠다고 성화인 데다, 따라와서는 옷자락을 잡고서 놔주려고 하질 않아. 밤에도 저런 상태야. 자기 딴에는 잘 숨어 다닌다고 생각하겠지만…… 그 덕분에 여자도 못 사고 있어.”

“‘저 아이의 체질을 조사 못 하고 있다’고 솔직하게 말하면 될 텐데.”

노려보자 소아란은 입을 앙다물고, 아이고 맙소사 하는 양 어깨를 으쓱했다.

“뭐 됐고, 그리고?”

"……피네치카에서 막 돌아왔을 때는 왠지 모르지만 공허한 눈으로 계속 곤약곤약거렸고(일본어로 곤약과 약혼은 발음이 흡사하다) 말이지."

"곤약?"

소아란은 이해할 수 없다는 듯 미간을 찡그렸다.

"그래서 점심에 20인분 정도 곤약 요리를 배달시켰는데, 먹고 싶었던 건 아닌지 의아한 표정으로 고개를 갸웃거리면서 곤약 소스 구이를 먹더라고."

"너도 참 극단적이다."

결단력이 강하다는 것이 자신의 장점 중 하나라고 스푸트니크는 생각했다.

"근데 소스 하나는 마음에 들었나 보더라. 그다음 이틀 동안이나 가지랑 무를 졸여서 소스에 찍어 먹고 있었으니까."

"아, 그건 그것대로 귀엽네."

"그런데 상태는 계속 저대로야. 마법사한테 무슨 일을 당했는지 물어도 답해주지도 않아."

뺨에 손을 갖다 대고 황홀한 모습으로 말하는 소아란은 무시했다.

거품이 가라앉은 맥주로 입술을 적시고 혀에 남은 쓴맛에 신음했다.

"피네치카에서 무슨 일이 있었는지, 뭘 봤는지……."

"누굴 만났는지."

──말꼬리를 빼앗기자 스푸트니크는 입을 다물었다.

잠시 뒤에 고개를 들자 소아란은 조금 전까지 하던 새침한 행동을 관두고 기묘한 표정을 짓고 있었다. 웃으려 하고 있었지만 어딘가 곤란한 것처럼 보였다. 어색하게 웃고 있었다.

　그런 표정을 지은 채 그는 이렇게 말했다.

　"마녀협회에서 저 아일 구한 마법사를 찾고 있어."

　"……뭐어?"

　그 말을 놓칠 새라 스푸트니크는 인상을 찌푸렸다.

　하지만 소아란은 고개를 천천히 가로저었다. "아니야"라고 말하면서.

　"너희가 어떻다, 저 애가 어떻다는 소리가 아니야. 범인들의 증언을 뒷받침할 만한 증거를 찾기 위해서야. 실은 피해자의 증언을 얻는 게 제일 좋겠지만."

　스푸트니크 측은 마녀협회가 요청하는 조사 협력 요청을 거부할 만한 적합한 대의명분——예전에 마법소녀를 자칭하는 마법사에게 공격당했고, 이번에도 역시 '황당한 오해로 인해' 종업원이 마법사에게 공격당한 데에 대한 마법사를 향한 '불신감' 혹은 '우려의 마음'——을 가지고 있었다. 두 번 다시 이러한 일이 발생하지 않도록 하겠다, 또한 사정 청취도 일절 실수 없이 행할 테니 부디 조사에 협력해주길 바란다는 요청에도 스푸트니크가 끝까지 고개를 끄덕이지 않던 것은 지극히 자연스러운 모습으로 보였을 터였다.

　"그런데 선의의 제삼자——그 혹은 그녀——가 이름을 대지 않는 이유는 뭘까. 귀찮은 게 싫어서인가?"

"그 자리에 있었다는 사실을 알리고 싶지 않은 존재였다든지 말이지."

조금 전에 말꼬리를 빼앗긴 데에 대한 보복은 아니었지만, 결과적으로 그렇게 된 것 같다. 소아란은 흠칫 놀라서 고개를 들었다.

"예를 들어서?"

"한창 불륜 여행 중이었다든지?"

"아하하하."

스푸트니크의 말도 안 되는 억측에 긴장이 풀렸는지 소아란은 한바탕 소리 내 웃더니 팔과 다리를 다시 꼬고 등받이에 몸을 기댔다.

그대로 크게 몸을 젖히더니 천장을 향해 긴 한숨을 뱉었다.

"그 이상 번거로운 일에 휘말리는 게 싫었을 거라는 무난한 방향으로 의견을 유도하고는 있는데, 실제로는 어땠을지 참."

케이크에 포크를 꽂았다. 잘려진 조각은 한입에 먹기에는 조금 컸지만, 그는 그것을 억지로 볼이 미어지게 먹었다. 잠시 씹기 힘들어했지만, 이윽고 술을 마셔서 넘겼다.

"저 아이를 구한 사람이 누군지. 저 아이가 피네치카에서 누굴 만났는지. ——저 아이가 누구한테 대체 무슨 소리를 들었는지. 난 그거에 관심이 있어."

그리고 소아란은 눈을 살짝 가늘게 뜨고 스푸트니크를 향해 의미심장하게 웃어 보였다.

입가에 크림이 묻은 상태였기 때문에 그다지 멋있어 보이지는 않았지만 말이다.

——그때.

"이야기 중에 실례할게요."

시끌벅적한 실내에 카랑카랑한 목소리가 들려서 고개를 들었다.

쳐다보자 엘사가 옆에 서 있었다. 양손에 여느 때 들고 있는 쟁반은 없었고 작은 흰 상자 하나를 가슴 앞에 바치듯이 들고 있었다. 그녀는 두 남자의 시선이 자신을 향해 있다는 사실을 확인하고, 상자 뚜껑을 연 채로 기울여서 내용물을 두 사람에게 보여주었다. 마치 보석처럼 반짝반짝 빛나는, 알록달록한 컵이 담겨 있었다.

"량, 선물 때문에 왔어. 이런 느낌이면 괜찮을까?"

"고마워, 선물이 예상을 훨씬 뛰어넘어서 멋진데?! 이거라면 여자 친구도 분명 화를 풀어줄 거야!"

연극 같은 그의 말투에 엘사는 입가를 가리고서 킥킥대고 웃었다.

뚜껑을 닫아서 건넸다. 선물 대금을 받아들고 그녀는 다시 일하러 돌아가는가——싶더니.

"그리고 스푸트니크 씨."

"나?"

"네, 클루가 말이죠."

잠시만요, 하고 손짓했다. 굳이 가까이 갈 필요가 있겠나 싶어서 클루가 앉아 있던 자리로 시선만 보냈는데, 조금 전까지 칸막이 건너편으로 보였던 그녀의 모습이 지금은 없었다. 어딜 간 걸까.

어쩔 수 없이 일어나 그쪽으로 가보자 그녀가 없어진 게 아니라는 사실을 바로 알 수 있었다.

"뭐야, 잠든 거야?"

"흠냐."

때마침 타이밍 좋게 칭얼거렸지만 답을 한 건 아닐 테다.

탁자에 엎드려서 눈을 감고 행복한 표정으로 잠든 클루에게 엘사는 눈가를 누그러뜨렸고 소아란은 "귀여웡" 하고 재수 없게 중얼거렸다.

잠시 내려다보고 깨지 않을 것 같다는 사실을 확인했다. 이윽고 엘사는 클루를 가리키고 스푸트니크에게 이렇게 말했다.

"데리고 가면 안 될까요?"

"그러면 미행이 들켰다는 걸 알게 되잖아. 아침까지 재워 줘. 어차피 이곳 주정뱅이들도 늘 그러잖아."

"공교롭게도 우린 케튼 씨네 만큼 애프터서비스가 좋질 않아서요. 폐점 시간까지도 눌러 붙어 있는 손님은 인정사정 봐주지 않고 특별실로 안내하고 있어요."

"특별실?"

"길바닥이요."

그렇군.

"뭐어, 클루한테는 그런 짓은 안 하겠지만요. 아버님이 때 마침 계시니 그쪽에 맡기는 게 타당하지 않을까 해서요."

"누가 아빠란 말이야, 누가."

유감의 뜻을 표명했지만 안타깝게도 민초의 뜻은 고귀한 웨이트리스님께 전해지지 않은 모양이었다.

"스푸트니크 씨도 참, 언제까지고 이대로 두면 안 된다는 거 알잖아요."

눈을 치켜뜨고 이쪽을 쳐다보는 눈동자에, 또한 그 말에 담겨 있는 것은 분명 잠들어버린 그녀를 어디에 둘지에 대한 이야기는 아니었다.

하지만 도무지 대답하기 힘들어서 머리를 긁적였다. 그리고 말끝을 흐려서 애매모호하게 만들었다.

"그건 그럴지도 모르지만…… 야, 만지지 마."

그와 동시에 클루의 뺨을 쿡 찌르려고 하는 변태의 손을 때려서 저지했다. 생각했던 것 이상으로 좋은 소리가 나서 그는 "아야!" 하고 비명을 질렀지──만, 그의 무사보다 그 소리 때문에 클루가 깨지 않을지가 더 신경 쓰였다. 그러나 쓸데없는 걱정이었는지 그녀는 평화로운 숨소리를 반복해서 낼 뿐이었다.

그리고 상당히 마음에 들었는지 클루의 오른손은 인형의 오른팔을 단단히 쥐고 있었다.

"그런데 이 인형은 뭐야?"

"우리 집 쌍둥이가 만들었어요. 요즘 수예가 자기들 나름의 붐인가 보더라고요. 그거, '몇 번 시도한 것 중에서 제일 폭신폭신하게 완성됐다'고 해요. 괜찮다면 클루한테 줄래요?"

"괜찮겠어? '최고의 물건'을 그렇게 간단히 남한테 줘버려도?"

"어제 또 새로 만든 걸 끌어안고서는 '몇 번 시도한 것 중에서 제일 폭신폭신하게 완성된 걸 능가할 만큼 폭신폭신하게 완성됐다'고 했으니 괜찮겠죠."

"그 기준이 뭔지 잘 모르겠군."

그렇다고는 하나 그들의 본업은 수예 직인이 아니니 본인들이 즐거우면 그걸로 괜찮겠지. 자신의 보물이라는 양 곰 인형을 치켜든, 외모가 닮은 이인조를 상상했다. 몹시 우스꽝스러웠다.

"뭐 알겠어, 어쨌거나――."

"잠시 기다려봐."

그러자.

두 사람의 대화에 소아란의 목소리가 끼어들었다. 인상을 찌푸린 채 몹시 심각해 보이는 표정을 짓고 있었다. 엘사 쪽으로 한 걸음 다가가 "잠시 물어봐도 될까?"라고 말했다. 그렇게 중요한 말은 하지 않았던 것 같은데――

"네. 왜요?"

그 생각은 엘사도 마찬가지였는지 의아한 듯이 고개를 갸웃거렸다. 그와 동시에 소아란은 눈을 부릅떴다.

그리고 숨을 얕게 빨리 내쉬더니 말했다.

"인형 만들기가 특기인!"

"네."

"쌍둥이!"

"네."

"여동생?!"

"남동생이에요."

"그럼. 나도 슬슬 집에 가볼까, 내일도 아침부터 회의니까."

흥미가 한순간에 사라진 모양이었다.

목소리 톤을 순간적으로 떨어뜨리고 짐을 싸기 시작했다. 이윽고 소아란은 상의와 가방을 들더니 손에 쥔 전표와 돈을 함께 엘사에게 건넸다. "나머지는 팁이야"라고 말하는 것을 보아하니 아무래도 부지부장은 돈벌이가 꽤 괜찮은 직책인 모양이다. 배웅 정도는 해줄까 싶어서 쳐다보고 있는데 소아란이 갑자기 그를 불렀다.

"맞다, 스푸트니크. 그 건은 고마워, 덕분에 살았어."

"그 건이라니?"

짚이는 데가 없어서 인상이 찌푸려졌다.

그런 그에게 소아란은 검지를 흔들며 설명했다.

"마법소녀에 대한 '감시'의 눈이 사라졌어. 네가 네 '부하'한테 뭐라고 말해준 거지?"

"아……."

애매하게 답하고 나서 누나의 얼굴을 떠올렸다. 클루롤 보석상회 관리직에 적을 두고 내숭을 떨면서 얌전하게 미소 짓는 늑대의 모습.

그 능구렁이 같은 여자가 마법소녀의 감시를 관둔 것은 정확하게는 스푸트니크의 덕분이 아니었다. 관두라고 해서 관둘 인간도 아니고, 그 여자를 타이를 수 있을 만큼 자신은 유능하지도 않다. 스푸트니크의 편지 보고를 받고 마음대로 조사를 시작한 것과 마찬가지로 마음대로 끝낸 것이다. 분명 '문제없다'는 결론을 내렸겠지. 하지만 그러한 사실을 굳이 말할 필요는 없었다.

그래서 딱히 아무 말도 전하지 않고 단지 어깨를 으쓱했다. 그 모습을 소아란이 어떻게 받아들였는지는 알 수 없지만, 적어도 그 제스처에 그는 만족한 것 같았다.

"확실히 전했어. 그럼 갈게."

흰 상자를 든 손을 가볍게 치켜들고 작별 인사를 하더니 소아란은 스푸트니크를 등졌다. 기분 좋게 취한 주정뱅이가 "량, 벌써 가는 거야?!" 하고 묻는 말에 "조만간 또 올게!"라고 답하고 가게를 나갔다. 어느새 단골들과 허물없는 사이가 된 그는 대체 얼마나 자주 이 가게를 방문하는 걸까.

——좌우지간 귀찮은 인간은 갔다. 그렇다면, 지금 남은 문제는.

스푸트니크는 옆에서 평온하게 잠든 얼굴을 쳐다봤다.

검지로 뺨을 찔러보자 부드럽게 움푹 들어갔다.

*

자신이 흔들리는 기둥에 몸을 싣고 있다는 것은 비몽사몽한 가운데 알고 있었다.

커다란 기둥에 달라붙어서 코알라 같은 모습으로 잠들어 있었다. 담요는 덮고 있지 않았지만, 기둥 자체가 따뜻해서 인지 추위는 그다지 느껴지지 않았다. 때때로 바람이 뺨을 어루만졌지만, 대체적으로 쾌적했다. 수수께끼의 흔들림의 정체는 요람 같아서 그 또한 졸음을 자아냈다.

하지만 묘한 점이 있었다. 끌어안은 그것은 기둥치고는 조금 부드러웠다. 나무보다도 부드러웠고 클루가 애용하는 베개보다는 단단했다. 착용감이 딱 좋아서 만약 바디필로우로 팔고 있다면 조금 비싸더라도 살 것 같은 느낌이 들었다.

대체 뭘까? 불가사의한 생각은 들었지만, 잠을 쫓기에는 아쉬웠다. 흠냐흠냐 신음하면서도 뺨을 가까이 가져다 댔다.

그러자 그 기둥이 불쑥 '말했다'.

"깼어?"

"……흠?"

말할 리 없는 것이 말하자 그것이 단순한 기둥이 아니라 사람이라는 사실을 마침내 깨달았다. 팔을 두르고 있는 것은 사람의 목으로, 말한 것은 사람의 목소리였다. 지금 자신은 스푸트니크의 등에 업혀 있었다.

이것이 스푸트니크의 등이라는 사실을 알아차리자 갈수록 떨어지고 싶지 않았다. 하지만 클루가 확실히 잠에서 깬 걸 알게 된다면 분명 "내려서 걸어"라고 말할 것이다. 눈을 질끈 감고 팔에 힘을 조금 싣고서 실수로라도 떨어지지 않도록 저항하던——

——그때 목에 위화감이 느껴졌다.

늘 있는 일이다. 오른손을 입에 대고 콜록대자 이윽고 입에서 이물이 하나 데구르르 굴러 나왔다.

그러나.

"앗."

흔들린 탓도 있어서, 받았을 터인 보석이 손가락 사이로 빠져나가버렸다. 다급히 스푸트니크의 등을 두드렸다.

"나 내려줘요. 보석 떨어뜨렸어요."

"응? 그래."

그는 바로 무릎을 구부려서 클루를 땅에 내려주었다. 어두웠지만 초록빛 스톤은 가로등 불빛을 여실히 반사하고 있어서 바로 찾을 수 있었다. 조금 거리가 있는 곳에 떨어진 보석을 줍고서는 한숨을 휴우 내쉬었다.

손수건에 싸서 주머니에 집어넣고 뒤돌아서는 스푸트니크의 곁으로 돌아왔다. 등 뒤로 돌아서, 팔짱을 낀 채 서 있는 그의 어깨에 손을 뻗었지만 당연하게도 닿지 않았다.

"웅크려, 웅크려줘요."

그의 등, 되도록 높은 곳을 잡고 끌어당기자 그의 얼굴이 클루의 키보다 낮아졌다. 등에 포개어지듯이 해서 스푸트니크의 목에 양손을 두르고 그의 허리에 다리를 걸쳤다.

"서도 돼요."

시선이 쑥 높아졌지만 무섭다는 생각은 들지 않았다.

클루를 지탱하는 것은 따뜻하고 커다란 등과 두 다리. 눈앞의 검은 머리카락에서는 술 냄새가 조금 풍겨져 왔지만, 커다란 안도감 앞에서는 그런 것쯤은 아무렇지도 않았다.

만전이다. ──그렇다면 해야 할 일은 정해져 있다.

클루는 뺨을 가까이 가져가더니 조금 전까지와 마찬가지로 눈을 감았다. 그리고.

"쿨쿨."

"다 아니까 자는 척하지 마."

"쿠우울쿠우울."

몸이 크게 흔들려서 목소리가 떨렸다.

그럼에도 떨어지지 않겠다고 다부지게 어깨를 감싸고 있었지만, 애초에 진심으로 그녀를 흔들어 떨어뜨릴 생각은 없었나 보다. 큰 흔들림은 곧바로 멎었고 경치가 흘러가기 시작했다.

"뭐 됐어, 오늘은 특별히 봐줄게. 집까지 업어줄게."

무척이나 기쁜 대답이 돌아왔다. 그만 기뻐서 환호성을 지르자 그는 나지막한 목소리로 "시끄러" 하고 말했다. 그러고 보니 그의 귀가 이렇게 가까운 곳에 있었다. 다급히 입을 다물었지만, 스푸트니크는 딱히 신경 쓰지 않는 것 같았다. 앞을 향한 그의 표정은 잘 모르겠지만, 뺨이 조금 위를 향해 일그러져 있었다.

"스푸트니크, 기분이 좋은가 보네요?"

"꼴 보기 싫은 녀석의 얼굴을 케이크에 처박는 게 의외로 즐겁더라고."

꼴 보기 싫은 녀석. ──돌이켜보니 확실히 조금 전의 그의 응대는 상인으로서 손님을 대하는 태도와 다른 것 같기도 했다.

하지만 그렇다면 왜 사이좋게 술을 주고받았을까. 이해하기 힘들어서 고개를 갸웃거렸지만 그건 분명 스푸트니크에게 보이지 않을 터였다.

"그래, 업혀 있어도 되니까 이것 좀 들어줘."

그 직후, 말과 함께 클루의 오른다리를 지탱하던 손이 사라졌다.

스푸트니크가 손을 뗀 것이다. 흘러 떨어질 것 같은 것을 버티고 있으니 스푸트니크의 오른손이 그녀의 앞에 나타났다──종이봉투를 들고 있었다.

"엘사가 주더라."

"엘사 씨가요?"

"너한테 주라던데? 나중에 고맙다고 해."

뭘까.

한 손으로 그의 어깨를 잡고 그의 등과 자신의 가슴 사이에 종이봉투를 끼워 넣고서는 안을 들여다보았다. 봉투 안,

사랑스러운 눈동자로 그녀를 올려다보고 있는 그것을 클루
는 기억하고 있었다. 쫑긋하게 선 동그란 귀, 세련된 빨간
나비넥타이와 봉투 너머로도 전해져 오는 폭신폭신하고 말
랑말랑한 촉감. 그것은——

"곰 인형!"

카페 피네에서 엘사가 클루의 자리에 놔둔 인형이었다.

손을 집어넣어 봉투 안에서 구출시켜주려고 했다. 하지만
그러기에는 장소가 조금 적당하지 않았다. 인형을 끄집어
내면 버팀목을 잃은 종이봉투가 떨어질지도 모른다. 몇 번
인가 시도한 끝에 끄집어내기를 포기하고 클루는 봉투째 꼬
옥 끌어안았다.

"맞다, 스푸트니크. 이름 붙여줘요."

"이름?"

"네. 이 애한테요."

클루가 예뻐하는 또 다른 인형인 '토순이'의 이름은 스푸
트니크가 지어준 것이었다. 이름을 지어준 본인은 그 사실
을 까맣게 잊고 있는 모양이지만, 클루는 확실히 기억하고
있었다. 그래서 이 아이의 이름도 그가 붙여줬으면 해서 그
렇게 부탁했건만.

"뭐든 상관없잖아? 아아, 토끼가 토순이었으니 곰은 곰순
이, 쿠(일본어로 곰은 쿠마라고 한다)면 되지 않아?"

……성의 없는 대답에 클루는 그만 뾰로통해졌다.

전례를 비춰보면 분명 그 이름이 타당할지도 모른다. 하

지만 불평을 부리고 싶은 것은 그 점이 아니었다!

"좋지 않아요."

'쿠'는 클루의 애칭이었다. 그것도 스푸트니크만 불러주는 별명이었다.

이 인형은 확실히 귀엽긴 하지만, 폭신폭신하고 멋지지만, 스푸트니크만 불러주는 자신의 이름을 누군가에게 줘버리는 것은 설령 인형이라고 할지라도 싫었다.

"쿠는 쿠만의 이름이에요."

"그럼 직접 생각해. 난 몰라."

하지만 돌아온 대답은 쌀쌀맞았다. 소녀의 섬세한 마음을, 미묘한 감정을 이해하려고도 들지 않았다.

정말이지 남을 배려할 줄 모르는 사람이다. 그런 그를 계속해서 졸라봤자 헛수고라고 생각한 클루는 마음을 바꿔먹기로 했다. 그에게 그럴 마음이 없다면 자신이 이 아이에게 멋진 이름을 지어주면 된다.

폭신폭신한 몸통에 멋진 나비넥타이에 부끄럽지 않은, 멋스럽고 개성 넘치는 이름을. "뭐든 상관없잖아"라고 내뱉은 스푸트니크가 깜짝 놀라서 "제가 잘못했습니다"라고 고개를 숙일 만한 화려한 네임 센스를 펼쳐 보이는 것이다——

"그래서 넌 뭘 하고 있었는데?"

——그 망상을 가로막은 것은 역시 스푸트니크의 목소리였다.

상처받은 그에게 자상하게 손을 내미는 어른스런 자신을

망상하다가 흠칫 제정신으로 돌아왔다. 카페 피네에서 자신이 뭘 하고 있었냐고?

입속에서 따뜻하게 녹아내리는 베샤멜소스의 맛을 떠올렸다.

"그라탕 먹었어요. 엘사 씨가 주문을 잘못 받아서 남았으니 괜찮다면 어떠냐고 해서 먹었는데 따끈따끈하고 정말 맛있었어요. 근데 엘사 씨가 실수를 하다니 별일이네요."

"그거 말고."

"샐러드에 들어 있던 당근도 몽땅 먹었어요!"

"안 물었거든?"

조금 커진 것 같은 가슴을 가능한 한 뒤로 젖히면서 말했지만 그의 대답은 생각 이상으로 쌀쌀맞았다.

스푸트니크의 고개가 움직였다. 돌아보려고 하다가 관둔 모양이었다.

그가 말했다.

"왜 가게 밖에서 계속 보고 있었냐고 묻는 거야."

그 말은 어딘가 한숨을 닮아 있었다.

하지만 클루에게는 그 진의를 헤아릴 만큼의 여유가 없었다. 쭉 숨기고 있던 것을 들켰다는 사실을 깨닫자 숨이 막혔다. 미래에 대한 희망으로 충만해 있었을 터인 가슴이 급속도로 시들어갔다.

"그게."

필사적으로 할 말을 찾다가 가냘픈 목소리로 겨우 답한

것은 '거짓말'이었다.

"가게 안을 보고 붐비면 안 가려고 했어요."

"그랬어?"

스푸트니크가 싱겁게 고개를 끄덕이자 안도감보다 먹먹함이 앞섰다.

거리를 두고 싶다. 하지만 그의 등 위에서 그러지도 못한 채 어깨를 쥔 손이 그만 떨렸다.

"가게에 들어왔을 때 나 몰래 숨어들어온 건 뭐야."

"그건…… 즈, 즐겁게 한잔하고 있는 것 같아서요. 방해하면 안 된다고 생각했어요."

"그래?"

그의 등 위. 조금 전까지만 해도 영원히 있고 싶었던 이곳이 갑자기 불편한 장소로 바뀌어버렸다. 경종을 울리는 심장 소리가 그의 등을 통해 귀로 전해지지는 않을까?

더 이상 아무것도 묻지 않기를 바랐지만, 그는 그 바람을 들어주지 않았다.

그가 마지막에 물은 말은 클루가 지극히 비밀리에 진행해온 행동인 동시에 그에게 가장 듣고 싶지 않은 것이었다.

"요즘, 매일 내 뒤를 밟았던 이유는 뭐야?"

"…………."

들켰구나. 고개가 그만 털썩 떨어졌다.

하지만 이 상황에 이르렀어도 진실을 말하기 힘들어서 클루는 열심히 머리를 굴렸다. 사람이 누군가의 뒤를 밟는 데

정당한 이유——이윽고 간신히 생각해낸 것은,

"……스푸트니크가 집이 그리워서 울지는 않을지 걱정이 돼서요오오요요오."

"내가 애야?"

흔들려서 목소리가 또다시 떨렸다. 혀를 깨무는 바람에 "읍"하는 기묘한 목소리가 나왔다.

이윽고 스푸트니크가 다시 느릿느릿 걷기 시작하더니 알아듣기 힘든 목소리로 이렇게 말했다.

"네가 무슨 생각으로 그런 행동을 하는지 모르지만, 난 너랑 달리 어른이야. 어른한테는 남에게 비밀로 하고 싶은 것도 있어. 그러니 내버려둬."

"쿠는."

좋아하는 사람에 대해선 뭐든 알아두고 싶은 법이지.

길에서 엘사가 해준 말을 떠올렸다. 하지만 그 말을 할 수 있을 리도 없었고, 한다고 한들 무슨 소용이 있을까.

약혼자.

그 단어를 다시 떠올리자 울적한 마음이 뭉게뭉게 퍼져나갔다. 뭐든 알고 싶은데 그렇게 해주지 않는 그에게 화와 초조함이 더해갔다.

그런 그녀를 등에 업은 채 그는 나지막한 목소리로 "근데"라고 말했다.

"……혹시 곤란한 일이라도 있으면 나한테 말해. 들어줄 테니까."

그러나 그것을 '서툰 그가 최대한으로 베푼 배려'로 받아들일 만큼 클루는 아직 어른이 아니었다. 자기만 비밀을 만드는 그가 하는 이기적인 말이라는 생각만 들었다.

"대답 안 해?"

담담하게 대답을 재촉하는 그의 등을 향해 무언가 말하고 싶었고, 전하고 싶었지만 가늘게 떨리는 입술이 그러기를 용납하지 않았다.

──아니.

용납하지 않는 것은 몸이 아니었다.

가슴에 가득 찬 답답함이 마음을 전하는 것을 허락하지 않았다.

클루는 그의 검은 머리카락에 얼굴을 갖다 댔다. 술을 못 마시는 그녀에게는 불쾌하게만 느껴지는 술 냄새가 코에 닿았다. 하지만 그녀는 그 불쾌한 냄새에도 주눅 들지 않고 날카롭고 재빠르게 숨을 들이쉬고──

알코올 탓인지 조금 빨개진 스푸트니크의 귀를 향해 단숨에 뱉어보였다.

"스푸트니크는 바보!"

"뭐어?!"

갑작스러운 큰 목소리에 다리를 지탱하던 그의 손이 느슨해졌다.

그 틈에 땅에 뛰어내리더니 클루는 종이봉투를 끌어안은 채 집까지 가는 길을 쏜살같이 달려가기 시작했다.

──복잡한 머릿속, 가게 문을 잠그고 나왔다는 사실도 까맣게 잊고서.

주머니에 넣은 열쇠를 찾는 동안에 화가 난 그가 바로 쫓아왔다.

*

"저기 클루."

"왜에?"

"오늘은 왜 뺨이 까매?"

"윽."

이튿날.

가게에 놀러 온 친구 안나가 클루에게 처음으로 물은 말은 클루 자신도 애초에 신경 쓰던 것이었다.

──어젯밤에 스푸트니크는 자신의 귓가에서 고함을 지른 클루가 울음을 터뜨릴 때까지 혼을 냈지만, 하룻밤이 지나도 그의 화는 가라앉지 않은 모양이었다. 쭈뼛대며 아침 인사를 하는 클루에게 그는 아무 말 없이 다가와서는 손에 든 펜 끝을 양쪽 뺨에 휘갈겼다. 처음엔 무슨 일을 당했는지 몰랐지만 머지않아 그가 든 펜 끝의 잉크가 확실히 스며드는 것을 깨달았다. 흠칫하고 놀라서 탁상 거울을 들여다보자 뺨 한쪽에는 '나는', 다른 한쪽에는 '바보입니다'라고 쓰여 있어서 클루는 자신도 모르게 비명을 질렀다.

다급히 뒤로 돌아가서 비누로 얼굴을 문질렀지만, 완전히는 지워지지 않은 채——현재에 이르렀다.

"아, 아무것도 아냐."

"기껏 네 머릿속을 한눈에 알 수 있게 해줬더니."

"스푸트니크는 바보!"

카운터 의자에 앉아서 신문을 펼쳐들고 있던 스푸트니크에게 대들 듯이 외쳤다. 낙서라는 복수를 함으로써 그의 화는 풀렸는지 그는 클루의 항의에 전혀 개의치 않고 껄껄대며 웃었다.

"스푸트니크 씨랑 또 싸웠어?"

"흐응."

그 말에 답하지 않고 클루는 입술을 뾰로통하게 만들어서 신음했다.

그렇지는 않지만 그렇지 않다는 사실을 설명하는 것도 마음이 용납하지 않았다. 그야 애초에 스푸트니크가 클루를 답답하게 만든 것이 잘못이지 않은가——자신도 모르게 뾰로통해진 그때 다시 그 말이 떠올랐다.

——약혼자.

"곤약(약혼)……."

"응? 클루, 곤약 먹고 싶어?"

잘못 들은 안나가 의아한 듯이 고개를 갸웃거렸다. "아니야"라고 답하면서 클루는 가슴을 꼭 쥐었다.

그때 입구 종소리가 울렸다. 다급히 고개를 그쪽으로 돌리자 한 여성이 들어오고 있었다. 클루도 낯익은 그 사람은 스푸트니크 보석점의 '단골'이었다.

맞이하는 인사를 하자 그녀는 이쪽을 향해 빙긋이 미소 지었지──만 클루에 대한 반응은 그뿐이었다. 스푸트니크의 '기다리고 있었습니다' 하는 밝은 목소리에 마치 이끌린 듯이 그를 향해 걸어갔다. 그 눈동자는 미소 짓고 있었지만, 조금 전에 클루를 향한 것과는 확실히 달랐다.

예를 들어 그에게 약혼자가 있다는 사실을 이 사람이 안다면 이 사람도 자신과 같은 얼굴을 하지 않을까.

뺨에 그만 힘이 실렸다.

──그런 클루에게 어째서인지 안나가 다 안다는 얼굴로 고개를 끄덕였다.

"클루, 나 알겠어."

"뭘?"

"클루의 마음이 복잡한 원인."

"어?"

우쭐한 얼굴을 한 안나의 말에 클루는 무심코 숨을 죽였다.

"요즘 클루, 틈만 나면 늘 한숨이잖아. 하지만 무슨 일로 고민하는지 안 가르쳐주니까 생각해봤어. ──분명 스푸트니크 씨 일이지?"

걱정 끼치고 싶지 않아서 안나에게는 아무 말도 하지 않았는데. 어째서, 하고 눈을 동그랗게 뜬 클루를 보고 안나는 더욱더 깊은 웃음을 지었다.

"후후후. 안나 님을 우습게보면 곤란하지."

"안나 대단해. 어떻게 알았어?"

"후후후. 더 칭찬해도 돼. 클루가 고민하는 일 대부분이 스푸트니크랑 연관된 거라는 걸 알아서가 아니야. 나의 이 좋은 머리가 그렇게 결론을 이끌어낸 거지!"

"안나, 대단해!"

"나 대단하지?!"

양손을 들고 친구의 뛰어난 두뇌를 칭찬했다.

그러자 그때 접객 중이던 스푸트니크가 고객이 알아차리지 못하도록 슬쩍 어깨 너머로 이쪽을 노려봤다는 사실을 알았다. 그 의미를 말로 표현한다면 '꼬맹이 두 녀석, 시끄러워'일까. 두 사람이 다급히 입가를 막자 그는 다시 경쾌한 목소리——와 가식적으로 웃는 얼굴——로 접객을 했다.

혼나지 않도록 두 사람은 목소리를 죽이고 대화를 다시 시작했다. 소리를 너무 죽여서 갈라져 나온 목소리가 조금 알아듣기 힘들었지만 말이다.

"그래서 말이지."

"응."

"클루가 스푸트니크 씨의 뭐로 고민하고 있냐면 말이지, 그건 바로."

"응."

"권태기야."

"권태기?"

반복해서 말했다. 하지만 클루의 기억에는 없는, 낯선 단어였다.

"그게 뭐야?"

"나도 잘 모르지만 남자랑 여자가 오래 같이 있으면 그렇게 된대. 같이 있는 게 싫어진대. 우리 아빠랑 엄마도 예전에 그랬다고 하더라."

"흐응……."

권태기가 뭔지, 무슨 원리로 그렇게 되는 건지, 또한 자신들의 현 상태가 그러한 것인지는 여전히 잘 모르겠지만 현상 개선을 위한 실마리로 들어두고 알아둘 가치는 있을 듯했다.

그래서 거듭 질문했다.

"그래서 그 권태기? 라는 건 어떻게 낫는 거야?"

"엄마가 친정에 돌아갔다고 했어."

"흐음."

친정이 없는 클루에게는 불가능한 대처법이었다. 금세 난감해졌다.

거울처럼 두 사람이 동시에 고개를 갸웃거리다가 먼저 아이디어를 떠올린 사람은 안나 쪽이었다.

"……우선 거리를 두면 되지 않을까?"

"같은 집에 살고 있는데?"

"각자 다른 곳에서 자면 되잖아."

"늘 따로 자거든?!"

가끔씩인걸, 하는 말은 가까스로 삼켰다.

기울어진 안나의 고개가 원래 위치로 돌아왔고 안나는 흐음, 하고 신음했다. 그리고 이번에는 고개가 반대 방향으로 기울어졌다.

그리고 그녀가 클루에게 전한 말은 클루의 발상에는 전혀 없었던 것이었다.

"그럼 가출한다든지?"

"가출?"

"가출. 그래, 좋은 아이디어 같지 않아? 늘 근처에 있던 클루가 갑자기 사라지면 스푸트니크 씨도 걱정이 돼서 가슴이 찢어질 것 같을걸."

자신 때문에 불안해하는 스푸트니크의 모습을 상상했다. 밤낮 할 것 없이 클루가 돌아오기를 기다리는 잿빛 눈동자가 우울하고 어둡게 가라앉아 있었고, 입가에 갖다 댄 마디가 굵직한 손가락이 자칫하면 쏟아질 듯한 힘없는 소리를 가로막고 있는 것 같았다. 그리고 그런 그의 마음속을 차지하고 있는 사람이 누구냐 하면, 또한 모든 감정은 누구를 위한 것이냐 하면 다름 아닌——

"스, 스푸트니크가 쿠 생각만……."

그만 떨어진 군침을 황급히 닦았다.

"그래. 그래서 스푸트니크 씨는 자기한테 클루가 얼마나 소중한 사람인지 깨닫는 거야!"

"안나…… 대단해!"

"나 대단하지?!"

"대단해!!"

"시, 끄, 럽, 다, 고 몇 번을 말해야 알아들어? 꼬맹이 녀석 둘."

하지만 현실의 스푸트니크는 그녀가 생각하는 만큼 호인이 아니었다.

화가 나서 짐짝인 양 오른팔로 클루를, 왼팔로 안나를 들어 올리더니 입구에서 바깥으로 휙 내쫓았다. "놀고 싶으면 밖에서 놀아"라고 혼쭐을 내면서.

문이 닫히기 직전에 스푸트니크가 "자꾸 신경 쓰이게 하고 말이지……"라고 말한 것 같기도 했지만, 잡음에 섞여서 똑바로 알아들을 수가 없었다.

"혼났어."

옆에서 깔깔대며 웃는 안나에게 반성의 빛이 전혀 없었다.

한편 클루는 평소에는 혼이 나면 풀이 죽었지만, 이번에는 그렇지 않았다. 그러나 안나처럼 신경도 쓰지 않는 것과는 조금 달랐다. 반성은 하고 있지만 지금의 클루의 머릿속은 그의 질책 이상으로 중요한 것이 가득 차 있었다.

스푸트니크가 클루만 생각해준다. 클루가 얼마나 소중한 사람인지 알아준다. 약혼자인 그녀보다도?

예를 들어 그 '권태기'를 극복한다면, 혹은 '권태기'가 낫는다면. 클루가 그의 모든 면을 알고 싶어 하는 것처럼 그도 클루의 모든 면을 알고 싶다고 생각해줄까?

——생각했더니 답이 입을 뚫고 나왔다.

"할래."

아무리 빤히 지켜보고 있어도, 아무리 뒤를 쫓아다녀도 소용없었다.

밀어붙여서 소용없었다면 달리 할 일은 한 가지뿐이었다.

친구의 큼직한 눈동자를 똑바로 쳐다보자 그곳에 투지로 불타는 자신의 모습이 비치고 있었다.

가슴 앞으로 손을 단단히 부여잡고 클루는 소리 높여 선언했다.

"안나, 나 가출할래!"

2

안으로 돌아온 클루는 우선 점내의 두 사람에게 "소란스럽게 해서 죄송합니다" 하고 고개를 숙였다.

손님 앞에서라면 설교를 심하게 하지 않겠지 하는 계산에서 나온 행동이었는데, 그 계획은 멋지게 성공을 거두었다. 스푸트니크는 그에 불쾌한 얼굴을 했지만, "괜찮아, 아이는 소란스러운 편이 귀여우니까"라는 손님의 말 덕분에 아무 말도 하지 못하는 것 같았다.

그리고 손님이 돌아가기 전에 도망치듯이 점심 휴식에 들어갔다. 2층에 달려가서 방으로 돌아가 앞으로의 일을 생각했다.

침대 옆에서 토끼 인형을 가져와 이쪽을 바라보도록 책상 위에 앉혔다.

그리고 클루는 선언했다.

"그럼 회의를 시작하겠습니다."

책상 선반에서 메모장을 꺼내 아직 사용하지 않은 페이지를 펼쳤다. 그 가장 위에 '가출 계획'이라고 큼직하게 썼다.

우선 생각해야 하는 것은 몸을 의탁할 곳이었지만, 그건 클루의 마음속에 이미 정해져 있었다. 그렇다면 다음으로 생각해야 하는 것은 가출에 필요한 물품이다.

실내를 두리번두리번 둘러보고 우선 첫 번째로 '토순이'라고 썼다.

"토순이는 엄청 중요하니까."

반드시 데리고 가야만 한다.

요전번에 피네치카에 방문했을 때도 전용 배낭에 넣어서 같이 갔다. 배낭이 인형보다 조금 작아서 집어넣으면 얼굴과 귀가 밖으로 튀어나오지만, 등에 매면 가지고 다니는 데 불편하지 않았다.

그리고. 어른의 세계에서는 '자금'이 없으면 아무것도 할 수 없다는 사실을 클루는 확실히 알고 있었다.

저금통을 꺼내서 흔들어보자 짤랑짤랑 소리가 났다. 입구에서 안을 들여다보자 동화가 잔뜩 들어 있었다.

"그래."

그리고 만약 모자란다면 클루에게는 비장의 카드가 있다. 어쨌거나 이렇다 할 문제는 되지 않을 터였다.

고개를 크게 끄덕이고 재차 생각했다. 자아, 그 외에는 뭐가 필요할까. 여행을 다닐 적에 자신이 무엇을 가지고 다녔더라.

생각해보니 여행을 다닐 적에는——아니 지금도 대부분 그렇다고 할 수 있지만——스푸트니크가 난감한 일을 전부 맡아주었다. 사람을 두려워해서 아무것도 하지 못하는 클루를 스푸트니크는 탓하지 않고 데리고 다녀주었다. 바들바들 떠는 클루에게 입혀준 그의 상의에서 전해져 왔던 온기를 지금도 기억하고 있었다.

……문득 지금의 자신의 행동에 죄책감을 느꼈다.

그의 곁에서 아무 말 없이 떠난다는 것은 그렇게까지 해준 그를 배신하는 게 아닐까?

"아니에요."

그렇게 묻는 누군가에게 부정하고 고개를 크게 가로저었다. 그렇지 않다, 전적으로 그가 자신을 봐주지 않는 게 잘못이다. 비밀스러운 행동을 하고는 전부 제대로 말해주지 않는 그의 잘못이다.

하지만 자리를 튼 죄책감은 마음에서 떨어지지 않았다. 몸 안쪽을 따끔따끔하게 찌르는 아픔에 클루는 가슴을 꼭 부여잡다가——

갑자기 깨달았다.

"말하고 가면 돼요."

그래. 확실히 전해놓으면 된다.

그렇다면 문제없잖아? 하고 마음속의 누군가에게 질문하면서 클루는 서랍에서 자신이 좋아하는 봉투와 편지지를 꺼냈다.

＊

우편이 슬슬 도착할 때가 됐는데.

그런 생각을 하면서 입구를 쳐다봤지만, 종이 흔들리는 기척이 전혀 없어서 스푸트니크는 길고 가늘게 숨을 내뱉었다.

점심 휴식에서 일찌감치 돌아와 시간 때우기도 겸해서 업무 일지를 펼쳤을 무렵, 그는 며칠 전에 납품했을 터인 액세서리 하나를 떠올렸다.

납품했을 터라는 것은 우편으로 납품해서 본인에게 직접 건네지 않았기 때문이다. 스푸트니크가 가진 단골 중에는 그를 일부러 만나러 오고 싶어 하는, 바꿔 말해 그를 만나기 위해 작업 의뢰를 맡기는 여성이 적지 않지만——그리고 그렇게 와준 고객을 '접객'할 때마다 클루가 심통을 부리지만——그렇지 않은 경우도 물론 있었다.

그런 손님에게는 사람을 보내거나 우편으로 일을 처리하는 것이 주된 방법이었다. 이번 손님은 후자의 방법을 택했지만, 물건을 보낸 지 며칠이 지났으나 수령 보고가 여전히

오지 않는 것이 신경 쓰였다. 정말 무사히 도착했으려나.

하지만 사사건건 신경 쓰는 것은 자신의 성격에 맞지 않았다. 어쨌거나 소식이 오겠지 하며 결론을 내리고 일지를 덮은 그때였다.

탁탁탁탁, 하는 소리가 들렸다.

계단을 내려오는 가벼운 발소리. 이쪽도 지금 그의 '걱정거리'였다. 아니 오히려 그의 일상과 깊이 연관된 만큼 이쪽이 더 심각했다. 평소에 비해 발소리가 빠른 것 같은 건 기분 탓일까——하고 생각한 순간.

우당탕, 하고 한층 큰 소리가 났다.

무슨 일인가 싶어서 무심코 엉거주춤 일어났다. 상황을 살피러 갈까 고민하고 있는데 이윽고 '종업원 전용' 문이 열리고 그곳에서 종업원이자 우리 가게의 스토커 견습생이 나타났다. 왜 그렇게 흥분하고 있는지 뺨이 홍조를 띠고 있었고 숨을 조금 헐떡이고 있었다.

그리고 빨개진 것은 뺨뿐만이 아니었다.

"조금 전에 난 소리는 뭐야?"

"계단에서 넘어졌어요. 근데 두 계단만이에요. 두 계단 정도 착오했어요."

"착오라."

"문제없어요. 그것보다!"

무릎도 뺨과 같은 색을 하고 있었고, 정강이 주변에는 살짝 긁힌 상처가 보였다.

하지만 그런 건 사소한 일이라는 양 단언한 클루는 손에 든 것을 힘차게 스푸트니크에게 내밀었다. 심플하게 그려진 수많은 병아리가 춤추고 있는 그 봉투는 클루가 좋아해서인지, 멀리 우편을 보낼 때 자주 사용한다는 사실을 알고 있었다.

애타게 기다리던 우편이 아닌 그것을 스푸트니크는 일단 받아들었다.

"……읽으면 돼?"

"네."

초롱초롱 빛나는 눈동자를 거들떠보지도 않고 스푸트니크는 봉해지지 않은 봉투의 입구를 들어올렸다. 안에 담겨 있는 편지지 한 장에는 마찬가지로 수많은 병아리가 우왕좌왕하고 있었고 그 빈틈을 누비고 나아가듯 짧은 문장이 쓰여 있었다.

내일이랑 내일모레 쉬겠습니다.

……인상을 찌푸리고 클루를 쳐다봤다.

그러자 그녀는 자신의 의사가 통했다고 생각했는지 양손을 뺨에 갖다 대고 "에헤" 하고 수줍게 웃었다.

그러나 이 아이의 기발한 사고 회로를 정확하게 읽어낼 만큼 스푸트니크의 인생 경험은 풍부하지 않았다. 그래서,

"너 언제부터 내 가게의 정기 휴일을 정할 만큼 대단해진

거야?"

"아니에요."

머릿속에 떠오른 의문을 그대로 말하자 클루는 가슴 앞으로 양손을 주먹 쥐고 도리질을 하듯이 고개를 가로저었다. 밤색 머리카락이 살랑살랑 춤추듯이 흩날렸다.

그리하여 만족할 때까지 고개를 내젓더니 그녀는 다시 조금 전에 편지를 내밀 때와 마찬가지로 양팔을 스푸트니크의 머리를 향해 내밀었다. 그러나 이번에는 아무것도 쥐고 있지 않았다.

그녀는 그 자세를 한 채 웃는 얼굴로 말했다.

"유휴가 주세요."

"유……?"

그건 뭐란 말인가.

'달라고' 했으니 분명 뭔가 물건이겠지. 하지만 과자 종류, 장난감 종류에서는 들어본 적이 없었다. 월급을 가불할 만큼 돈에 헤프지도 않을 테고 말이다——

편지 내용과 더불어 생각하다가 이윽고 알아차렸다.

"……유급 휴가 말이야?"

"맞아요."

진지한 얼굴로 고개를 끄덕이는 바보.

"주세요."

"이유는?"

"그게 그러니까, 그러니까."

틈을 두지 않고 질문하자 잠시 여기저기 시선을 헤매더니,

"개인적인 사정 때문에요."

"그런 말만 외우고 말이지."

투덜거린 말은 자신도 알 수 있을 만큼 나지막하고 흐렸다.

"뭐 됐어. 쉬어."

"신청 서류를 쓰는 법을 몰라서 힘들었어요. 이거면 돼요?"

"……괜찮냐고 묻는다면 참담할 만큼 좋지 않지만…… 수리하지 뭐."

"야호!"

유급 휴가는 노동자에게 주어진 정당한 권리로, 신청을 받았다면 확실히 받아들여야 한다. 설령 그것이 병아리가 잔뜩 그려진 편지지일지라도 말이다.

"그리고, 그리고 말이에요."

"뭐야. 아직 또 있어?"

"에헤헤."

클루가 수줍게 웃더니 오른쪽으로 돌았다. 스커트가 활짝 펼쳐졌다. 등을 돌리고 '종업원 전용' 문 안으로 사라졌지만 금방 돌아왔다. 바로 그곳에 대기시키고 있었는지 팔에는 인형이 끌어 안겨 있었다.

스푸트니크도 낯익었다. 어젯밤, 카페 피네에서 얻어온 인형이었다.

"이 아이를 쿠라고 생각하고 귀여워해 줘도 돼요."

"뭐어?"

"쿠가 없는 동안, 이 아이를 쿠라고 생각해서 외로워해 주세요."

보통 이런 물건은 어린아이가 '외로워하지 않도록' 주는 것이 아니었던가? ——혼자 남은 다 큰 어른이 외로워하는지 그렇지 않은지는 별개로 치고 말이다.

……그러나. 탁상 거울 옆에 인형을 분주하게 설치하는 그녀를 보며 스푸트니크는 생각했다. 고용주로서 휴가를 허가하더라도, 보호자로서 자유로운 행동을 허락하느냐고 한다면 그건 또 다른 이야기였다.

오른손으로 편지지를 펼치고 왼손 새끼손가락으로 귀를 파면서 들뜬 모습의 클루에게 물었다.

"받아들이긴 하겠지만. 그 이틀간 넌 뭘 할 생각이야?"

——그러자.

이쪽으로 등을 돌린 클루의 움직임이 딱 멈추었다.

자신이 없는 걸 외로워해 달라는 것은 달리 받아들이자면 '자신은 집에 없다'는 뜻이다. 아마도 이틀 동안이나 말이다.

그가 일 때문에 집을 비우는 일은 있어도 그녀가 스스로 거리를 두려고 하다니, 지금까지 단 한 번도 없었던 일이었다. 그래서 신경이 쓰여 그렇게 물었지만.

클루는 계속해서 대답하지 않았고 고집스럽게 돌아보려고도 하지 않았다.

"야."

"이, 이야."

안달이 나서 말을 걸자 클루가 갑자기 만세를 했다.

종종걸음으로 카운터 안으로 들어가더니 선반 밑에서 잉크병을 꺼내 치켜들었다.

"큰일이에요. 잉크가 이만큼이나 줄어들었어요."

"엊그제 새로 바꾼 참이거든?!"

"지금 당장이라도 다 떨어질 것 같아요."

"가득 차 있잖아."

"이건 바람직하지 않아요. 중대한 일이에요. 쿠, 얼른 사러 갔다 올게요!"

직무에 충실한 종업원을 연기하고 싶은 모양이지만, 안타깝게도 눈동자는 요동치고 있었고 손은 한시도 가만있지 못하고 쥐었다 펼치기를 반복하고 있었으며, 그리고 일인칭이 '쿠'가 되어 있었다. 어딜 어떻게 봐도 수상쩍었다.

하지만 그녀는 스푸트니크에게 추궁할 틈을 주지 않았다. 씩씩하게 오른손을 들더니,

"그럼 다녀올게욧."

말하다 살을 깨물었다.

아팠는지 양손으로 입가를 누르고 잠시 눈물이 글썽한 눈으로 서 있었지만, 이윽고 아픔이 가시자 다시 한 번 더 "다녀올게요" 하고 이번에는 똑바로 말하고서 입구로 뛰쳐나갔다.

──싶더니만 바로 돌아오더니 안쪽으로 들어가서는 포셰트를 가지고 다시 나갔다.

홀로 남은 점내에서 스푸트니크의 입에서 자연스레 한숨이 새어 나왔다.

그와 더불어 말도 자연스레 나왔다.

"……대체 뭐야."

*

"휴우, 큰일 날 뻔했네."

잡화점과 반대 방향으로 걷기 시작하면서 클루는 이마에 맺힌 땀을 닦았다. 잘 속였을 테며, 휴가를 얻으려는 진짜 이유도 분명 들키지 않았을 것이다. 잉크는 일에 꼭 필요하기 때문에 일련의 흐름은 부자연스럽지 않았을 테다. 아마도. 분명.

그렇게 결론을 내리고 그래, 하고 고개를 크게 끄덕여 자신의 마음에서 불안을 잠재웠다.

"그럼."

걸어가면서 포셰트에서 메모장을 꺼내 팔랑팔랑 넘겼다. 지금 당장 가출에 필요한 물건을 사둘 생각이었다. 짐은 조금 많아질지도 모르지만, 마지막에 잉크를 사서 돌아가면 의심받을 일은 없을 것이다.

그런데 조금 전에 메모를 해둔 건 몇 페이지더라. 메모장을 넘겼다가 되돌렸다가 넘겼다가 되돌리기를 반복하고 있었기 때문에 상대가 말을 걸기 전까지 그 사람이 다가오는 것을 전혀 몰랐다.

"어머나, 클루."

누군가가 자신의 이름을 불렀다는 사실을 알아차린 것은 두 걸음 정도 나아간 후였다. 걸음을 멈추고 돌아보자 슈트 차림의 한 여성이 웃는 얼굴로 손을 살랑살랑 흔들고 있었다. 그녀의 검은 머리카락 속에 꽂혀 있던 비녀 하나가 반짝반짝 빛나고 있었다.

"안녕하세요. 나츠 씨."

"안녕. 이런 시간에 별일이네. 가게는 안 봐도 돼?"

"네. 저기, 물건 사러 나왔어요. ……맞다, 저기 나츠 씨."

"왜에?"

경찰관인 나츠는 일 때문에 이 마을을 떠난 적도 있다고 했다. 그렇다면 분명 클루보다 장기 외출에 대해서 자세히 알 터였다.

"가출……이 아니라, 저기 여행을 떠날 때 필요한 건 뭐가 있어요? 멀리 갈 때 가져가는 편이 좋은 거라든지 말이에요."

"어머나, 클루. 또 어디 가는 거야?"

"아뇨, 저기 그게."

나츠에게 있어서는 대수롭지 않은 질문이었을 테다. 하지만 클루는 그만 머뭇거렸다. 나츠가 거짓말을 간파하는 것이 특기라는 사실을 알고 있었기 때문이다.

클루는 예전에 그녀에게 사소한 거짓말을 한 적 있다. 그때 자신은 능숙하게 거짓말을 했다고 생각했지만, 결과부터 말하자면 전혀 통하지 않았다. 경찰관인 그녀는 직업 성격상 거짓말을 간파하는 것이 특기라고 한다. 그래서 오늘도 섣불리 말할 수 없었다. 아이가 가출이라니, 경찰관인 그녀가 알게 된다면 분명 혼쭐이 날 것이다.

아니, 그뿐만이 아니다. 분명 스푸트니크에게 보고해서 면밀──클루는 그렇게 생각하고 있다──한 이 모든 계획이 수포로 돌아갈 것이다. 그래서,

"나, 나중을 위해서요."

실컷 고민한 끝에 클루는 그렇게 답했다.

이것은 거짓말이 아니다. 언젠가 활용할 지식으로써 자신은 확실히 알고 싶은 것이다. 다만, 그 '언젠가'가 몇 년 후인지 내일인지를 분명히 말하지 않았을 뿐이다.

나츠가 의아한 듯이 눈살을 찌푸렸다는 사실을 알고 다급히 말을 덧붙였다.

"저기, 저기 그러니까 요전번에 외출했을 땐 스푸트니크랑 같이 갔지만, 언젠가 저 혼자 가서 일할 수 있으면 스푸트니크한테 도움이 되지 않을까 해서요. 그래서 혼자 어딘가 갔을 때를 대비해서 공부하고 싶어요. 그러니 가르쳐주세요."

'거짓말이 아닌 말'을 손짓 발짓까지 보태서 힘차게 말했는데 그렇게 들렸을까.

심장이 터질 만큼 고동친다는 사실을 자각했지만 끔찍한 시간은 그렇게 오래 이어지지 않았다. 그녀의 미간에 진 주름이 바로 누그러들었기 때문이다.

"글쎄. 나였다면……."

나츠는 턱에 손을 갖다 대고 하늘을 올려다보더니 흐음 하고 숨을 내뱉었다.

이윽고 클루를 보고 빙긋이 미소 지은 그녀는 이렇게 조언했다.

"근데 너무 특이한 건 안 가져가. 평범하게 지갑이라든지 갈아입을 옷이라든지 화장품이라든지…… 아아, 그리고 좋아하는 과자라든지 음식도 조금씩 가져가기도 해."

"음식이요?"

"응. 음식은 도시에 따라 특색이 있잖아. 맛있긴 해도 여행이 길어지면 역시 익숙한 음식이 먹고 싶어질 때도 있으니까. 그럴 때를 대비해서 말이지."

"그렇군요."

주머니에서 메모장을 꺼내 '소지품' 란에 기입했다. 과자나 음식.

"공부가 됐어요. 고마워요."

"그거 다행이네. ……그런데 클루."

"왜요?"

"정말 어딜 갈 건 아니지?"

그 질문에 클루가 숨을 죽인 것은 나츠의 푸른 눈동자가 어느새 다시 탐색하는 빛을 띠고 있다는 사실을 깨달았기 때문이다. 그녀는 언제부터 그런 눈으로 자신을 보고 있었을까. 언제부터 자신을 의심하고 있었을까. 언제부터. ──어느 지점에서부터.

심중을 꿰뚫는 듯한 눈을 더 이상 보고 있을 수 없어서 클루는 힘차게 고개를 떨어뜨렸다.

"아, 아니에요. 괜찮아요. 고마워요. 정말 공부가 됐어요. 심부름 가는 도중이니까 쿠는 여기서 실례할게요. 잘 가요!"

"어라, 쿠, 잠깐만!"

만류하려는 나츠의 목소리에 답은 하지 않았다. 미안하다고 마음속으로 사과하고 클루는 도망가는 토끼처럼 달려가기 시작했다.

그렇게나 서두르고 있어서 클루는.

──메모 용지 한 장을 떨어뜨렸다는 사실을 몰랐다.

*

종소리가 울려서 스푸트니크는 느릿느릿 고개를 들었다.

뛰쳐나간 종업원이 돌아왔나 싶었지만 그 예상은 틀렸다. 키 큰 청년이 모자를 한 손에 들고 "우편입니다"라고 말했다. 이윽고 들어온 사람은 낯익은 우편배달부였다.

속으로 "알고 있어"라고 답하면서 일어나 그가 내민 수령증에 사인을 했다. 그가 가져온 것은 봉서 한 통과 작은 상자였다. 발신인은 스푸트니크가 계속 기다리던 사람이었기에 무심코 뺨이 누그러들었다.

──하지만. 그 웃음이 바로 사라진 것은 우편배달부와 교대하듯이 들어온 사람이 몹시 지긋지긋한 인물이었기 때문이다.

"경찰입니다만."

"알고 있어, 할망구."

마치 위협이라도 하듯이 주머니에서 꺼낸 수첩을 스푸트니크의 눈앞에 내민 나츠. 질 수 없다는 양 대답했지만, 그녀도 익숙한지 딱히 주눅 든 낌새 없이 가게 안을 둘러보았다.

최종적으로 그녀가 신경 쓴 것은 카운터 위에 어수선하게 펼쳐진 '그것들'이었다. 줄자, 모형지, 헝겊에 실과 바늘──바느질 도구. 그것과 옆에 앉혀놓은 곰 한 마리.

고개를 기울이고 그녀가 말했다.

"뭐 만드는 거야? 인형 옷?"

"역시 '알몸에 나비넥타이'는 너무 변태스럽잖아."

"인형인데 무슨 소리야."

나츠가 어이가 없다는 듯이 말했지만 조금 전에 스푸트니크에게 '이걸 자신이라고 생각해달라'고 명령한 사람이 있으니 어쩔 수 없었다.

이 여자 앞에서 고객에게서 온 편지를 펼칠 마음이 들지 않아 개봉하지 않은 채 선반에 올려놓고 다시 재봉하기 시작했다. 그런 그를 보고 나츠가 말을 보탰다.

"성격이랑 안 어울리게 의외로 뭐든지 잘하네, 당신은."

뭐든지, 라고 하면 어폐가 있다. 직업 성격상 손을 놀리는 일을 비교적 잘할 뿐이다. 그러나 그런 말을 굳이 나츠에게 설명하기엔 번거로웠다. 그래서,

"나도 골칫거리는 있어."

"예를 들어서?"

"주인이 돌아가라는 오라를 내뿜는 데도 개의치 않고 매번 불쑥 찾아와서는 끈질기게 눌어붙어 있는 경찰국 리아피아트 지부 성가신 민완 할망구라든지."

"그거 나한테 은근히 '가라'고 말하는 거야?"

"지금 한 말이 '은근히'로 들렸으면 실례했어. 다시 말할게. 돌아가, 할망구."

립스틱을 바른 입술이 한눈에도 알 수 있을 만큼 굳어지는 것을 보고 꼴좋다고 생각했다.

이윽고 나츠의 입이 벌어졌다. 욕설이 날아오나 싶었지만 그렇지 않았고 새어 나온 것은 긴 한숨이었다. 끌어안은 분노를 단숨에 내뱉은 것 같기도 했다.

그 후 이어진 것은 나지막하게 죽인 목소리였다.

"이쪽은 용건이 있어서 온 거야."

"용건?"

"조금 전에 이걸 주웠어."

나츠가 경찰수첩 사이에서 빼내서 내민 것은 종이 한 장이었다. 스푸트니크의 손바닥보다도 조금 아담한 둥근 메모 용지는 어딘가에서 본 병아리 모양을 하고 있었다. 업무에 사용하기에는 조금 지나치게 귀엽지 않나──생각했지만 문제점이 그게 아니라는 사실을 금세 알 수 있었다. 병아리에서 느껴진 기시감의 정체를 깨달은 것이다.

카운터에서 심심풀이로 하던 바느질 도구를 내팽개치고 낚아채듯이 메모 용지를 받아들었다.

삐뚤삐뚤한 필적은 확실히 그가 잘 아는 것이었다.

가장자리가 모래에 조금 더럽혀진 메모 용지에 이렇게 한 줄 쓰여 있었다.

유언장, 찾지 말아주세요.

……몸에 힘이 빠졌다.

최근에 그 아이가 애용하던 캐릭터 메모장과 그것이 더럽혀졌다는 사실에서 무슨 위험이 닥쳤는가 하고 순간적으로 핏기가 가셨지만, 정말이지 걱정한 게 손해였다.

검지와 중지로 집어서 둘러보았지만 그 외에는 아무것도 쓰여 있지 않았다. 과연 이것은,

"유언인지 메모인지 확실히 해줘."

문면에서 보자면 둘 중 하나긴 하겠지만, 안타깝게도 어느 쪽이건 기록한 사람의 머리가 조금 모자란 것 같았다.

"조금 전에 클루를 만났는데 그 애가 떨어뜨리고 갔어."

"남의 메모를 마음대로 들여다보는 건 좀 그렇다 싶지만. 흐음."

입술을 삐죽 내밀고 "보고 싶어서 본 게 아니야. 보였으니까 어쩔 수 없잖아"라고 말하는 나츠를 올려다보고 메모장을 내밀었다. 그녀는 그것을 수첩 사이에 소중하게 넣어뒀다.

"어느 쪽이든 보통 문제가 아니야. 좌우지간 그만큼 무언가 고민하고 있다는 거잖아."

그리고 나츠는 팔짱을 끼고 스푸트니크를 노려보았다.

"직권 남용은 형벌의 대상이야."

그 말을 듣고 마침내 그녀가 처음에 소속을 명확하게 댄 의미를 깨달았다. 오늘 방문은 평상시의 만사태평한 순찰이 아니라 다른 의미가 있다는 사실을 넌지시 나타낸 것이다.

하지만 이 일에 관해서는 완전 억울했다.

"거북한 소리 하지 마. 스푸트니크 보석점은 우수한 기업이야. 복리후생도 충실하다고."

"그럼 그 애 다리엔 왜 상처가 난 거야?"

"그건 조금 전에 계단에서 넘어져서 그런 거야. 직장 환경 개선을 위해 쿠션이라도 깔아야 속이 시원하겠어? 경위님?"

더 이상 할 말이 없다는 사실을 태도로 나타내기 위해 내팽개친 헝겊을 끌어당겨서 다시 재봉하기 시작했다. 주변에 굴러다니던 필요 없는 천을 마름질하고 덧대서 작은 옷

옷을 만들고 있었는데 제법 나쁘지 않게 진행되고 있었다.

하지만 나츠는 납득하지 않았다. 미간의 주름이 갈수록 깊어졌다.

"그럼 걔가 어째서 이런 메모를 한 거야?"

"…………."

스푸트니크는 잠자코 있었다. 대답할 말이 없었기 때문이다.

집중해서 재봉하는 척하며 계속해서 아무 말도 하지 않았다. 하지만 역시 경찰국 민완 경위에게는 그런 임시변통의 어설픈 연극이 통할 리 없었다.

"조금 전에 그 애, 멀리 여행할 때 필요한 물건이 알고 싶다면서 어떤 게 필요한지 물었어. 언젠가 당신한테 도움이 되고 싶어서 혼자서도 멀리 갈 수 있도록……이라고 했지만, 아무래도 믿기 힘들어. 최근에 그 애 상태가 이상하다는 걸 몰랐다고는 하지 않겠지. 고용주로서든 보호자로서든 뭐든 상관없이 당신은 신경도 안 쓰여?"

입을 떼면 지는 거라고 생각했다.

작업에 집중하는 척하며 천에 바늘을 꽂아서 빼내고 꽂아서 빼냈다. 종업원의 일에는 관심이 없다고, 그 정도 일로 자신은 동요하지 않는다고 아무 말 없이 주장했다.

그사이에 나가떨어진 것은 나츠 쪽이었다. "정말 너무하는 거 아냐? 알아서 해" 그렇게 내뱉고 나가는 그녀를 배웅할 리가 없었다.

바늘을 쥐고 조금씩 잡아당기면서 스푸트니크는 한숨을 쉬었다. 정말이지 어이없는 소리나 하는 여자다. 이 몸이 고작 어린애 한 명의 기행에 혼란스러워하겠는가 말이다.

이윽고 종소리가 그쳤을 무렵이었다.

헝겊조각에서 위화감을 느끼고 스푸트니크는 손을 멈췄다.

꿰매고 있었을 터인 천을 뚫어져라 쳐다보고 위화감의 정체를 알아차리고 그만 눈살을 찌푸렸다.

……실 끝에 매듭짓지 않았다는 사실을 지금 마침내 깨달은 것이다.

*

"어서 오세요! ——어머나 안녕, 클루."

이어서 클루가 찾아간 곳은 카페 피네였다.

문을 열자 여느 때처럼 곧장 밝은 목소리가 날아왔다. 웨이트리스 엘사는 딸랑딸랑 울리는 종소리에 지지 않을 만큼 생기 넘치는 인사를 했다.

점내를 둘러보고 모습을 찾을 것도 없이 그녀 쪽에서 먼저 다가와주었다. "오늘은 어쩐 일이야?" 하고 포니테일을 흔들며 묻는 엘사에게 주문을 하려고 하다가——그것보다 먼저 전할 말이 있다는 사실을 깨달았다.

"저기, 어제는 잘 먹었어요. 그리고 곰 인형, 고맙습니다.

소중히 간직할게요."

"별걸 다 가지고. 예뻐해 줘."

여느 때와 다를 바 없는 그녀의 웃는 얼굴에 마음을 놓았다. 조금 전에 나츠와 나눈 대화로 자신이 얼마나 긴장하고 있었는지 새삼스럽게 깨달았다.

후우, 하아, 하고 두 번 심호흡을 하고 고개를 들었다.

"저기 도시락 만들어주세요."

"도시락?"

"네. 내일 아침에 필요해요. 개수는 저기…… 세 개 정도요."

"세 개?"

검지, 중지, 약지를 세워 보이자 그녀도 마찬가지로 손가락을 세웠다. 엘사는 고개를 갸웃거리고 손가락을 하나하나 세어보듯이 자신의 손가락을 꼽으면서 물었다.

"클루랑 스푸트니크랑 그리고 누가 먹을 거야?"

"아뇨, 전부 내가 먹을 거예요."

그렇게 답하자.

엘사의 고개가 더욱 기울었다.

"그렇게 많이 먹으면 배탈 날지도 몰라."

"저기 그게, 조금씩 먹을 거예요."

"흐음……."

납득했는지 하지 않았는지 애매하게 답하는 엘사를 올려다보았다. 클루를 비추는 그 눈동자가 어딘지 모르게 나츠를 닮았다는 생각이 들어서 절로 숨이 막혔다.

하지만 그 시간은 오래가지 않았다. 엘사는 고개를 크게 끄덕였다.

"알겠어. 내일 아침에 도시락 세 개 말이지? 가지러 올래? 아님 스푸트니크 보석점으로 가져다줄까?"

"가지러 올게요!"

가지고 오다니 말도 안 되는 소리다! 스푸트니크가 알아차려서는 안 되니 말이다. 고개를 절레절레 젓고 그녀의 말에 포개듯이 강하게 답했다.

그러고 나서 흠칫하고 너무 강하게 거절했나 싶어서 불안해졌다. 다급히 엘사를 올려다보았지만 그녀는 의아하게 생각하지 않는 모양이었다. 평상시처럼 미소 지으며 "알겠습니다" 하고 답해주었다.

"그 외에 주문할 건 없고?"

"쿠키랑 초콜릿 같은 과자도 필요해요. 가능한 한 많이요."

"그래. 준비해둘게."

돈은 내일 아침에 지불해달라는 말에 고개를 깊숙이 숙이고 "잘 부탁해요"라고 말했다. 그리고 클루는 후련한 기분으로 카페 피네를 뒤로 했다.

이걸로 식사 걱정은 사라졌다.

그리고 한 가지 더 클루의 계획에 필요한 건——

*

　도착한 우편은 유키로부터 온 것이었다.

　일상에서 사용할 수 있는 액세서리를 만들어달라는 주문을 받아서, 맡은 보석을 가공해서 반납한 것에 관한 우편이었다. 그녀는 세심한 부분까지 살펴보는 고객이라서 어디한 군데라도 흡족하지 않은 곳이라든지 부족한 곳이 있으면 타협하지 않고 재가공을 명한다. ……다만 그런 만큼 대금을 확실히 지불하고 스푸트니크의 일을 높이 평가해주기도 했기 때문에 그녀는 스푸트니크 보석점에 있어서 우수 고객이라고 할 수 있었다.

　내용은 액세서리를 확실히 수령했다는 것, 흠 잡을 데 없는 솜씨라는 것, 제시받은 가격으로 구입하겠다는 것. 그리고,

　'이건 부적. 괜찮다면 클루한테 줬으면 좋겠어. 분명 도움이 될 거야.'

　하고 하얀 상자 안에 담긴 내용물에 대한 설명이 적혀 있었다.

　뚜껑을 열어보자 안에 작은 병이 하나 담겨 있었다. 투명한 유리 안에 담긴 수많은 그것들은 그의 '장사 도구'와 흡사했지만──그렇군, 하고 무심코 웃음이 새어 나왔다. 이건 확실히 사용법에 따라서는 상당히 유용할 듯했다.

　──그렇게 생각한 것과 동시에 종소리가 울렸다.

상자 뚜껑을 덮으면서 고개를 들었다. 스푸트니크가 인사를 하기보다 먼저, 손님이 말했다.

"안녕하세요."

카페 피네의 웨이트리스 엘사였다.

포니테일을 흔들며 인사하는 모습은 여느 때와 같았지만, 가게 에이프런을 걸친 상태였다. 일하던 중에 일부러 빠져나온 것으로 보였다. 그만큼 급하게 왔다고 한다면 상품 구입을 목적으로 방문한 건 아닐 것이다. 그렇다면…… 하고 예측을 하고 있는데 엘사가 갑자기 '어머나' 하고 말했다.

그녀는 그 곰 인형을 보고 있었다.

"옷을 만들어줬네요. 엄청 귀여워졌어요."

"고마워."

바느질한 곳을 다시 한 번 더 더듬어가는 일은 역시 짜증스러웠지만, 어렵지는 않아서 옷은 무난하게 바로 완성되었다.

곰의 팔을 잡고 악수하듯이 흔드는 엘사를 시야 가장자리에 담으며 스푸트니크는 누나에게서 온 편지를 다시 읽었다. 글자를 빼고서 읽거나 다른 방식으로 읽어보는 등 생각나는 방법대로 읽어봤지만 암호라든지 숨겨진 의미 같은 건 없는 듯했다. 단순한 편지라고 판단해도 좋을 듯했다.

──시선을 느끼고 편지에서 고개를 들었다.

엘사가 스푸트니크를 빤히 쳐다보고 있었다.

"왜?"

"죄송한데 조금 신경 쓰이는 일이 있어서요."

그녀는 뒷짐을 지고 빙긋이 웃으며 익살맞게 고개를 좌우로 갸웃거렸다.

뭐지. 인상을 찌푸려 보이자 그녀가 이런 말을 했다.

"스푸트니크 씨, 내일 외출하실 예정인가요?"

말에 담긴 의미를 파악하는 것은 어렵지 않았다.

"……쿠 일인가보군."

"내일 도시락이 세 개 필요하다던데요."

이름을 부르는 소리에 한숨이 섞인 것은 불가항력이었다. 정말이지 이 녀석 저 녀석 할 것 없이 말이지.

"그 녀석이 내일 유급 휴가를 받고 싶대. 난 고용주로서 종업원이 휴가를 어떻게 보낼지까지는 간섭 안 해. 엘사 너도 나한테 불평 부리러 온 거야? 그럼 돌아가, 일에 방해돼."

"불평이라뇨?"

"그 바보가 와서 '보호자로서 신경도 안 쓰이냐'고 하더군. 괜한 간섭이야."

"어머나."

그러자 그녀는 눈을 동그랗게 떴다. 입에 손을 갖다 대고 나치도 참, 하고 어이가 없다는 듯이 말했다.

"스푸트니크 씨라면 이미 충분히 걱정하고 있잖아요. 그렇죠?"

"……뭐야. 무슨 뜻이야?"

"아니에요."

의미심장한 시선과 말로 그녀는 질문을 피했다. 그리고 상쾌한 시선을 창밖으로 보내더니 "가게로 슬슬 가봐야겠네요" 하고 읊조렸다.

포니테일 끝자락을 매우 즐겁게 휘날리며 문으로 향하는 웨이트리스. 그대로 돌아가는가 싶더니 문에 손을 갖다 댄 순간,

"아, 맞다, 스푸트니크 씨. 마지막으로 한 가지만 전해둘게요."

갑자기 말을 꺼냈다. 스푸트니크는 답할 말을 잊고 그만 눈을 휘둥그렇게 떴다.

하지만 그녀는 그런 그를 개의치 않고 귀엽게 웃는 얼굴로 그의 핵심을 찌르는 한마디를 던졌다.

"그 웃옷 헝겊, 앞뒤가 거꾸로예요."

……문이 닫히고 혼자 남았다.

묵직한 팔을 뻗어 인형을 끌어당기자 엘사가 말한 대로 확실히 웃옷 헝겊의 뒷면이 밖으로 나와 있었다.

깊고 깊은 한숨이 새어 나왔다. 자신의 우스꽝스런 행동과 한심한 모습과 꼴사나움에 말이다.

자신이 얼마나 안절부절못하고 있나 싶었다.

그리고 그와 동시에 머리 한쪽에서 불완전연소를 일으킨 사고가 표면화되었다. 그 아이는 대체 뭘 하고 싶은 걸까. 혹시 이게 흔히들 말하는 '반항기'라는 건가——

그런 생각을 하는 그때 입구 종소리가 울렸다.

"흐허허허헝!"

세간에는 무슨 일이든 삼 세 번이라는 말이 있다.

첫 번째나 두 번째 결과는 좋지 않더라도 세 번째는 행복한 결과를 기대할 수 있다는 뜻이다. ──그러나.

이번에야말로 클루일 것이라고 기대를 걸 틈도 없이 그것은 스푸트니크의 청각에 강렬하게 자기주장을 해왔다.

"무슨 일……."

문이 열리고 점내에 형체보다 먼저 뛰어든 것은 절규였다. 카랑카랑하고 자비심이라곤 없는 어린아이의 목소리에 제 아무리 스푸트니크라도 양손을 귀에 대고 인상을 찌푸렸다. 주변을 개의치 않은 목소리는 클루의 목소리보다도 훨씬 울려 퍼져서 귀에 닿았다. 이런 절규라면 그 아이의 우는 소리가 아직은 더 귀여운 축에 속할 것이다. 대체 무슨 일이람.

얼마 지나지 않아 절규의 주인공이 문을 지나 안으로 들어왔다. ──보호자를 대동하고서.

스푸트니크는 그녀들을 알고 있었다.

"잡화점에서 웬일로……."

"안녕하세요. 일하는 중에 죄송해요, 스푸트니크 씨."

"……아, 아닙니다."

난처한 얼굴을 한 잡화점 점주의 부인은 스푸트니크에게

그렇게 사과하더니 절규의 주인공인 자신의 딸 안나를 향해 "조용히 좀 못 해?" 하고 나무랐다. "물어야 할 말이 있잖아?"라고도 말했다. 물어야 할 말?

그러자 안나는 간신히 울음을 그쳤다. 아랫입술을 꽉 깨물고 코를 훌쩍이며 흐윽, 끄윽, 흑 하고 잠시 눈물의 여운을 참아낸 후 스푸트니크를 올려다보았다.

"크, 클루, 흑, 있, 있어요?"

"그 녀석이라면 외출 중이야."

"왜, 왜요?"

"글쎄. 내일부터 어딘가에 다녀오겠다고 했으니 그 준비도 겸해서 간 게 아닐까."

"그, 그럼, 어…… 어어, 어어어엄."

'엄마'라고 말하려고 했는지, 아니면 단순한 울음소리인지 알 수 없었다. 다만 좌우지간 시끄러워서 스푸트니크는 다시 눈살을 찌푸리고 손바닥 끝으로 귀를 막고서 "시끄러워" 하고 외쳤다. 부모가 있는 앞에서 하는 폭언, 만약에 상대가 고객이었다면 용납 받지 못할 만행이지만, 공교롭게도 이 아이는 단순한 '이웃'이고 잡화점 부인은 정당한 항의에 기분이 상할 만한 사람이 아니었다. 예상대로 그녀는 딸에게 "조용히 좀 하렴!" 하고 나무랐다.

그러나. 조용해지기는 했지만 눈물을 멈추기에는 적절치 않았나보다. 고개를 숙이고 열심히 눈물을 닦는 안나를 바라보며 스푸트니크는 이쪽과는 결판을 내기 힘들겠다고 판단했다. 잡화점 부인을 쳐다보았다.

"어쩐 일이세요?"

"그게 말이죠."

물어보자 그녀는 뺨에 손을 갖다 대고 눈살을 찌푸리고는 내심 어처구니가 없다는 듯이 한숨을 쉬었다.

"죄송해요. 실은 우리 애가 클루한테 가출을 하라고 부추긴 것 같더라고요."

"쿠한테요?"

"네에. ……요즘 들어 클루가 스푸트니크 씨 일로 뭔가 고민하는 것처럼 보였다네요. 그래서 그 해결책으로 스푸트니크 씨한테서 거리를 좀 두면 어떠겠냐고 한 것 같더라고요."

그랬던 거군.

──하고 생각한 것은 안나가 우는 이유를 알았기 때문이 아니었다.

요즘 들어 계속 자신에게서 떨어질 줄 몰랐던 그 아이가 얼마 전부터 갑자기 미심쩍은 거동을 취하게 된 것은 이 녀석의 사주였군 하고 납득이 갔기 때문이다.

그렇다고는 하나 딱히 화는 나지 않았다. 누구한테 무슨 말을 들었든 엉뚱한 조언을 진심으로 받아들여 행동으로 옮긴 것은 다름 아닌 그 멍청이다.

쌔액, 쌔액 숨을 쉬고 이따금 "흐윽" 하고 울먹이는 안나는 아직 고개를 들지 않았다. 사과를 하라고 하면 분명 그녀는 "죄송합니다"라고 말하겠지만, 동시에 다시 큰 소리로 울음을 터뜨릴 것이다.

"그런데 그게 어쩌다 이렇게 된 거예요?"

"그게 말이죠."

그래서 안나에게 화제를 돌리지 않았다. 대신 어머니에게 물었다.

역시 고개를 기울인 채 그녀는 다시 한숨을 쉬었다.

"클루가 진짜 집을 나가서 이 도시에서 사라진다고 생각하니 외로워졌나 보더라고요. 못 말리는 애라니까요. 친구한테 아무 말이나 무턱대고 하고 말이죠…… 죄송해요. 안나는 제가 혼쭐을 낼 테니 클루는 아무쪼록 혼내지 말아요."

"흐윽, 끅, 끄으으으윽."

잡화점 부인의 그 말에 다시 울음을 터뜨리는 소녀의 모습에 갑자기 묘한 웃음이 배 속에서 솟구쳤다. ──'외로워지다'니 우리 종업원은 참 좋은 친구를 뒀나 보다.

사라진다는 말에 반응했는지 다시 울음소리가 커졌다. 조금 전과 같은 전철을 밟고 싶지 않아서 그녀의 울음이 귀청을 먹먹하게 만들기 전에 손을 가볍게 흔들어서 답했다.

"괜찮아요. 제가 육아에 안 맞는다는 건 알지만, 고용주로서는 어느 정도 자부심을 가지고 있거든요. 순간적인 변덕으로 해고하거나 이상한 이유로 퇴직시킬 만한 고용 계약은 안 맺고 있어요."

"복 받았네요. 클루는."

"흐윽, 스, 스푸트니크 씨가 정말 좋은 사람이었다면 클루를 그런 식으로 대하지…… 아얏."

"정말 못 말린다니까."

여전히 울고는 있지만 그렇게 못된 말을 하는 것을 보아하니 이쪽도 괜찮은 모양이다. 또한 클루가 취한 기묘한 행동에 담긴 뜻도 알았다.

하지만 어째서.

신경이 쓰인 것은 '클루가 스푸트니크 씨의 일로 고민하고 있었다'는 안나의 말이었다.

동시에 조금 전에 자신이 생각한 말을 다시 떠올렸다──'반항기'. 그러나 착실한 성격이 장점이라고도 할 수 있는 그 아이가 이렇게나 갑자기 도리에 맞지 않는 반항을 시작할까.

팔짱을 끼고 고개를 숙이고서 스푸트니크는 생각했다. 그 원인이 안나가 말한 것처럼 마법사가 아니라 스푸트니크 자신에게 있다면 그렇게 할 수밖에 없는 이유는 자신이 아는 곳에 있을 터이다. 요즘 들어 클루가 취한 기행…… 가출, 미행, 곤약(약혼)……

──스푸트니크가 이윽고 한 가지 가설을 얻었을 때 또다시 입구 종소리가 울렸다.

무슨 일이든 네 판째부터, 라는 속담이 있었던가 하고 생각하면서 고개를 들자 그곳에는──

"크다."

그 가게 옆에 있는 마구간을 들여다보면서 클루는 불쑥 중얼거렸다.

마구간 안에서는 말 여러 마리가 먹이를 먹고 있었는데, 어느 것 할 것 없이 몸집이 컸고 가지런한 털도 반질반질하니 건강해 보이는 것이 잘 달릴 법한 아이들뿐이었다. 그런데도 다들 날뛰거나 큰 소리로 울지도 않고 나란히 얌전하게 있는 것을 보아 분명 착한 아이들일 것 같았다.

이곳은 마차 대여점이었다. 스푸트니크가 장거리를 나갈 때 늘 이 가게에서 마차를 빌린다는 사실을 클루는 알고 있었다.

그러고 보니. 동글동글한 눈을 바라보고 있다가 클루는 문득 엘사가 한 말을 떠올렸다.

——나츠는 당근을 많이 먹어서 가슴이 커졌다고 하던데.

말이 좋아하는 음식은 분명 당근일 터였다.

"…………."

클루는 우선 말의 검은 눈동자를, 그리고 자신의 가슴팍을 쳐다보았다. 확실히 말의 가슴은 뒷발 쪽에 있다고 도감에 쓰여 있었다.

말의 눈을 다시 한 번 쳐다보고, 그리고 다시 한 번 자신의 가슴을 쳐다보았다.

"자, 잠깐 실례 좀⋯⋯."

몸을 구부려서 말의 하복부를 들여다보았다.

⋯⋯⋯⋯.

"크다⋯⋯."

──그렇게 생각한 그때였다.

"누구세요?"

"으앗?!"

집중하고 있던 탓에 갑자기 말을 걸어오자 크게 놀라고 말았다.

그 자리에서 다급히 휙 물러나서 설마 이 말이 사람의 말을 했는가 하고 올려다보았지만, 말이야말로 클루의 목소리에 놀랐는지 흥분한 듯이 콧김을 내뿜고 땅을 차고 있었다.

"워어 워어. 자아, 진정해."

그와 동시에 어떻게든 말을 진정시키려는 여성의 모습이 시야에 들어왔다. 사과하는 편이 나을까. ──고민하고 있으니 시선이 느껴졌다.

뒤를 돌아보았다. 몸집이 아담한 노인 한 명이 클루를 보고 있었다.

그는 잠긴 목소리로 말했다.

"마구간에 마음대로 들어오면 안 되지."

"죄, 죄송합니다."

애초에 준비하고 있던 말이었다. 사과가 입에서 곧바로

튀어나왔다.

이 두 사람이 마차 대여점의 점원이라는 사실을 클루는 알고 있었다. 예전에 피네치카에 가는 마차를 빌렸을 때도 만난 적이 있다. 그때는 스푸트니크도 함께여서 그의 명의로 빌렸으니 클루 자신이 빌리는 것은 오늘이 처음이지만 말이다.

마음을 다잡고 클루는 그 노인에게 말했다.

"주세요."

"뭘?"

"말이랑 마차를 빌려주세요. 내일 아침에, 저기 멀리, 잠시 가고 싶어서요."

뭐라고 해서 주문해야 할지는 모르지만, 설마 어떤 암호가 필요하진 않겠지.

그럴 터인데 어째서인지 주름진 노인의 미간이 누그러들지 않았다. 그래서 다급히 말을 덧붙였다.

"저기, 저기 그러니까, 돈이라면 가져왔어요."

짤랑짤랑 하고 동화를 손바닥에 꺼내 보였다. 말을 다 달랜 듯한 여성이 노인의 곁으로 다가오더니 클루의 손안을 함께 들여다보았다. 동화는 간식을 사고 남은 잔돈을 매일 조금씩 모은 것으로 조금 전에 저금통에서 꺼내왔다.

하지만, 곤란한 듯이 웃으며 답한 것은 노인 쪽이 아니라 조금 전의 여성이었다. 클루의 손바닥을 들여다보고 고개를 갸웃거렸다.

"아가씨. 미안하지만 이걸론 좀 부족하겠는데."

──실은 '조금'이 아니었지만, 마차 대여비를 모르는 클루로서는 그럴 걸 알 리가 없었다.

대금이 부족하다. 하지만 클루에게는 비장의 카드가 있다. 주머니에 손을 찔러 넣어서 손가락에 닿은 것을 쥐고 힘차게 그 여성에게 내밀었다.

"그럼, 그럼 이걸!"

그것은 초록빛의 보석 하나였다. 그것을 본 여성은 입에 손을 갖다 대고 눈을 크게 떴다.

"어머나."

"보석이에요. 저기, 저기 진짜예요. 이걸 드릴 테니 이걸로 말을 빌려주세요."

놀라는 여성을 향해서 그렇게 말을 덧붙였다.

이번 가출에 있어서 클루가 금전 면에서 아무 걱정도 하지 않았던 이유. 그것은 물건을 손에 넣을 방법이 반드시 금전과 물품의 교환이 아니라는 사실과 자신의 체질로 만들어 낸 그것이 대단히 가치가 있다는 사실을 알고 있었기 때문이다.

──그러나.

클루의 얕은 책략은 여기서 어이없이 무너지게 되었다.

그녀가 내민 보석을 여성은 받아주지 않았다. 어머나 멋진 보석이네, 이거라면 마차를 빌려줄게──그런 자상한 대답도 돌아오지 않았다.

두 사람 모두 받아주지 않았다.

여성이 당혹스런 시선을 노인에게 보냈다. 그 시선을 받고 노인이 클루에게 한 말은──

"어디서 훔쳐 왔니?"

"……네에?"

노인이 한 말을 순간적으로 이해하지 못했다. 훔치다. 누가──그런 나쁜 짓을?

클루가 멍하니 있는 동안 노인이 말을 더욱 이어갔다.

"아이가 그런 보석을 가지고 있을 리가 없잖니."

그 말은 차분했지만 클루의 귀에는 무척이나 날카롭게 들렸다.

손안의 보석을 감추듯이 꼬옥 쥐고 한 걸음 물러났다. 하지만 도망치는 것은 용납되지 않았다. 여성이 클루의 어깨에 손을 얹었기 때문이다.

"아가씨, 이거 어디서 가져왔어?"

"부모님 걸 마음대로 가져온 거니?"

"아니에……요. 전 스푸트니크 보석점의 종업원이에요."

"가게에서 훔쳐온 거니?!"

"아니에요, 이건──!"

마침내 거칠어진 노인의 목소리에 클루도 덩달아 큰 소리로 말하다가──흠칫하고 깨달았다.

자신이 토해낸 보석이라고 말해도 될 리가 없었다.

전하려고 한 말을 다급히 삼켰다. 하지만 호통 치는 말에 혼란스러워진 머리에서 제대로 된 변명이 떠오르지 않았다. 도둑이라니, 나쁜 사람 취급을 받은 것은 처음이었다.

그렇다. ——순간, 반사적으로 돌아보았다.

어째서 그랬는지 금방은 스스로도 알 수 없었다. 하지만 그곳에 아무도 없다는 사실을 확인하고 자신이 취한 행동의 이유를 알아차렸다.

지금까지 자신의 뒤에는 곤란한 상황에 처한 클루를 히죽거리며 지켜보는 시선이 늘 있었다. 그리고 그 사람은 늘 짓궂은 말만 하면서도 마지막에는 확실히 도움의 손길을 내밀어주었다.

하지만 지금 이곳에 없다. 당연하다, 거리를 두려고 한 사람은 자신이기 때문이다.

——클루가 떨고 있는 동안에 노인은 그 여성의 것인 듯한 이름을 불렀다.

네, 하고 온화한 여성의 목소리가 답했다. 냉담하게도 들리는 말투로 그는 불쑥 이런 말을 했다.

"경찰에 연락하렴."

경찰.

안내받은 방에서 클루는 멍하니 마차 대여점주가 한 말을 반추하고 있었다.

경찰. 나쁜 짓을 한 사람은 경찰에 연행되어 형무소에 들어간다는 사실을 클루는 알고 있다. 사실 자신은 나쁜 짓을 하지 않았지만, 억울한 죄로 잡혀간 사람도 개중에는 있다는 걸 알고 있다——책에서 그렇게 읽은 적이 있었다.

그리고 형무소에 들어간 후에는 몇 년이고 할 것 없이 다른 무서운 범죄자들과 그곳에서 매일을 보내야 한다. 예전에 그곳에 관해서 "밥도 더럽게 맛없었지"라고 말한 것은 얼굴을 찌푸린 스푸트니크였다. ……어째서 그런 사실을 그가 알고 있는지는 모르지만, 어쨌거나 수많은 무서운 사람들과 함께 맛없는 밥을 먹고 계속해서 생활해나가야만 한다.

"……하지만."

그것은 전부 어리석은 행동을 한 자신의 책임이다. 가출이라는 나쁜 짓을 하려다가, 나쁜 짓에 보석을 사용하려고 했기 때문에 벌을 받은 것이다.

조금 전의 여성 점원이 "괜찮다면 들어요"라며 눈앞에 홍차와 쿠키를 가져다주었지만, 이것이 형무소 밖에서 먹는 최후의 식사라고 생각하자 손을 댈 마음이 도무지 들지 않았다. 클루는 얼굴을 일그러뜨리고 양손으로 눈을 비볐다.

괜찮아. 자신은 예전에 더더욱 심한 곳에 있었던 적도 있다. 그에 비하면 형무소는 대수롭지 않다. 형무소는 열심히 성실하게 일해서 형기를 다하면 다시 밖으로 나올 수 있다고 책에 적혀 있었다. 괜찮다, 시간이 걸릴지는 몰라도 다시 이곳으로 돌아올 수 있다.

그래, 멀리 떨어져 있어도 잊히지 않도록 일하는 틈틈이 스푸트니크에게 편지를 쓰자. 이제 막 사다 채워놓은 병아리 편지지가 여전히 방에 많이——

거기까지 생각하다 흠칫하고 깨달았다.

형무소에 있는 동안 자신이 토한 보석은 어떻게 처리해야 할까. 형무소에 있는 나쁜 사람이나 직원들에게 들키지 않도록 숨기는 데에도 한계가 있다. 나쁜 사람에게 들키면 또 언젠가의 전철을 밟게 된다. 그렇다면 편지에 넣어서 몰래…… 그렇게 생각하다가 또 깨달았다.

클루가 형무소에 있는 동안 스푸트니크는 약혼자와 결혼해버릴지도 모른다.

그 사실을 깨달은 순간 클루의 머리에서 열기가 싹 가셨다. 그렇다, 편지를 보낸다 한들 나쁜 애한테서 온 편지는 재수가 없다며 받아주지 않을지도 모른다. 형무소에 들어갈 만큼 나쁜 아이가 있을 곳은 이제 없을지도 모른다.

더구나 나쁜 아이가 토해낸 보석 따위는.

……약혼자.

클루를 도와주고 미소 지어준 팡숑의 얼굴을 떠올렸다. 그때는 구세주처럼 보였던 사람이 지금은 이제 클루를 멸시하는 사람으로밖에 떠오르지 않아서 마냥 미워서 견딜 수 없었다.

그때 그 사람이 없었더라면 지금쯤 자신은 이 마을에 없었을 텐데…… 은인일 터인 사람에게 그런 마음을 가지다니. 자신은 어쩜 이렇게 나쁜 아이일까.

나쁜 아이는 형무소에 들어가서 외톨이가 되어도 어쩔 수 없다.

"쿠는……."

중얼거린 말은 떨려——북받쳐 오른 감정을 자각한 그 순간.

더 이상 만날 수 없을지도 모를 사람의 목소리가 문 건너편에서 들린 느낌이 들었다.

*

결론부터 말하자면 '무슨 일이든 네 판째부터'라는 것은 속담에도 없거니와 실제로도 일어나지 않았다.

문을 지나 들어온 사람은 경찰관 나츠였다. 경찰입니다만, 하고 말한 나츠에게 "알고 있어, 할망구, 드디어 노망이라도 났냐?"라고 답했더니 화를 내기 시작해서 잠시나마 무위의 시간을 보내게 되었지만 그건 그렇다 치고.

나츠가 말하기로 마차 대여점에서 '보석점 종업원이 길을 헤매고 있어서 보호하고 있다, 데리러 와줬으면 한다'고 신고가 들어온 모양이었다. 그래서 보호자인 스푸트니크에게 신원 인수 요청으로 왔다고 한다. ——정말이지 손이 가게 하고 말이야.

"이쪽이에요" 하고 온화하게 웃는 여성 점원에게 안내를 받아 들어온 가게 안쪽. 참고로 가게 옆에는 마구간이 병설되어 있지만, 어떻게 환기를 시키고 있는지 짐승 냄새가 나지 않았다.

자아, 우리 말괄량이 아가씨는 이 안에 있으려나 하고 문에 다시 시선을 줬을 때였다.

마치 그를 기다리고 있었다는 양 갑자기 문이 열렸다.

놀라서 소리를 지르지 않았던 것은 단련한 덕분이 아니라 단순히 소리를 지를 여유가 없었기 때문이다. 문이 스푸트니크의 코앞을 스쳐지나가는 것으로 끝난 것은 기적이었다. 앞으로 반걸음이라도 내디뎠더라면 뺨이 한껏 부어오르게 되었을 것이다.

무슨 일인가 싶어서 몇 걸음 후퇴했다. 열린 문고리를 잡고 거친 숨을 반복해서 내쉬고 있었던 것은 밤색 머리카락의 땅꼬마였다. 그렇지 않아도 큼직한 다갈색의 눈동자가 여느 때보다 더 커 보이는 것은 눈물 탓일까, 아니면 무언가에 흥분한 탓일까.

거친 숨 속에서 그녀는 그의 이름을 드문드문 불렀다.

"스, 푸, 트, 니······ 크······."

"어이, 우연이네."

가볍게 손을 들어 고개를 갸웃거리고 농담조로 돌리듯이 인사했다.

스토커 예비군에서 가출소녀로 랭크업하려다가 실패, 결국 미아로 전락한 듯한 클루는 스푸트니크의 모습을 확인하더니 고개를 살짝 끌어당겼다. 눈을 크게 뜨고 아랫입술을 꾸욱 끌어올리고 있었지만, 이윽고 눈물을 펑펑 쏟기 시작했다.

"스, 스푸트니크, 내, 내가, 옥중에서, 옥중에서 보내는 평지이."

"옥중? ……감옥 말이야? 무슨 소리야?"

"적어도, 적어도 평지, 끄윽, 편지만큼은 받아줘요, 흐윽."

"못살겠네. 또 뚱딴지같은 사고로 비약한 거야? 그리고 으악 더럽게시리!"

콧물을 흘리면서 달려와 안기려는 클루의 머리를 잡고 더 이상 다가오지 못하게 했다. 하지만 스푸트니크의 거절은 그녀의 마음에 더 큰 충격을 불러일으킨 모양이었다. 양손을 앞으로 내밀며 외쳤다.

"쿠의, 쿠의 손은 죄로 더럽혀졌어요, 흑."

"누가 비유로 한 소리래? 물리적으로 더럽다고…… 아아, 못살아. 야."

몸을 살짝 굽혀서 시선을 맞추고는 주머니에서 손수건을 꺼내 그녀의 눈과 뺨과 턱을 닦았고 마지막으로 코에 갖다 댔다. 흐응, 하고 손수건 주인을 전혀 배려하지 않는 모습으로 코를 풀더니 클루는 어느 정도 차분해진 것 같았다.

나머지는 알아서 하라며 손수건을 건네주었다. 자신의 눈물과 콧물로 축축해진 남자용 손수건을 양손으로 움켜쥐면서 클루는 스푸트니크를 올려다보았다.

"이, 이 손수건을 쿠한테 마지막, 마지막 선물로 줘요."

"마지막? 무슨 소린지 몰라도 그런 싸구려 손수건, 갖고 싶음 얼마든지 줄게. 근데 우선은 돌아가서 세탁하고 나서 말이지. ──죄송합니다, 우리 종업원이 폐를 끼쳤네요."

"흠."

적당히 영업용 미소를 짓고서 때마침 별실에서 모습을 드러낸 노인에게 인사했다. 지팡이를 짚은 몸집이 아담한 이 노인이 마차 대여점 주인이라는 사실을 스푸트니크는 알고 있었다. 나이는 꽤 먹었지만 눈빛은 날카로웠고 입은 늘 한 일자로 꾹 다물고 있었다.

그러자. 그의 목소리를 듣고 어째서인지 겁에 질린 듯이 클루의 등줄기가 꼿꼿해졌다. 하지만 그런 것쯤은 개의치 않는다는 모습으로 그는 무뚝뚝하게 말을 이어갔다.

"종업원 교육, 제대로 시켜."

"교육?"

가출을 계획한 일이라도 말한 걸까. 그래서 혼이 난 건가?

하지만 얼굴이 완전히 새파래진 클루의 모습에서 보건대 그런 것도 아닌 모양이었다. 스푸트니크의 팔을 붙잡고 고개를 크게 좌우로 젓고 있었다.

"아, 아니에요…… 저기, 저기…… 쿠가 말이 필요했는데…… 그런데 돈, 돈이 부족해서 그래서 이, 이걸."

일단 주머니에 넣었다 빼낸 손이 주먹을 쥐고 있었다. 아무래도 무언가를 쥐고 있는 모양이었다. 의아하게 생각하고 있자니 그녀는 스푸트니크의 눈앞에서 그 주먹을 펼쳐 보였다.

손바닥 위에 놓여 있는 것은 초록빛의 보석 하나였다. 표면이 조금 얼룩덜룩한 것은 흠집이 나 있어서가 아니라 클루의 손이 땀에 차 있어서였다. 그것은 어젯밤에 그녀가 스푸트니크의 등에서 토해냈던 것과 같은 것으로 보였다. 에메랄드와 흡사했지만, 그린가넷일지도 몰랐다. 정확한 것은 감정해봐야 알겠지만, 지금 중요한 것은 보석의 진가가 아니었다.

즉 마차 대금으로 돈을 대신해서 이걸 제시한 건가. 그러나,

"……근데 그랬더니 후, 흠, 훔쳤."

"당신 가게에서 훔쳐 온 거 아니야? 그거?"

"훔쳤……."

그랬던 거군. 클루가 세상의 종말을 맞이한 듯한 얼굴로 울고 있었던 것, 옥중이라는 둥 뭐라는 둥 말했던 것, 모두 납득이 갔다.

여느 때 토해내는 것이라는 사실을 스푸트니크는 바로 알았지만, 타인은 그런 사정을 알 리가 없었다. 마차 대여점 점주는 아마도 클루가 가게에서 절도한 것이라고 생각했겠지. 그리고 그녀에게 무슨 말을 했을 테고.

클루도 점주에게 선물 받았다고 적당히 거짓말을 하면 됐을 텐데 분명 그러지 못했을 테다. 이 아이는 순간적으로 거

짓말하는 것이 약하다――아니. 순간적이지 않더라도 거짓말에 약하다.

겁을 잔뜩 집어먹은 채 바들바들 떠는 이 아이를 매번 보는 건 상당히 즐거운 일이지만, 한 가게의 주인으로서 종업원이 절도범이라는 인상을 가지게 하는 것은 썩 달갑지 않았다.

여기서 그걸 사용하는 건 예상외였지만 수량은 충분히 있다. 때마침 적절한 타이밍에 물건이 도착했다고 말하면 듣기에 썩 좋겠지.

스푸트니크는 빙긋이 웃어 보였다.

"아. 그 말씀이라면 죄송합니다. 이거 말씀이죠?"

그리고 주머니에서 어떤 물건을 꺼내 보였다.

어떤 물건――그것은 투명한 셀로판에 쌓인 단단한 보석 같은 것이었다. 꺼낸 것은 우연찮게도 클루가 쥐고 있는 그것과 쏙 빼닮은 초록빛을 하고 있었다.

비틀어 닫힌 셀로판 양 끝을 잡아서 당겼다. 그리고,

"입 열어봐."

"네에?"

동향을 지켜보고 있던 클루에게 지시를 내렸다. 어리둥절해하면서도 명령한 대로 연 입안으로 스푸트니크는 그 '보석'을 집어넣었다.

클루는 입을 닫더니 뺨을 우물우물 움직였다. 의아한 듯한 얼굴은 이윽고 놀라움으로 바뀌었다. 클루는 스푸트니크가 가져온 '보석'의 정체를 알고 눈을 동그랗게 크게 뜨고 뺨에 양손을 갖다 댔다.

"멜론."

"멜론 맛이야?"

맛을 본 건 아니니까 거기까지는 알 수 없었다. 색에 따라서 다른 걸까.

마차 대여점 점주가 인상을 찌푸렸다.

"그건 뭐지?"

"사탕이에요. 보석상회 직원이 우리 종업원한테 보낸 건데 보석이랑 많이 닮았죠? 그걸 이 애가 정말 마음에 들어해서요. 그건 상관없지만, 보석이라면서 나눠주고 다니는 습관이 있어서요."

유키가 액세서리에 대한 사례 편지와 더불어 보낸 것은 보석 형태를 한 알록달록한 사탕이었다. 피네치카 양과자점에서 신작으로 내놓았다면서 '입에 머금고 있어도 이상하지 않은 보석, 어딘가에 사용할 수 있지 않을까 싶어서'라면서 보냈다.

"남들한테 폐나 끼치고."

"제 감독 불찰이라서 드릴 말씀이 없습니다. 아이가 하는 행동이라 방치해뒀는데 좋지 않았습니다. 대단히 실례를 끼쳤습니다."

"흠."

그는 등을 돌렸다. 더 이상 할 이야기는 없다는 뜻인가.

"죄송합니다. 저희 쪽에서도 실례를 끼쳐서" 하고 난처한 듯이 고개를 숙이는 여성 점원에게 한두 마디 사과를 하고 스푸트니크는 상황의 변화를 따라가지 못하고 있던 클루를 내려다보았다.

"자, 집에 가자. 쿠."

"저, 저기, 저기…… 그게 그러니까."

망설이듯이 여기저기를 둘러보고 자신을 나무라는 사람이 없다는 사실을 깨닫더니 그녀는 의아한 모습으로 이렇게 말했다.

"형무소는요?"

"들어가고 싶어?"

되물어보자 클루는 고개가 떨어질 듯이 좌우로 흔들었다. 자그마한 양손은 스푸트니크의 셔츠를 꽉 붙잡고 있었다.

"다른 사람한테 가게 맡겨놓고 왔어, 안 가겠다면 나 먼저 돌아갈게. 아니면 뭐야, 아직 볼일이 안 끝난 거야?"

여느 때의 상태를 유지하면서 물었다.

그녀는 모기가 앵앵거리는 듯한 목소리로 답했다.

"……돌아갈게요."

대단히 짧은 가출이었네.

라고 말하려다가 참았다.

*

마차 대여점에서 돌아가는 길.

클루는 양손으로 그의 셔츠자락을 잡고 터벅터벅 길을 걸어갔다.

뽀로통한 얼굴이 누그러들지 않는 것은 한쪽 뺨에 커다란 사탕이 들어 있기 때문이며, 다른 한쪽이 누그러들지 않는 것은 단순한 변덕 때문이었다. 딱히 뭔가 불만스럽게 생각하는 것은 아니었다. 그랬다.

이따금 이쪽을 들여다보는 눈이 '방해된다'고 말하고 싶어 하는 것은 알고 있었다. 하지만 손에서 놓을 수 없었다. 또다시 그에게서 거리를 둘 배짱 따윈 사라졌기 때문이다.

그리고 그것을 스푸트니크도 알고 있는 모양이었다. "하는 수 없군"이라고 말했다.

"자아."

"…………."

그리고 그의 손이 그녀가 단단하게 쥔 손에 닿았다. 클루는 그의 손길에 응해 오른손으로 스푸트니크의 중지를, 왼손으로 검지를 잡았다. 동시에 무거웠던 마음이 조금 가벼워져서 뽀로통한 얼굴의 한쪽이 누그러들었다.

하지만 시선을 들 수 없었다. 미간에 진 주름도, 치켜세운 아랫입술도 자신의 의지로는 원래대로 돌아오지 않아서 어색하게 손을 잡은 채 길을 걸었다.

그러자 스푸트니크가 중얼거리듯이 말했다.

"속이 시원해졌어?"

"……네."

"보석 같은 희소품을 판매하려면 말이야, 여러모로 번거로워. 가치를 산정하고 감정서나 감별서를 꼼꼼히 준비해서 올바른 루트로 유통시킬 필요가 있지. 반대로 말하자면 개인 거래는 어렵다는 거야. 보통 사람이라면 조금 전처럼 '어디서 가져왔느냐'고 의심하고 싶어지기 마련이니까."

"네……."

고개를 숙이면서 답하다 문득 생각했다.

"……하지만 그 사람들은……."

말하다가 멈춘 것은 그녀의 앞에 있던 '고용주' 때문이었다. 그들은 그런 수단을 쓰지 않고서도 클루의 보석을 어딘가에 내다팔았다.

그래서 의아하게 생각했지만, 마지막까지 말하지 않았던 것은 알아봤자 의미가 없다는 사실을 도중에 깨달았기 때문이다. 그 남자들과 같은 방식으로 살고 싶지 않았다.

그 생각은 스푸트니크에게도 전해진 모양이었다. 말의 의미를 파악한 그는 많은 말을 하지 않았다.

"그런 패거리에게는 그들만의 루트라는 게 있어. 일반인이 손 댈 만한 일이 아냐, 잊어버려."

라고 말했다.

그때 목에서 이물감을 느끼고 발걸음을 멈추었다. 그의 손에서 오른손을 떼고서는 주머니에서 핑크색으로 가장자리가 장식된 손수건을 꺼내 콜록콜록 마른기침을 했다. 스푸트니크는 몸을 숙여서 그런 그녀의 등을 쓰다듬어주었다.

이윽고 입에서 떨어진 손수건에 파묻혀 있던 것은 보석 두 개였다. ……두 개가 동시에 나오는 건 드문 일이라고 생각했지만, 유심히 살펴보니 한쪽은 손수건에 들러붙어 있었다. 클루가 집어서 들어 올리자 표면에 실밥이 잔뜩 붙어 있었다. 그것은 보석이 아니라 지금까지 뺨을 뾰로통하게 만들었던 달콤한 물건──사탕이었다.

다시 입에 넣을지 망설이고 있자니 스푸트니크가 "관둬"라고 말했기 때문에 땅에 떨어뜨렸다. 조만간 새나 벌레가 먹겠지. 먹다 남은 사탕이지만 무척이나 맛있을 테니 분명 기뻐할 것이다.

손수건 안에 보석만 남기고 접어 주머니에 넣고 다시 걷기 시작했다. 양손이 비어서 허전함을 느끼고 스푸트니크의 손을 찾자 그의 양손은 이미 슬랙스 주머니에 각각 들어가 있었다. 하지만 아무래도 그의 손이 간절해졌던지라 포기하지 못하고 클루는 손을 내밀어서 그의 왼팔을 잡아당겨 다시 양손으로 잡았다. 스푸트니크는 한순간 인상을 찌푸렸지만, 아무 말 없이 클루가 바라는 대로 해주었다.

그리고 잠시 아무 말 없이 계속해서 걸었다.

이윽고 스푸트니크가 불쑥 말했다.

"약혼 건 말이야."

"어……."

그가 먼저 그 말을 해줄 줄은 생각지도 못했기 때문에 클루는 무척이나 놀랐다. 그녀가 무슨 고민을 하는지 이미 눈치채고 있었다는 건가.

"스푸트니크, 약혼이라면……."

"처음에는 몰랐어. 눈치챈 후에는 모르는 척하자고 생각했고."

하지만 네가 이렇게까지 나온다면 어쩔 수 없네. 투덜거리듯이 말했다.

그는 발걸음을 멈추고 클루를 내려다보았다. 스푸트니크의 손에 조금 힘이 들어가서 클루의 가슴이 미어지듯 아팠다. 이어지는 말을 듣고 싶지 않았지만, 도망칠 곳 따윈 지금 어디에도 없었다. 울 것 같은 심정으로 그의 눈동자를 바라보았다.

……하지만.

이윽고 그가 겸연쩍은 듯이 한 말은——

"결혼하고 싶은 녀석이 있는 거지?"

"네?"

——클루가 전혀 예측하지 못했던 말이었다.

그러나 스푸트니크는 그녀의 놀라움 따윈 개의치 않았다.

"네가 오늘 미심쩍은 행동을 보여서 요 며칠 동안 있었던 일이랑 합쳐서 여러모로 생각해봤어. 그래서 나온 결론은. ……나한테 소개할 타이밍을 재고 있었던 거지? 그런데 말을 꺼내기 힘들어하다 나한테 거리를 두면 된다는 안나의 조언을 진심으로 받아들여서 생각한 게 사랑의 도피인

게──…… 뭐야, 그 얼굴은?"

거기까지 말하고 마침내 그는 클루가 다음 말을 잇지 못한다는 사실을 알아차렸다. 입이 뻐끔히 열려 있다는 사실을 그에게 듣고서 처음으로 알아차리고 다급히 다물었다.

"아니야?"

"아, 저기."

느닷없는 말에 사고가 따라가지 못해서 부정하지 않는 것을 다른 뜻으로 받아들인 모양이다.

"나도 악마는 아냐. 아직 애니까 애답게 제대로 풋풋하게 사귀는 거라면 화 안 내. 하지만 보호자한테 소개도 안 하고 허락받을 노력도 안 하고 그냥 가출하겠다는 건──."

"자, 잠깐, 잠깐만 있어봐요!"

확실히 약혼자 일로 끙끙대고 있었다. 누구에게도, 스푸트니크에게도 말하지 못한 채 어떻게 해야 할지 고민한 것은 확실하다. 너무 좋아하고 언젠가 결혼하고 싶고 쭉 같이 있고 싶은 사람이 있는 것도 맞다. 하지만, 하지만──

──조금 다르단 말이야!

"저기, 쿠, 결혼은 하고 싶어요."

"그렇겠지. 하지만──."

"그치만 아니에요!"

자신이 그 말고 다른 사람을 좋아한다고 오해받는 게 싫었다. 고개를 살랑살랑 흔들었다.

"고민한 건 쿠의 일이 아니라……."

아무한테도 말하지 말아줘. 약속이 귓가에 되살아났다.

하지만 약속과 스푸트니크, 어느 쪽이 중요한지 저울에 잴 필요도 없었다. 그 말은 입에서 절로 새어 나왔다.

"스, 스푸트니크의, 약혼……자…….."

말을 더듬었다.

하지만 의미는 전해졌을 터다.

약혼자. 그러자 그가 인상을 찌푸렸다. 하지만 화가 난 것은 아닌 모양이었다.

"……나?"

자신의 코끝을 가리키고 질문하는 그의 목소리는 평소와 다르게 얼이 빠진 모양새였다.

클루는 그에 고개를 세로로 크게 끄덕였지만, 스푸트니크는 어처구니가 없는 모습으로,

"그게 무슨 소리야?"

라고 되물었다.

"어, 아…… 아니에요?"

"뭐가?"

"있잖아요?"

"그러니까 뭐가 말이야?"

"약혼자요."

이번에는 말을 더듬지 않고 제대로 말했다.

하지만 그의 미간에 새겨진 주름은 깊어졌다.

"없어. 내 약혼자? 누구한테 그런 소릴 들었어?"

"어, 그, 그치만."

"오라버니는 일선은 안 넘어."

………….

가만히 바라보고 있으니 스푸트니크가 이윽고 시선을 돌렸다.

"일선은 넘어도 위자료가 발생하는 계약은 안 해."

고쳐서 한 말에 설득력은 있었다.

여자관계가 복잡한 사람이지만, 그런 점에서는 야무진 편이었다.

"그런 소릴 누가 했어?"

"파, 팡숑 씨가요."

"──팡숑?"

비밀로 해달라고 했던 말, 잊은 것은 아니었다. 하지만.

하지만 이미 비밀로 부칠 수가 없었다.

반복해서 말한 그 이름에 이질적인 무언가가 섞여 있다는 사실은 알고 있었다. 하지만 지금은 터진 듯 흘러넘치는 생각을 틀리지 않고 전하는 것만으로도 클루는 벅찼다.

"피, 피네치카에서 마법사한테 공격당했는데, 그때 도와준 여자분이 팡숑 씨였어요. 그런데, 그런데."

더듬거리면서도 클루는 계속 마음에 숨겨두고 있던 말을 간신히 전했다. 나쁜 마법사를 앞에 두고도 당당했다는 것, 무척이나 상냥한 사람이었다는 것, 누군가와 닮은 것 같았다는 것, 그녀가 스푸트니크의 약혼자라고 말했다는 것.

스푸트니크는 전부 다 들어주었다. 감정이 북받쳐서 이윽고 눈물이 펑펑 쏟아졌다. 보행자가 이따금 이쪽을 쳐다보고 걸어갔지만, 그다지 신경 쓰이지 않았다. 클루가 하는 한마디 한마디에 그랬구나, 그랬구나, 하고 고개를 끄덕여주는 것이 어쨌거나 기뻤다.

"그런데 팡송 씨가 아무한테도 말하지 말라고 해서, 그래서 말할 수가 없었어요…… 미안해요, 미안해, 요, 나 미워하지 마요오."

"거참 시끄럽네. 안 미워할 테니 울지 좀 마."

어처구니가 없다는 듯이 말했지만, 그의 눈동자에서 무언가 묘한 빛이 어른거리듯이 보였다. 우려하는 듯한 의심하는 듯한──클루가 동향을 살피자 이윽고 스푸트니크가 말없이 입술을 움직였다. 그 사람의 이름처럼 보였다.

"저기 그 여자, 어떤 사람이었어?"

"……역시, 아는 사람, 이에요?"

신음하듯이 질문하자 스푸트니크의 눈동자가 다시 흔들렸다.

하지만 이번의 침묵은 짧았고 대답도 확실했다.

"아니. 우리 고향 야채가게 주인의 친구 딸의 은사의 사촌 옆집에 살던 바둑이의 새끼를 키우던 사람의 숙모 이름이랑 같아서 우연이다 싶었을 뿐이야."

"그래요? 세상 참 좁네요."

"아니, 의외로 넓을걸?"

그건 어찌 됐건, 하고 빈손을 부채질하듯이 흔들고 이야기를 이어갔다.

"그래서? 그 녀석이 뭐라고 했어? ──아니. 확실히 그 녀석이 '스푸트니크의 약혼자'라고 말했어?"

수긍하려고 시선을 머리째 아래로 떨어뜨린 그때, 그렇지 않다는 사실이 떠올랐다. 그렇지는 않다. 정확하게는,

"지금부터 자신의 약혼자가 쿠를 데리러 올 거라고……."

"뭐야."

스푸트니크의 어깨가 떨어졌다.

"그럼 내가 아닐지도 모르잖아."

"네에?"

"널 보호해달라고 누군가한테 부탁했는데, 그 녀석보다 내가 먼저 온 거 아냐?"

──순간적으로 사고가 멈췄다.

스푸트니크의 약혼자. 그 말이 주는 충격에 그 이상 생각이 미치지 않았지만, 듣고 보니 확실히 그럴 가능성도 있었다. 다른 누군가가 오기보다 먼저 스푸트니크가 자신을 발견했을 가능성.

어째서 그 사실을 알아차리지 못했을까? 클루는 눈을 깜박거리고 스푸트니크를 다시 쳐다보았다. 그는 클루의 머리로는 도무지 따라갈 수 없을 만큼 여러 가지를 생각하는 사람이지만, 지금의 그가 그녀를 속이지 않는다는 사실 만큼은 알 수 있었다. 클루가 쥔 손을 가볍게 흔들고 "그리고

무엇보다 말이야"라고 말을 이어갔다.

"무엇보다 그렇게 강한 마법사가 결혼상대로 나 같은 사람을 선택하겠어……? 예전에 말했잖아. 마법사는 마법사로서의 재능이나 혈통을 위해서 사귀지도 않는 사이라고 해도 결혼한다고. 그런 녀석들이 나 같은 평범한, 일개 상인을."

선택할 거라고 생각해? 넌? 그 말을 듣고 클루는 자신의 가슴속에서 무언가가 쿵 하고 떨어지는 것을 느꼈다.

그것도 그렇다.

"게다가 너도 내가 마법사를 싫어하는 거 알잖아? 나도 마법사처럼 싫어하는 인종이랑 맺어지긴 싫어."

그것 또한 그렇다.

그때 짹짹 하고 참새 소리가 나서 돌아보자 땅에서 무언가를 쪼아 먹고 있었다. 쳐다보자 그것은 클루가 조금 전에 떨어뜨린 사탕이었다. 클루의 사탕을 물었다가 떨어뜨리고 물었다가 떨어뜨리며 두 마리가 교대로 쪼아대고 있었다.

"그럼 팡숑 씨는 스푸트니크의 약혼자가 아니에요?"

"아니지."

"스푸트니크한텐 약혼자가 없어요?"

"없어."

"모집 중이에요?"

"딱히 모집도 안 하고 있지만."

──마음이 가벼워지자 다른 것이 신경 쓰였다.

새로운 걱정거리가 뭉게뭉게 피어올랐지만, 이번에는 그

다지 무겁지 않았다. 의논할 수 있는 사람이 있었기 때문이다.

"어쩌지."

"이번엔 무슨 일이야?"

"저, 거짓말쟁이가 됐어요…… 아무한테도 말 안 하겠다고 팡송 씨랑 약속했는데."

"딱히 죄는 아니잖아. 난 네 후견인이야. 후견인은 피후견인에 대해서 파악해야 하니까, 오히려 아무 말도 안 하는 게 죄야."

갑자기 엘사가 한 말이 떠올랐다. ──좋아하는 사람에 대해선 뭐든 알아두고 싶은 법이지.

스푸트니크가 마치 자신과 같은 생각을 하고 있는 것 같아서 가슴이 조여들었다. 자신에 대해서 뭐든지 알고 싶어 하고 있다.

하지만 그런 마음일랑 모른 채 스푸트니크는 느긋하게 말을 이어갔다.

"뭐, 그 뭐시기 마법사가 '거짓말쟁이'라고 하면 당신도 스푸트니크의 약혼자라고 거짓말하지 않았냐고 말해줘."

"그, 그건 내가 착각한 거잖아요."

"과실이라도 죄는 되지. 다시 만났을 땐 위자료 청구도 확실히 해둬."

손을 가볍게 흔들면서 하는 태평스럽고 매정한 말투가, 클루가 요새 한동안 계속 원하던 '무언가'의 상징처럼 느껴져서 클루는 다시 한 번 그의 손을 잡았다.

하늘이 비쳐드는 잿빛에 기묘한 감정이 깃들어 있었다.

스푸트니크의 입술이 작은 목소리로 무언가를 말했다.

그것은 '그 사람'의 이름 같았지만, 지금의 클루에게는 아무래도 상관없었다.

*

"……그런데."

"네?"

"너 내일부터 어디로 가출하려고 한 거야? 마차까지 빌려다가."

"에헤헤. 그건 말이죠──."

3

──그리하여 가출 계획은 실행하지 못했습니다.

하지만 언젠가 다른 기회에 일라쟈 씨가 사는 도시에 가보고 싶습니다.

그때 도시를 안내해주면 기쁠 것 같아요.

"물론이죠."

동쪽 도시에 있는 보석점에서 일하는 친구로부터 온 편지. 그곳에서 멀리 떨어진 이 코쿠디에 시에서 말한들 닿을 리 없다는 사실은 알고 있지만 일라쟈는 무심결에 중얼거렸다.

편지 발신인은 얼마 전에 업무 관계로 대륙 동부에 있는 도시, 리아피아트 시를 방문했을 때 생긴 친구였다. 그녀와는 그 이후, 계속 펜팔을 하고 있다. 일 때문에 딱 한 번 만났고 간단히 만나러 갈 수 없는 거리지만, 그때 좋아하는 사람에 대한 이야기로 의기투합했던 것과 마음을 좀처럼 전할 수 없는 사람이 있다는 공통점이 두 사람을 강하게 이어주고 있었다.

최근에 그녀가 마음에 들어 한다는 앙증맞은 병아리 편지지는 한 장으로 끝나지 않았다. 일라쟈는 사람이 없는 복도를 걸으며 편지의 첫 장을 뒤로 넘겨서 이어지는 편지를 읽었다.

설교도 들었지만 마지막에 스푸트니크가 '혼자서 고민하지 말고 꼭 말해달라'고 말해줬어요. '귀찮은 짓을 벌이고 다니면 괜히 번거로워지는 것도 알겠지?'라고 해서 조금 울적해졌지만, 스푸트니크가 나를 제대로 신경 써준다는 걸 알아서 기뻤어요.

결국 가출은 하지 않았지만, 그걸 알게 된 것만으로도 가출하자고 용기를 내서 다행이라고 생각해요.

친구의 글자는 좋아하는 사람의 이름을 쓸 때만큼은 필적이 조금 단정해졌다. 다른 글자도 동글동글해서 귀여웠지만, 그 무의식적으로 쓴 조금 반듯한 글자가 그녀가 그를 소중하게 생각하고 있다는 사실을 열렬히 말하고 있었다.

그리고 그 글자를 볼 때마다 생각한다. ──자신의 편지는 과연 어떨까?

두 번째 장도 뒤로 넘겼다.

하지만 놀랍게도 그곳에 쓰인 말은 마치 그녀의 마음을 읽은 것 같았다.

그러고 보니 얼마 전에 소아란 씨를 닮은 사람을 리아피아트 시에서 봤어요.

"소아?!"

좋아하는 사람의 이름을 글에서 갑자기 보고 그만 묘한 목소리를 내고 말았다. 총명하고 자상한 데다 일에 있어서는 무척이나 성실한 상사의 이름. 평온한 미소를 짓는 가운데 어딘가 그늘진 모습 또한 멋졌다.

걷는 속도를 늦추고 편지지를 파고들듯이 바라보았다. 글은 '소아란 씨의 얼굴은 확실하게 기억나지 않기 때문에(미안해요), 분명 기분 탓일 거라고 생각하지만 세상에는 닮은 사람이 세 사람 있다고 하니 어쩌면 그중에서 한 사람이 내가 본 사람이었을지도 모르겠네요'라고 이어졌다.

사람 놀라게 하지 마요, 하고 일라쟈는 한숨을 쉬었다. 리아피아트 시는 먼 도시로, 마법사의 힘의 영향도 받지 않기 때문에 마법사라도 마차로 며칠 걸려서 갈 필요가 있는 장소였다. 요즘 하루가 멀다 하고 분주하게 회의실과 부지부장실을 왕래하고 있는데 솔직히 어떻게 그런 곳에 갈 수 있겠는가……. 정정하자. 친구가 사는 도시에 대해서 '그런 곳'이라고 말하면 실례다.

어쨌거나 그는 이 마녀협회 코쿠디에 지부에서 매일 바쁘게 일하고 있다. 일라쟈는 누구보다 그 사실을 잘 알고 있다. 그야 늘 눈으로 좇고 있으니 말이다——

——그런 생각을 하면서 걷고 있었기 때문에 갑자기 나타난 사람을 피할 수 없었다.

"으앗."

"읏."

복도 모퉁이에서 사람과 부딪치는 바람에 편지지가 흩어졌다. 죄송합니다, 죄송합니다, 하고 사과하면서 무릎을 구부려서 봉투와 편지지를 주워 모으고 있는데 그 사람이 한 장을 주워주었다.

"괜찮아?"

"네, 죄송합니다. 제 부주의로—— 꺄악?!"

고개를 든 것과 동시에 가까운 거리에서 그 사람과 눈이 마주쳤다. 무리한 자세에서 억지로 몸을 끌어당기려 한 탓에 손바닥과 엉덩이를 세게 찧었다.

그런 그녀를 그 사람은 황당하다는 얼굴로 보고 있었다.

"일라쟈. 할 말이 따로 있지, 꺄악은 아니잖아, 꺄악은."

"죄, 죄송합니다. 때마침 부지부장님 생각을, 아니, 아무것도 아니, 예, 요!"

말을 더듬었다.

눈앞에 나타난 그 형체는 그녀의 상사이자 좋아하는 사람이기도 한 소아란이었다. 엉덩이의 아픔을 참고 일어나서 긴장해서 떨리는 손끝으로 편지지를 간신히 받아들었다.

"편지?"

"아, 네에. 크, 클루 씨한테서 온 편지를 읽느라."

"걸으면서 글을 읽는 건 바람직하지 않아."

"죄, 죄송합니다."

다급히 다시 한 번 사과했다. 하지만 그는 치켜세우던 눈을 곧바로 다시 되돌리더니,

"농담이야. 학생 시절에는 나도 그랬어. 그래서 선생님한테 곧잘 혼났지."

"그래요?"

"걸으면서 독서라니 귀여운 축에 속하지. 옛날엔 나도 나쁜 아이였거든."

어깨를 으쓱하고 말하자 짓궂은 마음이 조금 솟구쳐서 이런 질문을 했다.

"지금은 아니에요?"

"글쎄. 어떻게 생각해?"

하지만 그가 빙그레 웃음으로 답하자 그 짓궂은 표정도 매우 반듯해서 일라쟈는 그만 할 말을 잃었다.

말문을 잃은 일라쟈에게 그는 웃으며 "농담이야"라고 답했다.

"자아, 난 슬슬 일하러 가야겠어. 회의 전에 몇 가지 처리해둘 일이 있거든."

손에 들고 있던 그것들을 일라쟈의 눈높이까지 들어 올리고는 팔랑팔랑 움직여 보였다.

서류 여러 장과 봉투 하나가 있었다. 후자는 일라쟈가 클루에게 받은 것과 크기는 같았지만, 그가 가지고 있는 것은 새하얬고 발신자의 이름조차도 가늠할 수 없었다. 어쩌면 겉면에 쓰여 있을지도 모르지만, 그쪽을 들여다볼 수는 없었다.

그때 소아란이 작게 한숨을 쉬었다. 황록색의 눈동자가 조금 그늘져 보이는 것은 어째서일까.

——소아란이 코쿠디에 여 지부장 자보트와 '좋지 못한 관계에 있다'고 일부에서 숙덕대는 것을 알고 있다. 그 소문을 일라쟈는 분명 그들이 '사이'가 좋지 않은 것이라고 해석하고 있었다.

그리고 그가 걸어온 복도 건너편에는 지부장실이 있다.

그렇다는 것은 분명 또.

무의식중에 미간을 찡그렸다. 협회 안에서도 말단인 일라쟈는 지부장에게 뭐라 말할 수 있는 입장도 아니었고 무언

145

가를 할 수도 없었다. 그 사실이 몹시도 답답했다.

　그런 생각을 하고 시선을 떨어뜨린 그 순간, 갑자기 손안의 편지지에 적힌 한 줄이 눈에 들어왔다.

　용기를 내서 다행이라고 생각해요.

　단 한 줄. 하지만.

　지금이야말로 나이 어린 친구를 본받아야 하는 게 아닐까.

　"저, 저기."

　"응?"

　자신의 시선보다 조금 높은 위치에 있는 그의 눈동자가 일라쟈를 비추었다.

　기껏 솟아난 용기가 녹아서 사라지기 전에, 하고 짧고 빠르게 숨을 들이쉬었다. 그리고,

　"지지 마세요. 전 소아란 님을 응원하고 있, 으니까요!"

　말을 더듬었다.

　그러자 기세에 눌렸는지 그는 눈을 동그랗게 떴지만——그 눈동자에 진 그늘이 조금 전보다 옅어진 것처럼 보이는 것은 단순한 자의식 과잉일까.

　이윽고 소아란이 웃어주었다. 껄껄대고 소리 높여 진심으로 즐거운 듯이.

　"그래, 힘낼게. 고마워."

　"처, 천만해요."

감사 인사를 듣고 갑자기 부끄러워졌다. 매력적인 웃음이 더욱 매력적으로 비쳐서 머리를 재빨리 두 번 흔들고 인사를 대신하고는 그에게 등을 돌리고 원래 왔던 복도를 달려가기 시작했다.

"달리면 위험해!" 하는 그의 말에도 고양된 기분 탓에 발걸음을 멈출 수 없었다.

달리면서 편지를 쓰자고 일라쟈는 생각했다. 받은 편지 덕분에 용기를 낼 수 있었던 것, 그가 자신만을 위해서 웃어줬던 것, 그리고 그리고——

——복도 모퉁이를 돈 순간 로브 자락을 밟고 요란하게 넘어졌지만, 그럼에도 무척이나 행복했다.

일라쟈는 솟구치는 감정을 억누르지 못한 채 무심코 빙긋이 웃었다.

*

"……괜찮으려나."

왠지 기분 좋게 달려가는 부하를 배웅하고 소아란은 중얼거리고는 뺨을 긁적였다.

저 아이는 성격도 기량도 좋고 성실한 아이지만, 아무래도 헛도는 구석이 있다. 그것은 그의 앞 얼굴 앞에서도, '뒤 얼굴' 앞에서도 마찬가지여서, 지금도 달려가다가 넘어지지 않았을지 걱정이 됐지——만 그에 관여할 여유가 없는 것도 사실이었다.

두 통의 발신인은 각각 달랐고 물론 내용도 달랐지만 지시로서는 비슷했다.

편지에 발신인은 적혀 있지 않았지만, 그렇기에 누가 보낸 것인지 바로 알 수 있었다.

'네 약혼자에 대해서 조사해봐.'

발신인의 오만함이 비쳐 보이는 단 한마디.

왜 그래야 하는 걸까. 우선은 이유를 묻고 싶었지만, 이쪽을 매도하는 것이 인사라고 생각하는 그 인간이 과연 간단히 입을 열어줄까?

하지만 이쪽은 어떻게든 될 것이다. ──문제는.

조금 전에 구멍이 뚫어져라 응시하던 서류에 다시 한 번 시선을 떨어뜨렸다.

쉬고 싶지도 않은 한숨이 자연스레 새어 나왔다.

마녀협회 코쿠디에 지부 부지부장 소아란 귀하.

이하의 인물의 극비수사를 명한다.

리아피아트 시 스푸트니크 보석점 점주 스푸트니크.

──누군가 현재 상황을 이해하기 쉽게 알려줄 사람이 없을까.

마법소녀와 다른 색을 띤 눈동자를 그는 이래도냐는 양
일그러뜨렸다.

끝.

그의 마음
Housekihaki no Onnanoko

1

눈이 마주친 그 순간, 그녀는 상대보다도 빨리 아침 인사를 했다.

"좋은 아침이에요."

직장 입구에서 만난 사람은 안면이 있는 총무였다. 일로 그다지 접점이 있을 리는 만무했지만, 이름조차 모를 정도의 관계는 아니라서 얼굴을 마주하면 인사쯤은 하는 사이였다.

어둡지는 않지만, 특별히 언급할 만큼 밝지도 않다. 하지만 청초하다는 말이 어울릴 만큼 가련하지는 않다. 그렇게 흔한 웃음을 지어 보이자 상대 또한 웃어주었다.

"안녕. ……아아, 맞다, 유키 씨."

"네?"

유키. 지금의 자신의 이름이었다.

왜요? 하고 물을 틈도 없이 상대는 끌어안은 서류 더미에서 뭔가 한 장을 꺼내 유키에게 건네주었다.

"편지 왔어. 지금 때마침 가져다주려던 참이었어."

"감사합니다."

감사 인사를 하고 받아들고는 부드러운 웃음을 지은 채 관찰력만을 끌어올렸다. 봉투 겉면에 적혀 있는 것은 낯익은 필적이었다. 우편물 자체에 묘한 점은, ──없었다.

요전번에 '보낸' 것에 대한 감사 인사인가 싶었지만, 빨간 글자로 '속달'이라고 쓰여 있는 것을 보아 그런 태평스런 물건은 아닌 모양이었다. 그리고 그 인간이 겉면에 그렇게 쓸 때면 대개 정해져 있다.

"……이번엔 무슨 짓을 저지른 거람."

"응? 미안. 뭐라고 했어?"

"아니에요."

정말이지 여전히 번거롭게 하는 녀석이다. 그만 새어 나온 본심을 한 단계 높은 목소리로 얼버무리고 웃었다. 다시 한 번 감사 인사를 전하고 등을 돌리고는 주머니에서 페이퍼커터를 꺼내 봉투에 집어넣었다. 안을 보니 편지지가 한 장 들어 있었고, 그 편지지에는 간단한 계절 인사와 그리고.

"으응?"

그만 자신도 모르게 본성이 번지는 입가를 편지지로 살짝 가렸다.

봉투 뒷면, 발신인으로 적혀 있는 이름은——.

2

"그리하여 리아피아트 시의 수입원의 3분의 1 정도는 이렇게 다른 도시로 꽃을 판매해서 얻고 있습니다. 알겠어요?"

"네에!"

씩씩한 대답에 상당히 흡족했다.

화훼 시장의 관계자가 하는 설명을 들은 그녀가 뭔가 기대가 담긴 시선을 이쪽으로 보냈다. 그리고 스푸트니크가 조금 떨어진 곳에 서 있는 것을 발견하고는 서둘러 달려와서 보고하기 시작했다.

"스푸트니크, 스푸트니크."

"응."

"리아피아트 시는 말이죠, 저기 그러니까, 대략."

하지만 열심히 하던 보고는 곧바로 중단되었고 초롱초롱한 눈을 한 채 아무 말 없이 있었다. 무언가를 생각하는 모양이었지만, 결국 생각나지 않은 듯했다.

"그러니까."

돌아보았다. 걸어온 관계자가 입가에 손을 갖다 대고 작은 목소리로 클루에게 살짝 말했다.

"3분의 1."

"3분의 1이 꽃으로 돼 있어요!"

"…………."

양팔을 활짝 펼치고 그녀는 우쭐한 표정을 지었다.

대답하기가 곤란했다. 애매한 표정으로 관계자를 한 번 쳐다봤지만, 상대는 싱글벙글 웃고만 있을 뿐이었다.

스푸트니크는 어우러지는 감정을 가느다란 숨에 섞어서 코로 내뿜고는 이윽고 짧게 대답했다.

"……그래? 대단하네."

"대단하죠?"

이 도시의 경제가 어떻게 성립되어 있든 스푸트니크는 아무래도 상관없었다. 그래서 그렇게 자신만만한 소릴 들었다 한들 그의 마음에는 아무런 영향도 끼치지 않았고 와 닿지도 않았기 때문에 매우 대충 대답했다. 하지만 그런 대답에도 그녀는 몹시 기쁘게 웃어줬다.

이 녀석이 괜찮아한다면 아무래도 상관없나, 하고 스푸트니크도 포기하는 마음으로 웃어줬다.

요전번에 클루가 벌인 가출 소동.

결과적으로 그녀의 '가출 계획'은 실행에 이르지 못하고 스푸트니크에게 발각되어 종결되었지만 그 건에 관해서,

"종업원과 소통이 부족하네요."

라고 말한 것은 카페 피네의 웨이트리스인 엘사였다.

마차 대여점에서 돌아가는 길에 안절부절못한 모습으로 주저하던 클루에게 이유를 물어보자 카페 피네에 이미 가출하는 데 필요한 도시락을 예약――그것도 세 개씩이나――해버렸다고 고백했다.

제멋대로 행동하지 말라고 다시 설교를 하고 조금 시무룩해진 클루를 데리고 도시락을 취소하러 가자 엘사는 클루가 아닌 스푸트니크에게 그렇게 화를 냈다.

"클루를 좀 더 이해하도록 노력하세요. 특히 섬세한 연령대니까 보호자로서 지켜봐줘야죠."

"보호자로서, 말이지."

"설마 싶지만 스푸트니크 씨, 매일 밤 한잔하고 여자랑 놀러 다니지는 않는 거죠?"

"…………."

"그렇죠?"

"……줄이도록 할게."

"좋았어요."

어째서인지 클루까지도 가슴을 쭉 펴고 고개를 크게 끄덕이고 있었다.

어째서 클루의 사죄 행각이 어느새 스푸트니크에 대한 설교로 뒤바뀐 걸까. 나쁜 꼬맹이는 어느새 엘사의 곁으로 이동해서 허리에 손을 대고 우쭐한 얼굴을 하고 있었다. 바로 조금 전까지만 해도 심각한 얼굴을 하고 있었는데 태세 전환이 빠른 녀석이다.

눈살을 찌푸렸다. 그러자 엘사는 그 변화를 자신을 향한 것이라고 오해했는지 포니테일의 끝과 세우고 있던 검지 끝을 살짝살짝 흔들었다. "듣고 있는 거 맞아요?" 하는 잔소리와 더불어서.

"그래요. 만약을 위해서 말해두겠지만, 스푸트니크 씨, 밤놀이를 줄이는 것만으로는 부족해요."

"아직 뭐가 있는 거야……?"

"말했잖아요. 소통 말이에요, 소통."

"쇼통."

잘못 말한 클루는 무시했다.

"복리후생은 충실하다고 생각하는데."

"그건 고용주로서 당연한 거죠. 그치만 그것만으로는 안 돼요. 그야 스푸트니크 씨는 클루의 고용주이기 전에 보호 자잖아요?"

이리저리 변명만 하려 든다. 상대가 나츠였다면 분명 그렇게 말했을까.

"예를 들어서?"

"예를 들어서요? 글쎄요——가게가 쉬는 날에 어딘가로 데려가서 놀아준다든지."

그 제안이 과연 진정으로 클루를 생각해서 한 말인지, 아니면 자신의 가게 도시락 영업을 위한 것인지, 스푸트니크는 여전히 알 수 없었다.

다만 어느 쪽이든 간에 클루는 그 의미를 이해한 순간, 양손을 치켜들고 환호성을 질렀고 스푸트니크가 항의하기보다 먼저 그녀는 눈을 반짝이고 대단히 기쁜 듯이 그를 쳐다보았다. 그리고 말할 틈도 주지 않고 거기에 가고 싶다는 둥 여기도 가고 싶다는 둥 자신의 희망을 열거하기 시작했다.

손짓 발짓을 곁들여가며 즐거워하는 클루를 "귀찮아" 하고 한마디로 잘라버리는 것은 간단했다. 아무리 고용주이자 보호자라고 해도 휴일을 반납하고서까지 그녀의 바람을 들어줄 의무는 없다.

하지만.

클루로부터가 아닌 다른 방향에서 오는 시선이 그의 어깨 주변을 따끔따끔하게 찔렀다. 시선의 주인을 들여다보자 표정은 빙긋이 웃고 있었지만 눈은 전혀 웃고 있지 않았다.

"아시겠죠?"——그 시선을 받으며 단호한 반대 의사를 전하는 것은 좀처럼 무리였다.

결국 그리하여 정기적으로 놀러 가고 의사소통을 한다는 조건을 받아들였다.

그러고 나서 오늘, 그 두 번째 휴일을 맞이했다.

동물원이며 수족관이며 이 도시에 없는 것만 꼽는 그녀에게 우선은 자신이 사는 곳을 다시 알아두는 것에서부터 시작할 필요가 있다는 이유를 붙여 꼬드긴 곳이 이 화훼 시장이었다. 이곳저곳 제시했지만, 실제로 클루는 어딘가로 놀러갈 수만 있으면 어디든 상관이 없는지 처음에 갔던 과수원과 마찬가지로 가까운 장소인데도 방긋방긋 기뻐하며 따라와 주었다.

자리를 잡은 벤치에 나란히 앉았다. 스푸트니크가 두 사람 사이에 바구니를 내려놓자 클루가 그것을 자신을 향해 끌어당겼다.

"스푸트니크는 앉아 있어요. 내가 도시락 준비할게요."

그녀는 말하면서 바구니 뚜껑을 열었다. 거창하게 '준비'할 것까지는 없었지만, 이 아이의 기분이 좋아진다면 별 상관이 없을 듯했다. 안에는 두 개의 바구니가 더 담겨 있었고, 옆에는 물통과 컵이 두 개 들어 있었다.

작은 바구니 하나가 일인분이었다. 클루는 파란 리본이 달린 쪽을 꺼내더니 온 얼굴에 미소를 띠고 스푸트니크에게 내밀었다.

"자 여기요."

"그래."

그리고 핑크색 리본이 달린 쪽을 꺼내더니 그쪽은 자신의 무릎에 얹었다.

그리고 바구니 잠금쇠에 손을 걸친 그때,

"아, 스푸트니크 씨."

누군가가 이름을 갑자기 불러서 그쪽을 쳐다보자 모자를 벗고 인사를 하는 청년의 모습이 있었다. 우편배달부였다.

바구니를 벤치에 올려놓은 채 일어나서 인사를 했다.

"안녕."

"속달이 와서요. 어떻게 하실래요? 가게 쪽은 부재중이지만, 우편함에 넣어드릴까요? 아니면."

편지. 도착한 것은 청구서일까, 업무 의뢰서일까.

……아니면.

"아니. 지금 받을게."

"그럼."

가방에 손을 넣어 편지 한 통을 꺼냈다. 슬쩍 보인 가방 안으로 살펴본 바로는 일이 여전히 많이 남아 있는 모양이었다. 우편배달부가 빠른 걸음으로 사라져갔다.

그것은 청구서도 업무 의뢰서도 아니었다.

필적도, 봉랍의 인장도 낯익은 것이었다. 동시에 한 여성의 불손한 웃음이 떠올랐다. 내용물은 아마도──그러나,

"으."

탁.

편지를 개봉하려고 한 그때 등에 무언가가 닿았다.

"으."

탁. 두 번째.

그다지 아프지는 않았지만, 정체불명의 신음소리와 더불어 무시할 수 있는 현상이 아니었다.

돌아보았다. 그러자 스푸트니크의 옆구리에 때마침 세 번째 충격이 닿았다.

옆구리에 깊숙이 들어와 있는 것은 밤색 덩어리였다. 아무래도 바구니를 끌어안고 있어서 양손에 여유가 없었던 클루가 그의 등에 머리를 박고 있었던 모양이다.

"……왜 그래?"

물었다. 그러자 클루가 한 걸음 물러났다. 이쪽을 향한 표정을 보아하니 화를 내는 건 아닌 듯했지만, 뾰로통한 얼굴에 미간을 찌푸리고 있었고 입술은 부들부들 떨고 있었다.

"일은 안 돼요."

"뭐?"

"오늘은 일 안 하는 날이잖아요."

그녀는 단언하더니 새침하게 다른 쪽을 쳐다보았다. ──

그러고 보니 엘사가 설교할 때 그런 것도 정한 듯한 느낌이 들었다.

이 편지. 서둘러 답장을 받기 원했던지라 읽을 수만 있다면 당장이라고 읽고 싶지만, 읽기 시작한 동시에 빼앗겨서 찢어지는 일이 발생할까 봐 염려스러웠다.

불만스럽게 뾰로통한 표정을 짓는 클루에게 스푸트니크는 어깨를 으쓱했다.

"알겠어. 일은 나중에 할게."

엉덩이 주머니에 편지를 넣고 도시락이나 먹을까 하고 시선으로 그녀가 가지고 있는 바구니를 가리켰다.

그러자 클루가 바구니를 꼬옥 끌어안았다.

그리고 역시 예상대로 기쁜 듯이 웃었다.

"넵."

"와아……."

바구니를 열고 클루는 우선 감탄했다.

늘 있는 일이었다. 이 아이는 도시락을 먹을 때면 늘 우선 이게 들어 있다는 둥 저게 있다는 둥 기뻐한 다음, 갑자기 말이 없어진다. 분명 그것은 싫어하는 음식을 발견했을 때의 반응일 것이다.

이번에도 마찬가지라서 반찬인 당근의 존재를 깨닫고 그녀의 표정이 문득 흐려진──것과 동시에 등 뒤에서 친숙한 목소리가 들렸다.

"안녕."

"어디서든 출몰하는군, 할망구. 바퀴벌레냐?"

"안녕, '클루'."

선수필승(先手必勝), 다정하게——스푸트니크가 생각하기에는——인사를 건넸다. 그러자 리아피아트 지부 소속 경찰관 나츠는 입가가 굳어진 채 나지막한 목소리로 이렇게 고쳐 말했다.

그러나 나츠의 그런 작은 변화를 둔감하고 느긋한 클루는 알아차리지 못했다. 바구니에서 고개를 들고 그곳에 서 있는 사람이 친숙한 경찰관이라는 사실을 알게 되자 그녀는 대단히 기쁜 듯이 웃으며 인사했다.

"안녕하세요, 나츠 씨!"

"오늘은 도시락까지 싸서 소풍 나왔어? 즐거워 보이네."

"맞아요, 스푸트니크가 데리고 와줬어요. ……아 근데, 데이트가 아니라, 저기 그게, 데이트로 보여도 상관은 없지만, 그치만 정말로 데이트는 아니에요. 부, 부끄러워랏."

"예쁜 꽃, 많이 봤어?"

"아, 네에."

몹시 부끄러운 일이 있는지 뺨에 손을 대고 좌우로 몸을 흔드는 클루.

그러나 나츠로서는 두 사람이 어떻게 보이든 아무래도 상관없었는지 그리 대수롭지 않게 이야기를 전환시켰다. 그러자 클루가 흠칫하고 놀란 듯한 표정을 지었다.

그리고 고개를 크게 끄덕이고 조금 전에 막 외운 것을 공개했다.

"저기, 저기, 꽃은 그러니까."

"응."

"3분의 1이."

"응?"

"그게 그러니까."

침묵한 후였다.

"3분의 1이에요!"

"응?"

잊어버린 모양이었다.

무슨 소리야? 라는 듯한 시선을 받았지만 설명하기가 번거로웠다. 어깨를 으쓱하는 제스처로 "내버려둬"라고 전했다.

클루를 말할 것 같으면 구체적인 설명은 하지 못해도 어쨌거나 이야기하는 게 좋은지 손짓발짓 섞어서 보고 익힌 것을 나츠에게 이것저것 전하고 있었다. 그 말에 그래 그래 하고 고개를 끄덕여주는 것도 좋은 기분에 박차를 가하고 있는 모양이었다.

"저기, 저기, 그리고 말이죠."

그러나.

고개를 숙인 순간에 이야기가 딱 멈추었다. 아무래도 시선 끝에 자리한 것을 떠올린 모양이었다.

"그리고…… 그게 그러니까."

고양된 기분이 급속도로 가라앉은 것은 이야기의 재미와 '그것'의 매력 사이에서 갈등하고 있기 때문이겠지.

저기, 저기, 하고 나츠의 얼굴과 '그것'을 몇 번인가 번갈아 쳐다보고.

이윽고.

──군침이 떨어졌다.

"저기, 저기."

"응."

"왜에?"

"……잘, 잘 먹겠습니다."

"그래."

"맛있게 먹어."

두 사람의 허락을 받자 망설이는 듯한 진지한 얼굴이 마침내 사라졌다. 이윽고 '그것'──바구니 안에 손을 뻗었다.

클루가 우선 제일 먼저 손에 든 것은 가장자리에 곁들여진 미니 후루츠 타르트였다. 단숨에 절반 정도 입에 넣고 진심으로 기쁜 얼굴로 먹음직스럽게 먹고 있는 그녀를 쳐다보면서 나츠가 대수롭지 않게 말했다.

"클루는 좋아하는 것부터 먼저 먹네. 왠지 의외야."

"이 녀석은 옛날부터 그랬어. 도시락을 먹을 때는 우선 디저트부터 먹어."

"흐음."

"옛날에 좋아하는 음식을 마지막까지 남긴 이 녀석의 접시에서 '남길 거면 내가 먹어줄게'라며 종종 낚아챘던 거랑 뭔가 관계가 있는지는 모르지만."

"거의 당신 탓이잖아?"

유감이었다. 부정하지는 않겠지만.

"이 녀석이 진짜 재미있는 얼굴을 한단 말이지. 입을 크게 쩍 벌리고 무슨 일이 있어났는지도 모르는 얼굴을 하는 게 진짜 웃겨."

"애를 괴롭히면 즐거워?"

"즐겁다고는 안 했어."

재미있을 뿐이다.

하지만 나츠의 싸늘한 시선이 누그러들지 않자 성가셔서 도망치듯이 자신의 바구니를 열었다.

내용물은 샌드위치와 샐러드와 생선 요리, 몇 가지 과일이었다. 어느 것 할 것 없이 클루의 도시락보다 조금 양이 많았다. 그런 가운데, 클루의 것과 같은 종류의 타르트가 들어 있는 것을 눈으로 확인하고 나서 스푸트니크가 불쑥 말했다.

"뭐, 그 탓인지 야무지게 자랐어."

"야무지게?"

"곧 알게 될 거야."

나츠의 시선의 움직임에 덩달아 스푸트니크도 클루를 쳐다보았다. 상당히 배가 고팠는지 두 사람의 대화는 거의 들지 않고, 작은 동물처럼 열심히 냠냠 먹고 있었다.

"그래 그래, 오늘 일 엘사한테 들었어. 클루한테 서비스 해주는 거라며? 가끔은 좋은 일도 하네. 칭찬해줄게."

"그거 고맙네."

이 인간의 말투는 늘 칭찬하는 듯한 느낌이 들지 않는다.

"그래서 무슨 일이야? 용건 없으면 가."

"맞다, 그게 말이지——."

"저기, 저기."

그러자.

용건을 말하는 나츠를 가로막은 것은 도시락에 집중하고 있었을 터인 클루였다. 쳐다보니 이미 자신의 몫의 타르트를 날름 먹어치운 상태였다.

"왜?"

물어보자 클루는 조금 망설이고 나서 머뭇거리며 말했다.

"스푸트니크, 타르트…… 남겼네요?"

"응? 아아."

남기고 뭣이고 아직 도시락에 손조차 대지 않았지만 말이다.

하지만 이것도 늘 있는 일이다. 그래서 이 시점에서 그녀가 하고 싶은 말을 이미 알고 있었다. 하지만 지적하지 않고 단지 애매하게 대답해주자 클루는 의기양양하게 몸을 내밀었다.

"저기, 밥 남기는 거 좋지 않아요. 밥 남기면 엘사가 슬퍼

해요.”

“그렇군. 하지만 오늘 난 타르트를 먹을 기분이 아니긴 해. 곤란하게 됐어.”

나츠가 뭔가를 알아차린 모양인지 할 말이 있다는 표정을 스푸트니크에게 보냈다.

하지만 일일이 상대하는 것도 귀찮아서 알아차리지 못한 척했다.

“그, 그럼, 괜찮다면 말이죠, 그, 그 타르트, 내가 먹어줄까요?”

“네가? 아니 근데, 내가 남긴 걸 먹게 하는 것도 역시 미안한데.”

“미, 미안해할 거 없어요. 스푸트니크를 위해서 내가 힘낼게요…… 아, 아니, 따, 딱히 내가 먹고 싶은 건 아니에요. 스푸트니크가 곤란해하니까 어쩔 수 없이 먹어주는 거예요!”

그렇게 말하면서도 시선은 스푸트니크의 바구니 안을 힐끗힐끗 들여다보고 있었고, 손은 스푸트니크의 바구니 가장자리에 살포시 갖다 대고 있었다. 그러니까, 그러니까 하고 조르는 클루의 필사적인 모습이 재미있어서 그만 웃음이 새어 나왔다.

“알겠어, 알겠어. 네 몫의 도시락도 남기지 말고 먹어준다면 줄게.”

“네.”

“당근도 말이지.”

"··········네에."

받아들이기 힘든 마음이 어딘가에 있는 모양인지 답이 조금 더뎠다.

이럴 때 클루는 솔직하게 "주세요" 하고 조르지 않는다. 스푸트니크는 정면으로 '부탁'한들 응할 사람이 아니라고 생각하는 모양인지 언제부턴가 이렇게 다른 수——라고 본인은 생각하고 있다——를 쓰게 되었다. 하지만 알기 쉬운 그녀의 '연기'는 시간이 아무리 지나도 성장하지 않았다.

팔짱을 끼고 그런 두 사람의 대화를 지켜보던 나츠가 이렇게 말했다.

"당신 의외로 클루의 어리광을 받아주는 편이네."

"안 받아주거든? 아니, 내가 어떻게 해야 만족할 거야? 넌?"

"글쎄. 결국은 당신이 하는 일이 전부 마음에 안 드는 걸지도."

"웃기지 마."

애초에 호감을 사고 싶다는 생각은 털끝만큼도 하지 않았지만, 아무렇지도 않게 내뱉는 독설에는 자신도 모르게 반응하고 말았다.

"용건 없으면 순찰을 하든 뭘 하든 얼른 가버려. 대체 뭐야?"

"용건이라면 있어. 좀 곤란한 일이 있어서 충고하러 왔을 뿐이야."

"곤란한 일?"

"응. 그게 말이지——."

그러나.

말은 또다시 가로막혔다.

이번에는 길 쪽에서. 바퀴 소리와 말발굽 소리와 그리고——

"아, 클루 씨!"

"어?"

갑작스런 외침에 놀란 소리를 지른 것은 클루였다.

스푸트니크의 시야 한쪽 구석에서 클루와 나츠가 그쪽을 쳐다보았다. 하지만 그는 두 사람과 같은 방향을 보기보다 먼저 주머니에 욱여넣은 편지를 서둘러 빼냈다. ——그녀의 이름을 부른 목소리에 기억이 있었기 때문이다.

그 목소리는 나츠는 말할 것도 없이 스푸트니크와 클루에게 있어서도 그다지 익숙한 것이 아니었다. 이 마을 누군가의 것은 아니지만, 들은 기억이 있는 그 목소리는. 그리고 연상된 사람들은.

복잡한 손놀림으로 봉투를 자르고 두 겹으로 접힌 편지지를 펼쳤다.

중앙에 단 한 줄만 적혀 있었다.

속달이라는 이름에 걸맞은 '누나'의 서둘러 쓴 필적은 단 한 줄, 이렇게 적혀 있었다.

어떻게든 할 테니 어떻게든 하고 있어.

"……관리국에 말이지. 마법사가 왔어, '또'."

나츠가 말했다. 이번에는 말을 가로막는 사람이 아무도 없었다.

그 말에는 아무 대답도 하지 않고 스푸트니크는 편지에서 고개를 들어 마차를 쳐다봤다. 플래티넘 블론드 아가씨가 창문에서 몸을 내밀고 손을 흔들고 있었다. 이름을 부른 것은 그 여자였다.

하지만 그뿐만이 아니었다. 창문 건너편, 마차 안에 검은 로브를 입은 또 다른 한 사람이 앉아 있는 것을 알 수 있었다.

그 형체를 향해서 스푸트니크는 혐오감을 숨기지 않고 혀를 찼다.

"이번엔 뭐 하러 온 거지, 저 왕변태가."

그것도 흔치 않게 바로 정면에서.

모처럼 찾아온 휴일인데.

스푸트니크가 이러쿵저러쿵 중얼대며 가게 문을 열어서 마법사 두 사람을 응접 소파로 안내했다.

자신과 마찬가지로 도시락도 대충 먹고 가게로 돌아온 클루에게 차를 내오도록 지시했다. 손님의 갑작스러운 방문에 외출을 중지하는 수밖에 없었지만, 오랜만에 친구를 만났다는 기쁨이 더 큰 모양이었다. 그녀는 신이 난 듯 명령에 따라주었다.

잔 네 개가 응접탁자 위에 놓였다. 건너편에 두 개, 바로 앞에 두 개. 자신의 옆에 털썩, 하고 가벼운 소리가 나는 것을 듣고 나서 스푸트니크는 입을 열었다.

"그럼."

다시 정면을 쳐다봤다. 한쪽은 얼굴을 드러내고 있었지만, 다른 한쪽은 후드를 뒤집어쓴 상태였다. 그럼에도 들여다보이는 갈색 눈동자와 희미하게 웃는 얼굴 아랫부분은 틀림없었다.

"당신이랑 만나는 게 얼마 만인지 모르겠군."

"점주님과는 그때 한 번 만나 뵙고 처음이군요. 잘 지내는 것 같아서 다행입니다."

"그렇군."

스푸트니크는 고개를 끄덕였다. 일라쟈가 동석하고 있는 현재 상황, '그런 방향'으로 이야기를 진행할 셈인가.

일라쟈를…… 쳐다보자 그녀는 무척이나 해맑게 웃는 얼굴로 손을 살짝 흔들고 있었다. 그 시선 끝에 있는 상대도 제스처로 답하고 두 사람은 킥킥대며 서로 웃고 있었다. 오랜만의 재회가 기쁜 것인지, 이야기의 내용에는 딱히 흥미가 없는 것인지.

한숨을 억누르고 스푸트니크는 그녀에게 말했다.

"쿠. 일라쟈를 데리고 방에 잠시 가 있어."

"어?"

그러나 그 말은 그 말대로 달갑지 않았던 모양이다. 클루의 눈썹이 순간적으로 일그러졌다.

내버려두면 곧바로 저도 이야기 들을래요——라고 말을 꺼내겠지 싶어서 스푸트니크는 그녀가 입을 열기보다 먼저 이렇게 말했다.

"저기 그거 말이야. 너 일라쟈랑 펜팔하잖아? 그럼 여러 모로 쌓인 이야기도 있을 거잖아. 이야기라면 나중에 얼마든지 알려줄 테니 잠시 방에서 놀다와. ……그쪽도 그런 생각으로 일라쟈를 데려온 것도 있을 테잖아. 아니야?"

변명하는 듯한 말투라고 스스로도 생각했다. 애초에 평소의 자신이라면 예의상으로라도 그렇게 상냥한 말은 하지 않았을 것이다. ——그래서.

후드를 깊숙이 눌러쓴 이 남자에게 눈짓이 닿았는지 어땠는지는 모른다. 다만 그렇게 화살을 돌리자 그의 입가가 엷은 미소를 띠었다.

"점주님이 말씀하신 대로입니다. 일라쟈, 아가씨가 괜찮다고 하시면 잠시 둘이서 이야길 하고 오는 건 어떨까? ……애초에 오늘 방문은, 예전에 폐를 끼친 데에 대해 정식으로 사과를 하기 위한 게 크니까. 요전번만큼 중요한 이야기를 하지는 않을 거야."

말을 전하는 고개가 일라쟈를 향해 있었다. 하지만 후반은 분명 클루에게 들려준 것이기도 할 테다. 그 말에 거짓이 있는지 없는지 판별하려는 듯한 클루의 시선도 개의치 않고 그는 희미한 미소를 계속 지어 보였다.

그리고. 온화하게 말하던 그는 그 모습 그대로 갑자기 클루를 쳐다보았다. 클루는 남이 봐도 알 수 있을 만큼 어깨를 흠칫하고 떨었지만, 소아란은 동요하지 않고 우호적인 웃음을 깊이 짓더니 이번에는 확실히 클루를 향해서 이렇게 물었다.

"그러니 아가씨, 부디 이 아이와 잠시 이야기를 해주지 않으시겠어요?"

"아."

"이 아이의 상사로서도 부탁드립니다. 아가씨한테서 편지가 올 때마다 이 아이가 정말 기뻐하는 것 같아서 어떻게든 만나게 해주고 싶었거든요."

거짓말 티가 풀풀 난다.

소아란의 수상쩍은 미소에 어째서인지 뺨을 붉히고 대답조차 더듬는 클루를 곁눈질로 보면서 속으로 독설을 퍼부었다. 하지만 그 자리에서 그렇게 생각한 것은 스푸트니크뿐인 모양이었다. 어쩌면 말하는 그도 자신의 언동을 그렇게 생각할지도 모르지만, 적어도 여성 두 사람은 '부하를 생각하는 그의 마음'에 완전히 마음을 빼앗긴 듯했다. 그 증거로 눈동자를 빛내던 일라쟈가 그의 이름을 읊조렸다.

"소아란 님."

"물론 두 사람이 괜찮다면이지만. 어때?"

낌새를 살피듯이 스푸트니크를 올려다보는 클루에게 팔을

가볍게 흔들어서 대답했다. 그러자 클루는 "그럼" 하고 말하고 일어났다. 일라쟈를 부르듯이 손을 내밀더니 두 사람은 사이좋게 나란히 서서 '종업원 전용' 문으로 걸어갔다. 자기 방에서 여러 이야기를 하려는 거겠지, 좋은 판단이었다.

스푸트니크는 시선을 소아란의 건너편에서 돌리지 않고 등 뒤에서 두 사람이 속닥대는 소리를 들었다.

"소아란 씨는 자상한 상사 같아서 부러워요."

"에헤헤, 멋진 분이죠?"

이 남자의 겉모습만 보고서 하는 허튼 소리는 참을 수 있다. 하지만 작은 목소리로 마지막에 들린 '스푸트니크랑은 완전 달라요' 하는 말은 그냥 넘기지 못하고 그만 돌아보고 말았다. 하지만 돌아본다고 한들 두 사람의 모습은 이미 사라지고 없었고 때마침 '종업원 전용' 문이 닫히던 참이었다.

……가는 걸 굳이 다시 불러다가 설교하는 것도 바람직하지 않다. 그렇게 생각해서 엉거주춤했던 허리를 가만히 내리자,

"소감이 어때?"

건너편 바보가 말했다.

입가에서 그 표정은 사라졌지만, 묘하게 일그러져 있었다. 만든 게 아닌 본연의 웃음을 어떻게든 지우려고 했지만 그러지 못하고 있는 표정이었다. 유심히 보니 어깨도 가늘게 떨고 있었다. 클루의 마지막 말은 분명 이 남자의 귀에도 닿았을 테다.

마녀협회 코쿠디에 지부의 부지부장, 일라쟈의 상사로서의 얼굴은 더 이상 끝인 모양이었다. 다리를 꼬고 꼿꼿하게 세우고 있던 등을 소파 등받이에 깊숙이 파묻는 것을 보면서 스푸트니크는 답했다.

"단순한 바보로 키운 기억은 없는데."

"'순수한 건 좋지만 이상한 사기꾼에게 걸려들까 봐 걱정'이라고 해야 하나."

"이상하게 해석하지 마. 허우대만 멀쩡한 놈아."

스푸트니크가 달려들 듯이 말하자 소아란은 이번에는 고개를 작게 갸웃거렸다. 그 동작을 말로 한다면 '저런 저런'이라고 해야 할까.

"그래서 무슨 일이야? 설마 정말로 저 둘을 만나게 하려고 찾아온 건 아니겠지?"

"다른 한 가지 이유는 조금 전에 말한 것처럼 사과하기 위해서야. 너희한테 상당히 폐를──."

"적당히 해."

내뱉는 듯한 대답이 나왔다.

"사과? 그럴 리가 없잖아. 마법사가 그렇게 기특한 생물이었나."

"아니, 그건 지나친 생각이야. 우리는 우리가 한 행동에 잘못된 점이 있으면."

"애초에 말이지."

거기까지 한 말만 보아도 대답은 더 이상 들을 필요도 없을 듯했다.

그래서 가로막고 노려보았다. 방문 이유가 확실히 그가 말한 대로라면 그들의 행동에는 중대한 결함이 있었다.

"물어볼게. 너희 세계의 '사죄'는 상대랑 약속도 잡지 않고 갑작스럽게 쳐들어오는 거야?"

"……넌 여전히 아픈 곳을 거리낌 없이 찔러오는구나."

"너한테 거리낄 필요는 없으니까 말이지. 아직 말 안 끝났어. 일라쟈를 데리고 온 건 우리 종업원을 이야기하는 자리에서 떨어뜨려놓기 위해서지? '그때' 저 애가 같이 이야기를 듣겠다고 졸랐던 걸 기억하고 있었겠지. 그때는 쿠가 동석하고 있어도 상관없는 내용이었지만…… 이번에는 그렇지 않은 뭔가 복잡한 화제인 거지. 아니야? 어때?"

"전부 추측이잖아. 증명하기에는 조금 부족해."

"그 근거는 말이지."

머리 한쪽 구석에 한 가지 말이 떠올랐다. 문장으로서가 아니라 그 여자의 목소리로, 음성으로 들렸다. ──어떻게든 할 테니 어떻게든 하고 있어.

지금까지 그 여자의 말에, 행동에 의미가 없었던 적은 한 번도 없었다.

"근거는?"

"너한테 들려줄 필요는 없지."

"너랑 나 사이잖아."

"친화 협정을 맺은 기억은 없거든? 차라리 지금 여기서 결판을 낼래?"

"좀 봐줘. 난 그런 걸 하러 온 게 아니니까."

손바닥을 위로 향하게 해서 도발하듯이 손가락을 굽혔지만, 그에게는 그럴 마음은 없는 모양이었다. 양팔을 어깨 높이까지 치켜들고 입술로 웃었다. 그 동작은 명백하게 '항복'을 나타내고 있었다.

"네 말대로 할 이야기가 있어. 네 귀여운 아가씨한테 들려주고 싶지 않은 몇 가지 이야기가 말이지. 두 사람이 이야기하는 데 질려서 내려오기 전에 얼른 '용건'을 마치도록 하자."

가려져 있던 그 눈이 냉담하게 가늘어져 있는 것은 상상하기 힘들지 않았다.

그가 방문한 이유는 어느 정도 예상이 갔다. 애초에 어떤 일을 조사하라고 요전번에 명령한 것은 이쪽이었다, 예상할 수 없는 것은 아니었다.

하지만. 원래라면 부하를 데리고 직접 방문했을 때 알아차렸어야 했다. 결론부터 말하자면 그 '예상'은 완전히 빗나가게 되었다.

"우선은 이걸."

그렇게 말하고 소아란이 주머니에게 꺼낸 것은 하얀 용지 한 장이었다.

"서류? 뭐야?"

"그냥 보기나 해."

3등분으로 접혀 있었지만, 가장 위로 올라온 3분의 1이 다른 면과 똑같은 면적으로 접혀 있는 것이 접은 인간의 성격이 비쳐 보이는 것 같았다. 탁자 위를 미끄러뜨리듯이 건네받은 종이를 집어서 들어올렸다.

펼쳐서 그 내용에 시선을 떨어뜨린 지 몇 초.

──순간, 서류가 꾸깃하는 소리를 내서 스푸트니크는 제정신으로 돌아왔다.

바람이라도 불었나 싶었지만 그렇지 않았고 실제로는 자신의 손이 무심코 종이를 움켜잡고 있었던 모양이었다.

펼쳐보자 그곳에는 대단히 짧은 한 문장이 쓰여 있었다. 누나로부터 도착한 편지보다 훨씬 짧았다.

'꽝'

"세상 하직 하고 싶냐?"

눈앞에 있는 남자의 로브 가슴팍을 비틀어 올리며 스푸트니크는 비교적 온화한 마음으로 속닥였다.

"아니, 장난을 좀 치고 싶어서."

"너, 내가 꽤 우스운가 보다?"

"아니, 너라기보다 어느 쪽이냐고 할 것 같으면 클루 쪽을 우습게 봤다고 해야읍."

"까먹고 말 안 했네. 이 꽉 물어라."

"충고가 늦어……."

가까운 거리에서 휘두른 주먹이 멋지게 턱에 먹혔다. 소아란이 환부를 누르고 그 자리에 맥없이 주저앉았지만, 힘 조절은 물론 하고 있었다. 뼈나 이가 어떻게 될 정도는 아니었다.

 이쪽으로 등을 돌리고 소파에 쭈그리고 앉아서 '진짜는 이쪽이야'라고 알아듣기 힘든 목소리와 더불어 내민 팔에는 조금 전과 마찬가지로 접힌 서류가 들려 있었다. 스푸트니크는 그것을 절반은 빼앗다시피 받아들었다. 이쪽은 위를 향한 3분의 1이 다른 쪽보다 넓었다.

 안을 본 스푸트니크는 순간적으로 여러 감정을 느끼고 여러 생각을 했다. 하지만 그것은 조금 전과는 달리 황당함도 분노도 아니었다.

 서류 중앙에는 모르는 필적으로 역시 짧은 문장이 쓰여 있었다——

 "……무슨 소리야?"

 "응."

 자신의 목소리에서 곤혹스러움을 지우지 못했다는 사실을 실태라고 생각했다. 그러나 이번에 한 그의 대답에는 농담의 기색도 스푸트니크의 실태를 비웃는 듯한 동작도 담겨 있지 않았다. 이쪽이 그런 반응을 보일 것을 내다보고 있었던 것 같아서 아니꼬웠다.

 클루가 놓아두고 간 차를 설탕을 넣지 않고 한 모금, 입술만 적시기 위해서 홀짝댔다. 그러고 나서 그는 이어서 말했다.

"아마도 넌 내가 오늘 방문한 이유를 내 약혼자 이야기를 하기 위해서라고 생각했겠지. 하지만——미안하지만, 그건 나중에 해도 될까. 때마침 너한테 그 의뢰를 받은 동시에 위에서 그 명령을 받았거든."

마녀협회 코쿠디에 지부 부지부장 소아란 귀하.
이하의 인물의 극비수사를 명한다.
리아피아트 시 스푸트니크 보석점 점주 스푸트니크.

그가 팔짱을 끼고 고개를 뒤로 젖히자 후드 아래에서 간신히 눈가가 들여다보였다. 지쳤는지 눈이 움푹 패어 있었고 짙은 다크서클이 생겨 있었다. 올리브그린은 스푸트니크의 눈앞에 펼쳐진 글자에 경멸하는 듯한 시선을 보내고 있었다.

이쪽을 반듯하게 3등분으로 접지 못한 것은 어쩌면 조금 전의 이유 때문만이 아니라 단순히 종이를 접던 손이 동요해서일지도 모른다고 문제 해결의 실마리는 도저히 되지 않을 법한 생각을 하면서 스푸트니크는 물었다. 가볍게 말할 여유는 없었다.

"왜 나한테 혐의가 생긴 거야?"

클루가 아니라. 라는 말은 하지 않았다. 다만 눈치 챘을 것이다.

다음 순간, 그의 입술이 말을 하는 것과는 조금 다른 형태로 움직였다. 한숨을 쉬는 것 같았다.

"넌 묘한 부분에서 부주의해."

"뭐?"

"'마력을 스스로 흡수시킨다'고 네가 그 설명을 할 때 나한테 그렇게 말했었지."

싸움을 거는 것치고는 너무 평온한 말투였다.

"피네치카에 그 스톤을 가지고 갔어?"

그리고 그 말 한마디로 하고 싶은 말 전부를 알 수 있었다.

안색이 달라질──만큼 자신이 동요했다고는 생각하지 않는다. 하지만 그 말에서 받은 충격 전부를 받아 넘겼다고는, 겉으로 드러내지 않았다고는 스푸트니크는 생각할 수 없었다.

그 억측은 틀리지 않았을 것이다. 하지만 소아란은 스푸트니크를 질책하지 않고 그저 담담히 사실을 말했다.

"그 도시에서 너흴 노린 그 녀석들이 정말이지 번거로운 발언을 반복하고 있어. 이번에는 '피네치카에서 마법을 발동시킬 때 위화감을 느꼈다'고 말이지."

"그건."

그 원인은.

확실히 그때 마법사에게 공격받았을 때. 그는 '특수하게 가공된' 보석 하나를 사용했다. 최대한 사용하지 않으려고 했지만──그들이 강력하게 말한 '위화감'이란 즉.

하지만 소아란은 경박한 모습으로 어깨를 으쓱했다. 자신의 동작이 경박하게 보인다는 사실을 알고서 그렇게 한 것이었다.

"정말이지 말도 안 되는 변명이나 늘어놓고 재판을 질질 끌려는 수작이라고밖에 생각할 수가 없어⋯⋯라는 게 대다수의 의견이야. 시조님의 가호를 의심하는 거냐고 호통 치는 재판장을 보면서 웃음을 참느라 혼났어."

"⋯⋯⋯⋯."

"뺨 안쪽 살을 열심히 깨물면서 참았더니 구내염에 걸렸지 뭐야. 볼래?"

"⋯⋯⋯⋯."

"봐. 보라고. 여기, 여기 말이야."

"안 보고 싶으니까 그냥 가만히 앉아 있어."

입가를 검지로 끌어당기고 소파에서 몸을 내밀어오는 소아란을 피하듯이 등받이에 몸을 젖혔다. 스푸트니크에게 볼 마음이 없다는 사실을 알고서 그는 아쉽게 됐다는 양 소파에 고쳐 앉았다.

"그리고 그 여자들이 답한 걸 대충 요약해서 알려줄게. 시조님을 의심하는 건 아니다. 하지만 확실히 뭔가 위화감을 느꼈다. 그렇다면. ──'그 보석상이 무슨 짓을 한 게 틀림없다!'."

한 박자⋯⋯ 두 박자. 세 박자를 두고 소아란이 말을 이어나갔다.

"……이야기가 옆으로 좀 새겠지만. 스푸트니크, 그 스톤은 마법사에게 있어서 상당히 위험한 물건이야. 우리가 타고 난, 절대적이라고 믿는 모든 걸 무효화시키는 무기야…… 있어서는 안 되는 물건이라고 생각해. 만약 그 존재가 밖으로 드러나면 협회가 가만있지 않을 거야."

부디 마녀협회에는 발각되지 않도록 은밀하게 사용해.

언젠가 들었던 그 말을 잊은 것은 아니었다.

"가지고 있지 말라고도 사용하지 말라고도 안 할게. 하지만 사용하겠다면 상대를 죽일 마음으로 사용해."

"그래서? 그렇게 말한 마법사한테 너흰 뭐라고 했어?"

"다들 어이없는 변명이라고 생각하지. 하지만 그 말을 옹호하는 녀석이 있었어. 그 발언을 마녀협회의 대의명분으로 사용해서 뒤에서 비공식적으로 보석상회를 염탐해 약점이나 정보를 잡아 보석상회보다도 우위에 서고 싶어 하는 녀석이 있었지."

"어째서?"

"네가 할 소린 아니잖아? 상인인 네가."

확인의 뜻을 담아서 물었을 뿐이다. 거래를 잘하는 가장 간단한 방법은 '상대의 약점을 파악할 것'——그런 말은 들을 필요도 없이 잘 알고 있었다.

"조사 결과는?"

"젊은 남자 신변 조사만큼 재미없는 조사 의뢰도 없지 참. ……농담이야. 그러니 무서운 눈으로 보지 말아줘, 미안,

185

그만해읍."

사사건건 말참견을 하려 드는 녀석이었다.

따귀를 맞은 뺨을 감싸고 폭력 반대, 하고 외치는 그의 눈 앞에서 주먹 관절을 꺾어 소리를 내고 시선을 보내고는 갑자기 가만히 있었다. 잠시 아무 말 없이 있다가 그가 다시 입을 열었다.

"우린 네 조사와 동시에 네 뒤…… 클루롤 보석상회 쪽도 조사하기로 했어. 물론 그쪽 편에 허가를 받지 않고 말이지. 네 쪽은 예전에 내가 조사를 한 적이 있으니——조사를 해서 결백하다는 결과를 만들어냈으니 이번에도 똑같이 하면 될 거라는 생각에 그다지 걱정은 안 했어. 하지만 보석상회 쪽은 미지수였지. 뭐가 나올지 나도 내심 조마조마했지만, 결국엔 두 손 두 발 다 들었어. 보석상회에서의 너와 그 주변의 정보에 관해서는 아무리 파헤쳐도 먼지 하나 안 나오더라."

어깨를 으쓱하는 그에게 안도감은 느껴지지 않았다. 오히려 그렇게 된 것이 당연하다고 해야 할까, 이쪽 뒤에 있는 사람은 '그 여자'니까 말이다.

'어떻게든 할 테니 어떻게든 하고 있어' 설명 부족에 불안만 자아내는 편지를 보냈던 이유는 분명 마녀협회에서 뻗어 온 손을 요리조리 피하는 데 바빠서일지도 모른다——혹은 뒤에서 속을 떠보는 실례를 저지르는 마법사들에게 어떻게 앙갚음할지 생각하느라 즐거워서 이쪽을 뒷전으로 돌렸을지도 모른다. 그 여자는 그런 인간이다.

"이러고 저러는 동안에 보석상회 쪽이 이쪽의 거동을 알아차리고 경찰국이랑 연계해서 정식으로 항의를 보냈어. 그걸 무마시키느라 제일 힘들었어. 뭐어 조사 결과가 어디에서 어떻게 봐도 결백, 뭐 하나 성과가 있는 정보가 없어서 나도 위에 불만을 터뜨리기 쉬웠지만."

"……그래서?"

그 정도까지라면 행복한 결말이지 않은가.

그러나 그렇게 되지 않은 무언가가 그의 말투에 담겨 있었다. 말을 재촉하자 그는 휴우 하고 긴 한숨을 쉬었다.

"그 탓에 원한을 샀는지 그 이후 묘한 시선을 느끼고 있어."

시선.

"예전에도 같은 소리를 했었지?"

"이번에는 '겉'의 얼굴 이야기야."

소아란은 어깨에서 힘을 빼더니 "난감하게 됐어"라고도 말하고 싶어 하듯이 후드 위에서 뺨을 가볍게 긁적였다.

"그래서 전해줬으면 해. 우리 조직이 실례를 저질러서 미안하다고. 큰 실례를 저질렀지만, '난 적어도' 너희의 적이 아니라고. 그러니 슬슬 봐주면 안 될까? 하고."

그런 거였군.

이 남자에게 팡송의 조사를 부탁한 대가로 그 의뢰를 받아들이는 것은 가능하다. 하지만 그 여자가 받아들여줄지 어떨지는…… 그런 가능성을 지우지 못하고 답은 적당하게 얼버무렸지만, 그는 그것을 승낙으로 받아들인 모양이었다. 빙긋이 웃더니 "고마워"라고 말했다.

"오늘은 그 일을 말하러 온 거야?"

물었다.

그러자 소아란의 입가가 문득 일그러졌다. 웃은 것처럼도 보였다.

"조금 전에도 말했듯이 표면상으로는 '사과'야. 화가 난 보석상회의 화를 풀어주기 위해서 사죄 행각의 일환으로 말이지."

"그렇군. 그럼 '진짜 목적'은?"

"응, 그건 확실히 '이거'야. 그리고 또 한 가지."

"또 한 가지?"

아직 또 뭐가 있다는 건가.

물으려고 했지——만 그 입을 닫은 것은 그와 동시에 탁탁탁탁, 하고 명랑한 소리가 들려왔기 때문이다. '종업원 전용' 문 안쪽, 천장 근처에서 내려오는 소리.

소리는 두 종류였다. 뒤에 이어지는 쪽이 조금 더 묵직했다. 울리기를 그치고 조금 지나서 문이 열렸다.

그리고 얼굴을 보인 것은 물론.

"저기, 스푸트니크. 잠시 엘사 씨네 가게에 다녀와도 될까요?"

클루와 일라쟈. 일라쟈 쪽은 로브를 벗고 일반적인 복장으로 갈아입고 있었다. 두꺼운 하이넥 재킷에 역시 두꺼운

롱스커트를 입고 있었다.

"괜찮은데. 뭐 하러 가려고?"

"일라쟈가 마짱을 굉장히 마음에 들어 해서 만드는 법을 가르쳐달라고 하려고요."

마짱이란 일라쟈가 지금 팔에 끌어안고 있는 인형의 이름이었다. 카페 피네의 쌍둥이——엘사네 남동생들이 만든 인형으로 꽤 폭신폭신했다.

예전에 클루가 스푸트니크에게 "이 아이의 이름을 붙여주세요"라고 말하기에 곰이니까 '쿠'라고 붙여줬더니 싫어했기 때문에 아래 한 글자를 따주니 이번에는 납득한 모양이었다. 한가할 때 만들어준 웃옷과 더불어 마음에 들어 하는 것 같았다.

"야호! 일라쟈 씨, 가요."

"저기, 소아란 님."

"다녀와. 다만 가능한 한 '신분'은 숨기도록 해."

"네."

이쪽이에요, 하고 한 사람과 곰 인형을 데리고 나가는 클루를 배웅하고——"그럼" 하고 스푸트니크는 다시 말을 재촉했다. 그러자 소아란이 고개를 살짝 들었다. 뭘 보나 했더니 아무래도 그냥 생각하고 있는 모양이었다. 잠시 후 아, 그래, 하고 말했다.

이윽고 다시 고개를 조금 숙이더니 길게 한숨을 쉬면서 천천히 웃음을 지었다. 그러고 나서 불쑥 '너'라고 말했지만, 그 말이 자신을 부르는 말이라는 사실을 알기까지는 시간이 조금 걸렸다. 스푸트니크가 답했다.

"뭐야."

그러자.

그가 말했다.

"너. 왜 저 아이를 지키는 거야?"

저 아이라는 건……

누구를 가리키는지 고민할 필요도 없었다. 하지만 너무 갑작스럽고 예기치 못한 질문인 탓에 바로 대답할 수가 없었다. 머지않아 소아란이 말을 이어나갔다.

"널 다시 조사하면서 조금 궁금했던 게 있어. 보석을 토하는 여자아이라서인가. 저 아이의 체질을 고쳐줄 약속이라도 한 건가. ——하지만 그'뿐'이라면 어째서 그렇게까지 소중히 여길 필요가 있지?"

"내가 저 녀석을 그렇게 소중히 여기는 것처럼 보여? 고용주로서 적절한 범위라고 생각하는데."

"조금 전의 도시락, 엄청 맛있어 보였어."

그 말투가 이쪽을 놀리는 것처럼 들렸다.

소아란이 한 번 헛기침을 했다. 마른기침이었지만, 당연하게도 보석을 토하지는 않았다.

"과거의——그녀를 알기 전의 네 행적을 조사해보니 딱히 바람직하진 않더군. 주로 여성 관계에서 말이지. 그러던 게 쉬는 날에 가족 서비스를 할 만큼 자식을 끔찍이 생각할 줄

이야. 그리고 저 아이의 친구까지 배려하게 될 줄이야. 사람이 이렇게도 변할 수 있는 건가 싶었을 뿐이야. 뭔가 계기가 있었나 하고 말이지. 또는 뭔가 그렇게까지 소중히 여길 이유가 있는가 싶기도 하고 말이지."

"나한테 로리콘 기질이라도 있냐는 거야?"

"그런 말까지는 안 했어. ……아아, 걱정하지 마. 설령 너한테 그런 기질이 있다고 해도 경멸하진 않을게. 사랑의 형태는 저마다 다르니까."

"웃기지 마."

가볍게 걷어찼다. 그러자 변태가 끅끅대고 웃었다.

하지만.

──그건 그가 진정으로 묻고 싶었던 말이 아니지 않을까.

어째서인지 그런 생각이 들었다. 정말로 묻고 싶은 걸 묻지 못했다거나, 묻지 못해서 다른 질문을 한 것 같았다. 그래서.

"그게 묻고 싶었어?"

"아니면?"

확인하듯이 물었지만 스푸트니크가 그렇게 말할 것도 예측한 모양이었다. 망설이지 않고 긍정하는 모습이 마치 준비한 대본에 그렇게 답하라고 쓰여 있는 것 같아서 그만 인상을 찌푸렸다.

그러자 그의 얼굴이 미묘하게 일그러졌다.

웃음. 눈가가 보이지 않아서 잘 모르겠지만 아무래도 쓴 웃음을 지은 것 같았다.

"아니, 묘한 표정은 짓지 말아줘. 요새 한동안 바빠서 잠을 통 못 잤어. 그런데 머리는 계속해서 풀가동해야 하니까 괜한 생각까지 하게 되더라고. 깊은 뜻은 없어, 정말로."

정말로. 확인하듯이 다시 한 번 말했다.

하지만 그 얼버무리는 모습 또한 묘하게 대단히 서툴렀다. ──이 남자가 사실은 무슨 말을 묻고 싶어 하는 건지 알고 싶어졌다.

그는 더 이상 아무 말도 하지 않았다. 답할 마음도 없는 듯했다.

한 번 더 불렀지만 답은 없었고 그는 결국 그 질문만 남긴 채 아무 말도 하지 않았다. 자신의 물음에 대한 답 이외에는 듣지 않겠다고도 말하고 싶어 하는 듯한 자세였다.

──포기하고 스푸트니크 또한 생각했다.

되살아난 것은 그녀를 '고용했던' 날의 기억이었다.

3

"저기."

팔에 든 '보따리'를 향해 스푸트니크가 불쑥 말했다.

앞서 들렀던 도시에 적당한 마차 대여점이 없었던 것, 걸어서 이동하기로 결정했더니만 도적들의 습격을 받았다는 것까지 해서 두 가지. 그리고 쓰러뜨린 도적들이 빈털터리였던 것까지 합쳐서 그 세 가지 때문에 스푸트니크의 기분은 '바로 조금 전까지만 해도' 상당히 좋지 않았다. 그러나 그 후, 도적들의 두목에게 안내받은 아지트에서 그의 기분은 크게 달라져버렸다.

그의 말을 듣고 짐짝은 몸을 살짝 꿈틀댔다. 검은 천——스푸트니크가 입고 있던 상의였다——안에서 다갈색의 커다란 눈동자가 그를 비추었다.

"아가씨…… 저기, 클루."

조금 전에 이름을 들었다는 사실을 떠올리고 고쳐 말했다.

도적에게 습격당해 '정신적인 고통'을 입은 데에 대한 위자료로 녀석들에게서 받은 것은 얼마 안 되는 금전과 그 외에 한 가지 더 있었다.

보석을 토하는 한 소녀.

그녀는 스푸트니크가 이름을 부르자 말이 아니라 눈을 한 번 끔뻑여서 대답했다. 아무래도 이야기는 듣고 있는 것 같아서 이어서 말했다.

"너, 집은 어디야? 출신은 어디고?"

아이. ——굉장히 가벼운 아이였다. 상처를 많이 입은 자그마한 손은 스푸트니크의 셔츠를 단단히 부여잡고 있었다. 손가락, 다리, 전신이 성해 보이지 않을 만큼 가느다란 것은 식사를 제대로 제공받지 못한 탓이겠지.

"널 고용할까 해" 도적들의 보금자리에서 '길러지던' 그녀에게 스푸트니크는 그렇게 채용을 선언했다. 하지만 취직이라는 것은 그렇게 간단한 것이 아니었고, 고용하려면 여러 가지 계약이 필요했다.

애초에 그녀의 어린 나이에서 보자면 보호자가 있을 테니, 계약 관계를 성립시키려면 일단 부모의 곁으로 돌려보내야 한다. 그리고 그 보호자를 말로 구워삶아서…… 혹은 설득해서 이 보석을 토하는 생명체를 이쪽 사람으로 만들거나, 만약 고용 관계를 허락하지 않으면 도적들에게서 구출한 것에 걸맞은 사례를 받아야겠다……고 생각하다가 물은 말이었지만.

"집……."

돌아온 것은 꿈이라도 꾸는 듯한 불분명한 말이었다. 이윽고 가느다란 목소리로 모른다는 말이 이어졌다. 기억이 없는 것인지, 아니면 어려서 무지한 것인지, 분명하지는 않았다.

그렇다면 이제 어떻게 해야 하나. 가장 빠른 방법은 모든 사정을 클루롤 보석상회의 '관리 담당자'에게 이야기해서 절차를 의뢰하는 것, 즉 떠맡긴다는 선택지가 있었다. 그것이 가장 편하고 좋을 테지만, 그렇다면 '그 사람'의 기분이 좋을 때를 노릴 필요가 있다. ……그리고 보니 요전번에 이쪽에서 제출한 서류에 크게 누락된 것이 있어서 "다음번에 만날 때 각오해"라는 소리를 들은 기억이 있는 것 같기도 하고 없는 것 같기도 한데――

195

…………

"뭐 됐어. 우선은 밥부터 먹자."

번거로운 일은 일단 보류. 문제에서 도망쳤다고도 할 수 있지만, 옛말에 '배가 고프면 싸울 기력도 없다'고도 했다. 선조들의 말은 따라야 한다. 손위 사람을 공경한 적은 거의 없지만 말이다.

그러자 클루의 머리가 이쪽을 다시 향했다. 식사——그 말을 듣고 입으로는 아무 말도 하지 않았지만, 눈동자는 반짝반짝 빛나고 있었다. 그러고 보니 "뭔가 먹게 해줄게"라고 말하고 나서 결국 여전히 아무것도 먹이지 않은 상태였다. 가방 안에는 아침에 마을에서 만들어달라고 한 도시락이 있을 터였다.

사실은 식사 전에 의사한테 진찰을 받고 먼지투성이인 몸을 씻겨주고 싶었지만, 마을까지는 아직 조금 더 걸릴 예정이었다. 몸은 이 주변 어딘가의 개울을 찾아다가 씻어주면 되지만, 소독되지 않은 물에 상처투성이인 아이를 담가도 되는지 스푸트니크는 그에 관한 지식이 없었다.

"잠깐만 있어봐."

길가에 허리를 숙여서 상의로 감싼 클루를 옆에 두고 가방을 뒤졌다. 클루는 잠시 의아한 듯이 이쪽을 쳐다보고 있었지만, 스푸트니크가 바구니와 물통을 꺼내는 것을 보더니,

"밥……."

"잠깐만 있어보라니까."

알아차리고 몸을 내민 클루로부터 바구니를 멀리 떨어뜨려 놓았다.

물통이 두 개. 한쪽에는 식수가 한쪽에는 스프가 담겨 있었다. 스푸트니크는 조금 망설이고 나서 식수를 손수건에 적당량 따랐다.

클루의 팔을 잡아당기자 그녀의 몸이 흠칫하고 떨었지만 개의치 않고 얼굴에 천을 가져다 댔다. 눈가와 뺨을 상처에 해가 되지 않을 정도로 해서 문질러주었다.

"읍. 읍."

"그리고 손."

다섯 개의 손가락. 크게 다친 곳은 없지만 작은 상처가 몇 군데나 있었고, 손톱이 벗겨지지는 않았지만 마구 자라 있거나 반대로 짤막한 등 여기저기 상해서 까칠까칠해져 있었다.

손수건에 물을 묻혀서 손을 닦아주자 작은 목소리로 "차가워"라고 말했다. 인상을 찌푸리고 희미하게 웃었다. 그렇군, 이 아이는 이런 얼굴로 웃는군, 하고 아무래도 상관없는 생각을 했다.

배려한 것은 아니다. ——그런 변명 같은 말을 자신에게 하면서 물었다.

"안 아파?"

"밥……."

"묻는 말에나 답해."

아무래도 허기 쪽이 더한 모양이었다.

정말이지. 하지만 그녀가 말한 대로 우선은 그녀의 욕구에 응하는 게 먼저인가. 한두 끼 먹인다 해서 그렇게 간단히 체형이 표준에 가까워질 거라고는 생각하지 않지만, 상처투성이의 앙상한 몸을 오랫동안 보고 싶지는 않았다. 체력도 체형도 회복시키겠다면 우선은 먹어야 한다.

물통을 열어서 안에 담긴 액체를 뚜껑에 부어서 채웠다. 야채와 닭고기를 콘소메의 맛국물로 졸인 스프였다. 살짝 입을 대보자 아직 조금 따뜻했다.

"아아……."

"금방 줄게."

먼저 한 번만 맛만 봤는데 슬픈 소리는 내지 않았으면 했다.

스푸트니크는 의학적 지식은 그다지 많지 않지만 '환자식'이라는 말은 알고 있었다. 그렇다면 식사를 제대로 섭취하지 못한 인간에게 무언가를 먹일 때는 과연 무엇이 적절할까. 되도록 소화에 좋은 것……

망설인 끝에 빵을 절반으로 찢어서 스푸트니크는 조금 적셔서 내밀었다.

"빵은 안 먹어도 돼. 스프만 조금씩 빨아들여──."

"아웅."

"먹지 말라니까."

음식을 내민 순간부터 스푸트니크의 말은 들리지 않는 모양이었다.

그리고 결국 빵도 스프도——뼈에 붙은 닭고기야말로 '소화에 나쁘다'고 자제시켰는데——전부 다 날름 먹어치우고 말았다. 그녀의 위가 걱정스러웠지만, 몸 상태가 나빠진 기색은 없으니 분명 괜찮겠지. 한데 그런데도 부족한 모양인지 바구니를 자꾸만 신경 쓰고 있었다.

그렇다면 그 외에 뭔가 먹일 만한 건 없을까. 해산물 꼬치구이, 튀김…… 흰 살 생선이라면 괜찮을까 싶어서 한입 먹어보자 향신료가 강하게 배어 있었기 때문에 단념했다. 사람이 먹는 모습을 본 탓인지 군침을 질질 흘리는 클루에게서 바구니를 사수하며 내용물을 확인해나갔다.

……이건 먹을 수 있으려나. 타르트를 들어서 마멀레이드 부분만 스푼으로 떠서 내밀자 망설이지 않고 입에 뻐끔 머금었다.

조금 전의 빵보다도 반응이 좋았다. 뺨을 감싸고 마치 한숨을 쉬듯 "맛있어"라고 말했다.

"엄청 맛있어요."

"그래?"

"무지, 무지요……."

하고 말을 하다 갑자기 끊었다.

눈을 깜박이더니 어깨가 경직했다.

"왜 그래?"

경직된 어깨가 가늘게 떨리기 시작하더니 이윽고 떨림이

기침이 되었다. 콜록콜록하고 기침하는 그녀의 등을 가볍게 토닥여주자 이윽고 투명한 붉은빛의 보석이 풀 위로 굴러 나왔다.

집어 들었다. 루비나 가넷과 흡사했지만, 스푸트니크로서는 판별할 수 없었다. 하지만——무척이나 좋은 보석이라고 생각했다.

이물을 토하고 후련해졌는지 여전히 무언가 먹고 싶어 하는 그녀에게 다시 한 번 마멀레이드를 떠서 이번에는 스푼째로 건네주었다. 뺨을 조금 움직여서 다시 어색하게 웃었다. 꿀이 들어 있는지 호박색으로 반짝반짝 빛나는 마멀레이드를 받아들더니 소중하게 조금씩 날름날름 핥기 시작했다.

그런 그녀를 곁눈질하면서 스푸트니크는 다음 행동을 생각했다. 우선은 마을로 돌아가서 의사를 만나고, 그리고 자신도 식사를 해야겠다. 아니 그것보다 '연락'을 취하는 게 급선무였다. 그 사람의 분노는 아직 가라앉지 않았을지도 모르지만, 중대사를 위해서는 어쩔 수 없었다. 그렇게 생각한 그는 가방 안에서 편지지 세트를 꺼냈다.

아이. 보석을 토한다. 수신인은, 써야 할 이름은 이미 정해져 있었다.

"어머. 어머 어머. 어머 어머 어머!"

숙소 여주인이 한 말은 아침에 떠났을 터인 상인이 오후를 지나 다시 찾아왔다는 이유 때문만은 아니었다. 팔에 끌어안은 아이를 보고 그녀는 눈을 크게 뜨고 입에 손을 갖다 댔다.

"손님, 어떻게 된 일이에요? 그 아이는……."

"길거리에 쓰러져 있어서 데리고 돌아왔어. 이 마을 아이는 아니야?"

"행방불명이 된 아이가 있다는 소리는 못 들었는데…… 어머나 불쌍해라. 괜찮니?"

사실대로 말하지 않고 쓰러져 있었던 걸로 한 것은 설명하기가 번거로웠기 때문이다.

클루를 말할 것 같으면 감싼 상의 안에서 고개를 숙이고 가늘게 떨고 있었다. 아무래도 사람이 무서운 모양이었다. 여주인이 얼굴을 가까이하자 작은 동물처럼 목에서 끄응 소리를 내고 몸을 더욱 둥글게 말았다.

"윗사람한테 연락을 해서 이 아이의 보호를 요청하려고 해. 그리고 우선 하룻밤…… 경우에 따라서는 연락이 될 때까지 2, 3일간 방을 빌리고 싶은데, 2인실 하나 부탁해도 될까?"

"물론이죠, 한동안은 공실이 있으니까요. 그리고…… 맞다, 의사는요?"

"부탁할게."

클루를 일단 바닥에 내려놓고 두 사람 몫의 숙박비와 팁을 꺼내 카운터에 내놓았다. 그에 여주인은 방 열쇠 하나를 주고 맡겨줘요라고 말했다. 건네받은 열쇠 번호는 우연찮게도 스푸트니크가 오늘 아침까지 묵었던 방 옆이었다.

　문득.

　──뭔가 위화감이 느껴졌다.

　머릿속을 검지와 엄지로 가볍게 헤집는 듯한 불쾌감. 그러나 손안의 열쇠에는 아무 문제도 없는 것처럼 보였다. 고개를 들어서 여주인을 쳐다봤지만, 그녀에게서도 딱히 미심쩍은 느낌은 받지 못했다.

　"편히 쉬세요."

　"고마워."

　의아하게 여기면서도 원인을 찾지 못하여 결국 잊기로 했다.

　가방을 팔에 걸고 클루를 들어 올렸다. 그러자 그녀는 고개를 들어서 이쪽을 쳐다보았다. 자신을 끌어안은 사람이 스푸트니크라는 사실을 확인한 모양이었다. 옷 안에서 손을 뻗더니 스푸트니크의 가슴팍을 다시 꼬옥 잡았다.

　계단을 올라가서 2층의 깊숙한 모퉁이 방으로 갔다. 열쇠를 열고 들어가자 아침에 스푸트니크가 묵었던 방보다도 어느 정도 넓었다. 마주한 오른쪽에 필기용 탁자가, 그 옆에는 테이블과 소파가 있었다. 침대는 왼쪽에 두 개 있었다. 욕실과 화장실의 위치는 변함없었다. 스푸트니크는 조금 망설이고 나서 클루를 소파 위로 내렸다.

　짐을 바닥에 내려놓고 신발을 신은 채 침대 위로 굴렀다.

　"그럼 이제 어쩐다지……."

다 쓴 편지는 이미 우체국에 부쳤다. 관리 담당자는 현재 상회 본부에서 연수를 받고 있다고 했기에 그곳으로 부쳤는데, 엇갈리지만 않는다면 내일은 우편을 확인할 테다. 연락을 받는 것은 빨라도 내일모레 아침쯤이려나. 물론 상대방의 스케줄에 문제가 있거나 우편 트러블이 발생하면 그만큼 늦어지겠지만.

"아마 경찰서에 가게 되겠지만 너무 무서워하진 마."

말을 걸었다. 그러자 소파 위의 상의가 꿈틀꿈틀 움직여서 클루가 이쪽을 향했다. 식사를 하게 한 덕분인지 '그곳'에 있을 때보다 혈색이 어느 정도 좋아진 것처럼 보였다.

"사람은 많겠지만, 경찰이야. 나쁜 녀석들이 있는 곳은 아니야."

경찰국은 이 대륙의 치안 유지 조직이다. 범죄 방지를 위한 활동, 사건의 조사나 악한의 체포 외 그녀와 같은 미아 수색 확보도 실시하고 있다. 방문하면 분명 우리한테 힘이 되어줄 것이다.

그러나 클루는 그런 설명을 듣고 있는지 듣고 있지 않는지 소파 위에서 잠시 꿈틀거리다가 이윽고 소파에서 툭하고 떨어졌다. 도와야 하는가 하고 몸을 일으켰지만, 그녀는 그가 가기보다 먼저 일어나더니 걸친 상의를 걷어내면서 걸어왔다. 침대 옆까지 다가오더니 바닥에 앉아서 이쪽을 물끄러미 올려다보았다.

"왜. 무슨 일이야?"

질문하자 클루는 아무 말 없이 고개를 숙였다. 뭐가 신경이 쓰이는 건지, 아니면 딱히 의미가 없는 건지 침대 다리 밑을 멍하니 보고 있었다…… 그때 그녀의 머리카락에 잎이 엉켜 있는 것이 보였다.

손을 뻗어서 떼어내 주다가 알아차렸다.

그리고 떠올렸다. 그녀의 몸은 먼지투성이였다.

"……목욕이라도 할래?"

앞으로 있을 번거로운 이야기는 나중으로 미뤄두기로 하겠다. 중요한 것은 현재다.

의사에게 진찰을 받는다 해도 우선은 상처 소독이 필요했다. 식사도 하게 했으니 깨끗한 장소에서 가볍게 목욕이라도 시키는 정도라면 괜찮겠지. 클루는 눈을 끔벅거리고 스푸트니크의 말을 반복했다.

"목욕."

"기다려봐. 물 좀 받고 올게."

침대에서 내려와 욕실로 향하려──하다가.

돌아왔다. 그리고 확인하듯이 말했다.

"말해두겠지만. 스스로 하는 거야."

자신은 단지 이 아이를 구출하고 고용했을 뿐인 존재로 이 아이의 목욕이나 생활 전반까지 도와줘야 하는 입장은 아닐 터였다.

그 말을 들은 그녀는 의아한 듯한 표정을 짓고 있었다.

모르는 것 같아서 덧붙여서 말했다.

"내가 거들지는 않을 거라고."

큼직한 눈동자가 이쪽을 향한 채 몇 초 있었다. 이윽고 표정의 변화가 없이 천천히 고개만 기울어졌다.

그러나 그런 표정을 짓는다 해도 안 되는 건 안 된다. 이쪽에는 아무 의무도 없는 데다 져야 할 책임도 없다. 목욕 준비나 숙박비 정도는 대신 내주겠지만 목욕까지 도와야 할 의무는 없다. 설령 그녀가 수도꼭지 사용법을 모른다 하더라도 욕실에서 쓰러져 머리를 박고 미끄러져서 받아둔 물 안에서 허우적대도 이쪽은 아무 관계도——

…………

소파에 걸터앉았다.

"어째서 내가 이런 일까지 책임져야 한단 거야."

자신의 다리 사이에 얌전히 앉은 소녀의 머리카락을 마른 수건으로 닦아주면서 스푸트니크는 한숨을 쉬었다. 여전히 육아와도 가정과도 인연이 먼——연을 가지고 싶지 않은——책임을 지고 싶지 않은——연령인데 어째서 아이의 목욕 따위를 시켜야 한다는 건지.

제멋대로, 그것도 같은 방에서 덜컥 죽는 것도 곤란하다. 그렇게 되면 관리 담당자에게 어떤 짓을 당할지 눈에 선하다……는 생각에서 여러모로 포기하고 목욕을 도왔지만, 정말이지 고생스런 작업이었다. 상처가 아려서 신음하는 클루를 보고 몇 번이나 놀랐는지 모른다.

여기저기 꾀죄죄했지만 몇 번이나 물로 씻어주었더니 남들만큼 깨끗해졌다. 기다란 머리카락은 한 번 씻겨서는 깨끗해지지 않아서 서너 번 씻겨야 했지만, 그럼에도 다 씻고 났더니 살랑살랑 보드랍고 촉감이 좋은 머리가 완성되었다.

옷을 벗은 이 아이의 전신은 다시 봐도 상처투성이였고, 특히 배에 난 상처 수가 현저하게 많았다. 어깨, 팔, 다리, 전신 어디를 봐도 여기저기 앙상해서 보기 안쓰러웠다. 하지만 골절이나 목숨에 지장을 줄 만한 상처는 외관상으로 없었다. 내장 쪽은 잘 모르니 의사에게 맡기는 수밖에 없다는──것이 욕실에서 관찰한 클루의 현재 상태였다.

참고로 현재 그녀의 복장을 말하자면 역시 키에 맞는 옷이 없었기 때문에 스푸트니크의 셔츠를 입혔다. 그녀의 허벅지까지는 거뜬히 덮어서 '몸을 가린다' '몸에 걸친다'는 옷 본래의 용도에서만큼은 합격인 것 같았다.

정말이지 손이 가는 녀석이다. 다시 한 번 탄식하고 눈앞의 아이를 쳐다봤다. 그러자 그녀는 어째서인지 양손을 얼굴 앞에 갖다 대고 있었다. 그대로 아무 말 없이 무언가를 생각하고 있었다.

"왜 그래?"

몸을 닦던 손을 멈추고 물었다.

다시 보석을 토하는가 싶어서 보고 있었더니 클루는 얼굴에서 손을 떼고 이쪽을 돌아보았다.

그리고. 펼친 양손을 이번에는 스푸트니크의 얼굴 앞에

치켜들었다. 무슨 일인가 했더니 그것이 코에 닿았다.

잠시 후에 얼굴에서 손을 떼고 클루가 말했다.

"……향기가 좋아요."

그 양손에서는 확실히 비누에서 나는 좋은 향기가 났다.

──머리카락이 어느 정도 마르자 싸구려 빗으로 머리를 빗어 주었다. 엉킨 곳도 있었지만, 몇 번인가 빗어주자 매끄러워졌다. 여기저기 뻗쳐 있었지만 머리카락은 매끄럽고 부드러웠다. 단정해지면 분명 여러 액세서리가 잘 어울릴 것 같았다.

내민 손에도 작은 상처가 많았지만 언젠가는 나을 것이다. 그렇다면 이 아이에게 어울릴 만한 액세서리는 어떤 디자인일까.

"……난 말이야."

지금 여기서 이 아이한테 말한들 어떻게 되는 것도 아니다. 알고는 있었지만, 그 머리를 보고 있자니 입에서 말이 왠지 모르게 새어 나왔다.

클루가 이쪽을 돌아보았다. 그녀의 목이 움직인 탓에 손 안에서 밤색 머리카락이 사라락 흘러내렸다.

"지금은 행상이지만, 언젠가 어딘가에 정착해서 가게를 차리고 싶어. 그때는 가공 설비가 갖춰져 있는 가게가 좋겠지."

평온한 마을에서 보석을 팔고 가공해서 생계를 꾸려나갈 수 있게 된다면. ……하지만 그러기 위해서는 자금이 어느 정도 필요할까.

클루는 잠시 스푸트니크를 가만히 보고 있었다. 하지만 그가 더 이상 아무 말도 하지 않는다는 사실을 깨닫더니 다시 잠자코 손을 코에 갖다 댔다. 그 향기가 상당히 마음에 들은 모양이었다. 그런 향기를 앞으로 몇 번이고 맡을 수 있게 되기를 바랐다.

이윽고 클루의 머리가 앞뒤로 휘청휘청 흔들리기 시작했다. 몇 번인가 흔들린 후에 상반신이 더욱 크게 기울었고 어깨가 흠칫하고 떨렸다. 다급히 돌아보더니 스푸트니크가 확실히 있다는 사실을 확인하고 자세를 바꾸고 매달리듯이 그의 가슴팍을 부여잡았다.

그리하여 몇 번인가 꿈과 현실을 오가다 이윽고 스푸트니크의 가슴팍이 무게를 온전히 느낄 무렵, 그는 빗질을 멈추고 그녀를 침대에서 재웠다.

"정말이지."

의사는 귀에서 청진기를 빼더니 어처구니가 없다는 듯 한숨을 쉬었다.

클루가 잠든 후 먹을거리를 사러 갔다가 돌아오니 때마침 의사가 와 있었다. 이 숙소의 여주인한테 부탁받아서 왔다지만 행여 문제가 발생할까 싶어서 그에게 어느 정도 돈을 쥐어주고 사정을 대강 설명하고 나서 방에 들였다. 하지만 클루는 상당히 지쳤었는지——그건 그럴 테다——잠이 깊이 들어서는 일어나려고 하지 않았다. 억지로라도 깨우는 편이 좋을까 고민했지만, 다행히도 의사가 괜찮다고 말했다. 잠들어 있어도 진찰은 가능하니 그냥 자게 내버려두라고 했다.

제대로 된 이불을 덮어줬는데 클루의 손은 어째서인지 스푸트니크의 상의를 붙잡고 있었다. 잡아당기자 매달리듯이 점점 부둥켜안았기 때문에 회수하기를 멈췄다.

"호되게 대했군. 이런 어린 애한테."

의사의 한숨 섞인 말에는 보이지 않는 범인에 대한 비난이 생생하게 담겨 있었다. 하지만 그것도 곧바로 사라지고 의사로서의 얼굴로 돌아왔다.

"조금 전에도 말했지만 목숨에 지장을 주는 상처는 없어. 뼈도 내장도 문제없다네. 다만."

"다만?"

"배에 난 몇 군데 상처는 결혼할 나이가 됐을 때 이해심이 있는 청년을 찾으라고밖에 말 못하겠군."

사라지지 않는 흉터도 있다고는 예상하고 있었다. 하지만,

"10년 후의 일까지 걱정해줘서 고맙군."

"치료비에 속하는 거니까."

쓸데없는 걱정이라고 넌지시 말했지만, 의사는 신경 쓰는 내색도 없이 초연하게 답했다.

"기억 쪽은 몸 상태가 진정되면 전문의한테 다시 진찰을

받는 게 좋을 걸세. 식사에 문제는 없지만, 자극적이거나 맛이 너무 강한 음식은 한동안 피하도록 하게. 속이 놀랄 수도 있으니 말일세."

"알겠어."

"그리고——."

그때였다.

갑자기 클루가 콜록댔다. 가볍게 시작된 그 기침은 조금씩 격렬해졌다. 스푸트니크가 몸을 구부리려고 하자 의사가 손으로 저지하고 누워 있던 그녀의 몸을 옆으로 돌려서 직접 등을 문질러주었다. 역시 익숙한 손놀림이었다.

이윽고 클루는 기침의 원인이 된 것을 토해냈다. 사전에 이야기를 해둔 상태였지만, 반신반의했는지 초록빛 보석을 보고 의사가 눈을 크게 떴다.

"이건……."

"으……."

기침의 영향인지 클루가 천천히 눈을 떴다. 잠이 덜 깬 눈을 비비면서 고개를 들었다. 의사가 있다는 사실을 아직 알아차리지 못한 모양이었다. 일어난 클루는 우선 얼굴 근처에 시선을 주더니 입가에 떨어진 보석을 주워서 스푸트니크에게 내밀었다. 마치 '깨고 나서는 그렇게 하도록' 누군가에게 배운 것 같은 모양새였다.

받아들지 않는 스푸트니크에게 억지로라도 건네려고 생각했는지 몸을 일으켰다. 하지만 스푸트니크는 저지했다.

"일어나지 마. 누워 있어."

"보석…… 때리지 마요."

"알겠으니까 누워 있어. 가지고 있고 싶잖아?"

절반은 잠꼬대를 하는 듯한 클루에게서 보석을 받아들고 대신해서 상의를 건네주었다. 그러자 그녀는 얌전하게 누웠다. 다시 옷을 꽉 붙잡고 곧바로 잠이 든 모양이었다. 숨소리가 평온해졌을 무렵, 그녀의 뺨에 눈물이 톡 떨어졌지만 나쁜 꿈을 꾸고 있는지 아니면 안심한 탓인지는 스프트니크로서도 알 수 없었다. 다만 그녀가 쥔 상의 자락으로 눈물을 닦아주었다.

잠든 그녀를 보고 의사는 다시 한숨을 쉬었다.

"보석을 토할 줄이야. 정말이지 불가사의한 체질을 가지고 있군."

"내가 한 말이 맞지?"

"망상벽이라도 있는 줄 알았더니, 미안하게 됐군."

몇 가지 욕설이 떠올랐지만, 가까스로 참았다.

"결석증과 닮긴 했지만, 광석을 토하는 건 진단을 내린 적이 없네. 자네, 앞으로 이 아가씨를 어쩔 생각인가?"

"소속된 보석상회에 연락을 해뒀으니 우선은 그쪽이랑 상담할 거야. 고용할 생각이긴 한데, 그것도 우선 그쪽의 판단을 듣고 나서의 일이지."

"현명하군."

그는 그렇게 말하더니 가방을 열어서 의료도구를 정리하

기 시작했다. 이제 자신의 일은 끝났다고 파악한 모양이었다. 스푸트니크는 제시받은 치료비보다 "모쪼록 비밀로 해줘"라며 조금 더 많이 쥐어주었다. 의사는 "알고 있다네"라고 답하고 그 돈을 전부 받아들었다.

의사는 짐을 정리하고 건네받은 액수를 세고서 주머니에 넣었다. 그러더니 스푸트니크를 천천히 올려다보았다.

"그리고 충고 하나 하지. 이 마을에서 서둘러 떠나는 편이 좋을 거야. 당신을──이 아가씨를 위해서."

무슨 말이냐고 묻자 명확한 답은 해주지 않았다. 다만 "이 마을의 수치일세"라고만 말하더니 고개를 절레절레 흔들었다.

의사를 배웅한 후 스푸트니크는 소파에 앉아 조금 전에 사 온 물건의 종이봉투를 열었다.

램프가 희미하게 비추고 있는 테이블 위에서 종이봉투의 내용물을 꺼냈다. 때를 놓친 점심식사였지만, 이미 하늘이 붉게 물들었으니 어느 쪽이냐고 할 것 같으면 저녁식사에 가까울지도 몰랐다.

값싼 그라파와 빵 몇 개. 병뚜껑을 열어서 입을 대고 그대로 들이켰다. ……목을 지나는 감각에 문득 알코올 도수가 신경 쓰였다.

병 라벨을 살펴봤지만 표기를 찾을 수 없었다. 그다지 낮지는 않을 것이다. 스푸트니크는 술에 약하지는 않았지만——달콤한 말에 취하게 하고 술에 진탕 취하게 만들어서 이것저것 하는 데는 자신이 있었지만——스피리터스가 집에 상비되어 있는 '누나' 정도는 아니었다.

누나. 그 편지는 어떻게 되었을까. 이미 이 마을을 출발했을까. 그런 생각을 하면서 술을 찔끔찔끔 마시며 빵을 씹어 먹었다. 사 온 것은 멜론빵이었다. 이곳 맛은 나쁘지 않았다.

그런 생각을 하면서 혼자 술잔치를 계속 벌이다 이윽고 취기가 돌기 시작했을 무렵,

"으……."

갑자기 신음소리가 들렸다.

침대에 시선을 돌렸다. 상반신을 일으키고 손을 가만히 보고 있는 그녀의 멍한 표정은 이곳이 어딘지 모르겠다고 말하는 것 같았다. 이윽고 '읍'하고 소리를 내고 그 얼굴이 불안한 듯 일그러졌을 무렵, 스푸트니크는 그녀를 향해 말을 걸었다.

"일어났어?"

그러자 흠칫하듯이 이쪽을 향했다. 그곳에 있는 사람이 누군지를 확인할 때까지 시간이 조금 걸린 듯했지만, 자신이 쥐고 있는 남성 상의와 더불어 현재 상황을 떠올린 모양이었다. 이윽고 침대에서 내려오더니 상의를 질질 끌면서 이쪽으로 걸어와 소파 옆, 어째서인지 다시 바닥에 앉았다. 가만히 이쪽을 올려다보고 있었다.

어째서 바닥을 그렇게 좋아하는 거야——다만 그 이유가 무엇이든 바닥에 앉은 아이를 보면서 식사를 하는 것도 기분이 굉장히 좋지 않았다. 안아 올려서 소파에 앉혀주자 클루는 의아한 듯이 고개를 기울였다.

주변을 두리번두리번 둘러보고 테이블 위에 놓인 병을 보고 오도카니 중얼거렸다.

"마실 거⋯⋯."

"그건 안 돼."

자극적인 음식은 피하라고 의사가 일러주었다. 그 말이 없었더라도 애초에 연령에도 맞지 않을 것이다. 스푸트니크는 병을 끌어다가 그녀의 손이 닿지 않는 곳에 가져갔다.

슬픈 듯이 울상을 짓는 클루에게 그 대신, 구입해둔 포도주스 뚜껑을 따서 건넸다. 기쁜 듯이 받아든 모습을 보니 아무래도 목이 말랐던 모양이다. 하지만,

"흐응."

병을 너무 힘차게 기울이는 바람에 입에서 벗어난 주스가 코에 들어간 모양이었다. 다급히 병을 떼어내고 에취, 에취 하고 재채기를 반복하는 클루의 모습에 그만 소리 내 웃었다. 정말이지 덜렁대는 녀석이다.

"먹을래?"

멜론빵을 절반 갈라서 건네주었다. 그녀는 마치 다람쥐처럼 입안 가득히 빵을 가득 채우더니 열심히 씹은 후 감개무량하다는 표정으로 중얼거렸다.

"맛있어…….."

"응. 나도 오랜만에 맛있다고 생각했어."

멜론빵을 먹음직스럽게 베어 먹는 클루에게 말했다. 자신이 멜론빵의 어떤 점을 좋아하느냐는 것, 옛날에 먹은 맛없는 멜론빵 이야기 등을 말이다. 언젠가 멜론빵이 맛있는 가게가 있는 마을에 가게를 차리는 것이 목표라는 말도 했다. 그런 하잘 것 없는 이야기를 고개를 끄덕이며 듣던 클루가 재미있어서, 대단히 별스럽지 않은 데도 이야기가 묘하게 진행되었다.

하지만 갑자기 식사하던 클루의 손이 멈추었다. 그리고 다시 헛기침을 반복했고——목에서 나온 것은 역시 반짝반짝 빛나고 있었다. 자신도 슬슬 익숙해졌구나 하고 스푸트니크도 생각했다.

그러나. 그것을 보고 표정이 눈에 띄게 경직된 사람이 있었다. 클루 본인이었다.

기침을 하느라 목이 아픈가.

"힘들어? ——음료수 마실래?"

"나도."

하지만 그렇지는 않은 모양이었다.

주스 병을 내밀려고 했을 때 클루가 오도카니 말했다. 토한 것을 내려다본 채 멍한 표정으로 공허한 목소리로 말을 이어나갔다.

"나도, 매일, 맛있는 거, 많이…… 많이 먹을 수 있는 하루하루가, 좋아, 요. 하지만."

표정이 앞섰는지 이어지는 말이 조금 흐트러져 있었다. 하지만 하고 싶은 말을 이해하지 못할 정도는 아니었다. 가느다란 팔에 끌어안고 등에 짊어진 것. 이따금 말문이 막혀 했지만 철철 흘러넘치는 그녀의 말을 들으면서 등을 문질러 주었다.

"이런 게, 이런 게 나오니까, 그래서…… 다들, 무서워지니까. 난…… 필요 없는데, 다들……."

"……너, 이 체질이 싫은 거야?"

고개를 앞으로 깊숙이 숙였다. 클루는 그대로 고개를 숙이고 아무 말 없이 눈물을 뚝뚝 흘리고 있었다.

이윽고 울다가 지쳤는지 클루의 머리가 다시 꾸벅꾸벅 흔들리기 시작했다. 그 모습을 보고 있으니 스푸트니크의 눈꺼풀도 무거워졌다. 취기가 도는 걸까. 그렇게 많이 마신 기억은 없는데 말이다. 그런 생각을 하면서 술병을 쳐다보자 어느새 이쪽도 절반보다 적어져 있었다.

창밖은 어느새 쪽빛으로 물들어 있었고 램프에서 나오는 작은 불빛이 방을 비추고 있었다.

소파 위에 떨어진 작은 보석 하나. 스푸트니크는 그것을 주워들어 테이블에 놓인 램프 앞에 놓았다. 램프 스위치를 비틀어서 불을 끄자 보석도 빛을 잃었다. 방은 어두웠고 단지 창밖만이 달빛으로 희미하게 밝았다.

이쪽에 기대서 잠든 클루에게는 자신의 상의를 덮어주었

다. 자신은 그대로 소파 등받이에 손을 걸치고 몸을 뒤로 젖혀 천장을 올려다보고 어둠 속에서 눈을 감았다.

──다음에 그를 깨운 것은 거친 노크 소리였다.

똑똑똑.

소파 위에서 눈을 떴다. 창가는 이미 밝아져 있었다.

그러나 왠지 가슴이 답답했다. 심장 질환은 없었을 텐데, 하고 적당한 생각을 하면서 고개를 움직이자 이상한 분위기에 잠을 깬 클루가 가슴팍을 단단히 붙들고 늘어져 있었다.

필사적인 형상으로 목으로 가늘게 쌕쌕 소리를 내는 것은 감기로 목이 상한 게 아니라 겁에 질려서 내는 소리인 것 같았다. 물고기가 호흡을 하듯이 끊임없이 입을 여닫았지만, 그곳에서는 갈라진 소리밖에 나오지 않았다. 울지는 않았지만 눈을 부릅뜨고 있었고 무언가를 떠올린 듯이 상당히 괴로운 표정을 짓고 있었다.

하지만 스푸트니크는 노크 소리로 사람이 죽지 않는다는 사실을 알고 있다. 머리를 벅벅 긁적이고 "이런……" 한밤중이라고 말하려다가 창밖에 이미 해가 떠 있다는 사실을 떠올렸다. "꼭두새벽에 말이야."

그러나 그사이에도 노크 소리는 멈추지 않았다. 없는 척하는 건 통하지 않는 모양이다.

바닥에 떨어진 상의를 주워들어 겁에 질린 클루의 머리부터 덮어주었다. 그러자 마음이 가라앉은 듯이 얌전해졌다.

이상한 자세로 잠을 자서인지 오른쪽 어깨와 목이 묘하게 결렸다. 어깨를 주무르며 걸어가서 사람을 성가시게 재촉하는 문 앞에 섰다.

"네."

"문 열어."

퉁명스런 목소리가 돌아왔다.

"누구세──."

"경찰이다."

경찰국. 엄청 빨리도 왔구나 싶었다. 누나에게 보낸 편지가 도착해서 연락이 갔다고 해도 너무 일렀다.

혹시 숙소 여주인이 센스 있게 순찰 중인 경찰관에게 사정을 말해준 걸까. 그렇다면 이 상황에서는 순순히 방에 들여서 협력을 구하는 편이 이야기가 빠르겠지──

"……용건은 뭐고 신분을 증명해봐."

그러나.

입에서 나온 말은 그런 계산과는 딴판이었다. 문고리에 손을 뻗기가 꺼려져서 허리에 손을 갖다 대고 목소리만 조금 곤란한 듯이 내서 답했다.

"경찰수첩을 제시하겠다."

답하는 목소리는 주저하지 않았다.

진짜 경찰관이라는 사실을 전제로 이야기를 진행시켰다.

"용건은 뭐지?"

"여자아이 보호다."

상대는 이쪽에 아이가 있다는 사실을 알고 있었다.

저 아이의 보호자가 수색을 요청한 건가? 또는. 가능성으로서 생각나는 몇 가지를 마음속으로 꼽아보았다.

"아이가 없어졌다는 신고가 있었다."

"어디에서?"

"답할 의무는 없다. 신고자는 그 아이의 보호자다."

그 사람은 과연 진짜 보호자일까. 아니면.

그렇다면 한 가지 더 알고 싶은 것은 가로막은 이 문 앞에 있는 인간이 그녀의 체질을 아는 경찰관인지——아니면 정보를 전혀 모르는 자인지 하는 것이었다.

조금 생각하고 스푸트니크는 이렇게 물었다.

"난 행상인인데 거리에 쓰러진 소녀의 신병을 보호하고 있다. 그 사람, 보호자가 어느 정도 사례를 할 생각인지 궁금하군. ——'귀중한' 딸이잖아."

그 한마디는 굳이 힘주어 말했다.

그러자. 속닥이는 목소리가 건너편에서 들려왔다. 문이 방해를 해서 무슨 말을 하는지는 알아들을 수 없었지만, 아무래도 의논을 하고 있는 모양이었다. 들리는 목소리 수에서 상대는 두 사람이라고 파악했다.

잠시 후, 감정을 억누른 듯한 목소리가 돌아왔다.

"'걸맞게' 준비하도록 하지."

그러나 억누른 감정이 어떠한 것인지는 바로 파악할 수 있었다. 모멸에 찬 웃음. ——적이구나 싶었다.

하지만 정확하게 말하자면 그 사람은 '스푸트니크의' 적은
아니었다.

타당하게. 생각한 것과 동시에 누군가가 옷자락을 잡아
당겨서 돌아보았다. 그곳에는 새까만 덩어리——스푸트니
크의 상의를 머리부터 푹 뒤집어 쓴 클루가 서 있었다. 무
언가 가지고 있지 않으면 죽는 것도 아닐 텐데 오른손으로
는 스푸트니크의 벨트를, 왼손으로는 뒤집어쓴 상의를 쥐
고 있었다.

이쪽을 가만히 바라보는 그녀의 눈동자를 쳐다보면서 스
푸트니크는 저울을 떠올렸다. 이 돈을 낳는 아이를 위해서
자신은 문 너머에 있는 남자들을 적으로 돌릴 각오가 있는
가. 이 아이의 적을 자신의 적으로 삼을 각오가 있는가.

조금 생각하고 싶었다. 그래서,

"소파에 돌아가서 기다리고 있어. 금방 갈게."

조르지 않을까 걱정했지만 의외로 그러지는 않았다.

클루는 조금, 아주 잠깐 동안 울 것 같은 표정으로 울상을
지었지만, 그 후 바로 턱을 당겼다. 지은 것은 결의의 눈빛
이라고 해야 할까. 상당히 힘이 담긴 것이었다.

네, 하고 날숨에 싣듯이 자그맣게 답했다.

그리고 떨고는 있지만 역시 확고한 목소리로 그녀는 또랑
또랑하게 말했다.

——그리고 그 한마디가 스푸트니크의 심장을 움켜잡는
것 같은 느낌이 들었다.

"고용됐으니까요."

그래서 자신은 스푸트니크의 명령을 듣는 것이라고──
자신은 다른 누구도 아닌 그의 종업원이라고.

스푸트니크의 벨트에서 손을 떼더니 클루는 가느다랗고
자그마한 손을 가슴 앞으로 쥐고 고개를 크게 끄덕였다. 그
리고 망설이지 않고 빙그르 등을 돌리더니 방 안쪽을 향해
걸어갔다. 이윽고 입구에서는 보이지 않는 곳에서 털썩 하
는 소리가 들렸다. 분명 소파에 앉는 소리겠지.

──고용됐으니까요.

그 말은 다시 한 번, 여전히 미숙한 그의 귓가에서 되살아
났다. 클루는 그렇게 말했다. 그녀는 어린아이이면서도 그를
고용주로서 봐주고 있고, 그의 종업원으로서 노력하고 있
다──그렇다면.

자신은. 그녀에게 있어서 무엇일까?

그 생각을 하면 망설일 일은 없을 터였다. 머릿속에서 누
군가에게 말을 듣고 스푸트니크는 어느새 숙이고 있던 고개
를 들었다. 그녀의 사라진 등을 쫓아서 방으로 돌아갔다. 그
곳에는 등줄기를 꼿꼿하게 세우고 소파에 앉아 있는 클루가
있었다.

그녀의 눈앞, 테이블 위에 병 하나가 있었다. 스푸트니크
는 우선 호기롭게 그것을 들이켰다.

그리고 클루의 곁으로 다가가 그 자리에 무릎을 꿇고 그
녀보다 낮은 위치에서 그녀를 보았다.

"……저기. 클루."

그녀의 이름을 불렀다. 그러자──술 냄새가 난 걸까. 읍, 하고 짧게 신음하고 인상을 찌푸리더니 양손을 얼굴 앞에서 크게 흔들었다. 그 동작이 대단히 우스꽝스러웠다.

솟구치는 순수한 웃음을 억누르면서 스푸트니크는 이런 말을 했다.

"나는 내 보석점이 갖고 싶어."

"보석점……."

"그래. 가능하다면 멜론빵이 맛있는 가게가 있는 마을이 좋을 것 같아."

클루는 어젯밤 일을 떠올렸는지 어색하게 입꼬리를 올리고 빵, 맛있었어요 하고 읊조렸다.

그렇다면 더할 나위 없다. 그곳에 무릎을 꿇은 채 그녀의 눈동자를 향해서 스푸트니크는 말했다.

"클루. 네 '체질'을 사용해서 내 소원을 들어줘. 그게 이루어지면…… 내 목숨과 바꿔서라도 너의 그 병을 고쳐줄게."

그러자.

그 '체질' 때문에 대단히 고생한 그녀의 커다란 눈동자가 더욱 커지더니 눈물이 고였다. 그런 다음 우선은 꾸벅꾸벅 천천히 두 번. 그리고 나서 눈물을 펑펑 흘리며 몇 번이고 몇 번이고 고개를 끄덕였다.

──자신의 생각에 대한 답이 그렇다면.

그러나 감상에, 사색에 젖어 있을 여유는 없었다. 똑똑똑,

하고 거친 노크가 다시 울렸다. 하지만 클루는 더 이상 떨지 않았다.

스푸트니크는 그녀에게 자신의 가방을 들리고, 가방을 든 그녀를 양팔로 안아 올렸다. 가슴팍에서 업무 가방을 끌어안은 클루에게 "무거워?"라고 묻자 그녀는 경직된 얼굴을 하고 "조금요"라고 말했다. 다행이다.

어수선하게 똑똑거리는 문 앞에 서서 스푸트니크는 품안의 클루에게 말했다.

"그럼 가볼까, 우리 종업원."

"어디로요?"

어디냐고 물으면 조금 곤란하다.

하지만 밖이 화창해서 기분이 좋았다. 생각해보면 녀석들은 비열하고, 자신이 그들에게 받은 돈은 자리수가 몇 개 적은 것처럼 느껴졌다. 더욱이 생각해보면 이 아이는 녀석들의 '사죄의 대가'고 뭐고가 아니라 단순히 녀석들에게서 우리 가게로 '전직'한 것에 지나지 않았다.

자연스레 웃음이 솟구쳤다.

이미 이 아이는 자신의 종업원이고, 나는 이 아이의 고용주다.

그렇다면 자신은 이 아이의 기대에 부응해야 한다.

그렇게 생각하자면 답은 이미 정해져 있었다.

전혀 멋진 말은 아니었지만, 자신의 행동 이유는 그 정도로 충분하다, 분명.

"위자료 증액 청구로 말이지."

문을 열어서 밖으로 나가자 기다리고 있던 남자들이 아무래도 동요한 것 같았다. 스푸트니크가 그들이 목적으로 하는 아이를 끌어안고 있어서인지, 아니면 그 아이가 의지로 불타는 표정을 짓고 있어서인지——라고 하면 과언일까. 조금 거친 콧김을 내뿜고 노려보는 듯한 시선을 하고 있어서인지——는 모르겠지만.

검은 머리카락을 한 남자가 두 명 있었고, 한쪽은 안경을 끼고 있었다. 두 사람 모두 스푸트니크보다 어느 정도 나이가 많은 것 같았다.

스푸트니크는 그런 그들에게서 턱을 조금 잡아당기고 의기양양한 얼굴로 웃어 보였다.

"아무래도 이 아이가 날 만나기 전에 '상당히 무서운 일을 겪은 모양인지' 어딘가로 갈 때 나랑 같이 가지 않으면 안 가겠다고 옷을 붙잡고 놔주질 않아. 사례 이야기도 있으니 나도 경찰서까지 동행할까 하는데 상관없겠지?"

"상관없어요."

반복해서 말한 사람은 남자들이 아니라 클루였다. 그녀는 잠시 남자들을 보고 있었지만, 역시 겁이 났는지 이윽고 끄윽 하는 소리를 내고 스푸트니크의 어깨에 뺨을 파묻었다.

그에 대해 남자들이 시선을 교환한 것은 한순간이었다.

서로 비슷한 손놀림으로 주머니에서 경찰수첩을 꺼내서

내밀었다. 그리고,

　"……연행하겠다."

　안경을 낀 쪽이 앞서서 내려가는 계단이 있는 방향으로 복도를 걸어가기 시작했다. 다른 한 사람이 가는 것을 기다리려고 하자 남자는 멈춰 선 채 "가" 하고 스푸트니크에게 명령했다. 결국, 앞뒤로 끼게 되었다.

　조금 전부터 클루가 스푸트니크의 가슴팍을 꼬옥꼬옥 눌러대는 것은,

　'지금부터 만날 남자들을 본 기억이 있으면 몰래 알려달라'고 말해둔 탓이었다. 대화를 할 수 없었기 때문에 어디에서 봤는지, 어떤 때 봤는지는 모르지만——이 강력한 감각에서 파악하거니와 아마도 지나가던 사람이라든지 그런 단계로 아는 사람은 아닌 모양이었다.

　이쪽이 알아차리지 못했다고 생각했는지 가슴팍을 누르는 힘이 더욱 강해졌다. 내버려두면 이번에는 때리기 시작할지도 모르겠다 싶어서 스푸트니크는 안아 올린 그녀의 몸을 가볍게 흔들어 알고 있다고 답했다.

　앞에 한 사람, 뒤에 한 사람. 싸움에 능한지 어떤지는 모르지만 적어도 아마추어는 아닐 것이다.

　그렇다면 이 상황을 어떻게 처리할 것인가.

　——그러나 생각에 잠길 틈은 없었다. 그 순간, 등 뒤로 바람을 가르는 소리가 들렸기 때문이다. 정당방위가 되려나 하고 그런 상황이 아닌데도 그만 웃음이 나왔다.

바닥을 찼다.

등 뒤의 이변을 알아차린 품안의 클루가 눈을 크게 뜨기보다 먼저 스푸트니크는 오른쪽으로 뛰어올랐고, 그 직후 비어 있던 왼쪽 공간을 경봉이 세로로 갈랐다. 어제 길에서 만난 남자는 먹어라, 하고 외치며 같은 행동을 했지만 이번에는 그러지 않은 만큼 이쪽 남자가 약간 능숙할지도 모른다. 하지만 스푸트니크에게 있어서는 어느 쪽이든 마찬가지였다.

그리고 더욱이 이번 남자는 장소를 잘못 골라잡았다.

갑자기 날린 공격을 설마 스푸트니크가 피할 줄 몰랐는지 몸을 제대로 못 가누고 헛발을 디뎠다. 스푸트니크는 그 등을 가볍게 걷어차 주었다.

그걸로 충분했다. 앞을 걸어가던 남자가 돌아보는 것과 동시에 기세가 누그러들지 않은 남자의 다리는 몇 발자국 앞에 있던 계단을 헛디뎠고 비명을 지르면서 굴러 떨어졌다.

남자는 잘못 부딪쳤는지 층계참에서 구른 채 움직이지 않았다.

"방해돼."

"방해돼."

말투를 흉내 내서 반복하는 종업원.

정말이지 우스꽝스럽다는 생각을 하면서 다른 한 남자를 쳐다봤다. 계단 위에서 두 번째 계단쯤에 서서 이쪽도 경봉을 뽑고 있었다. 발 디딜 곳도 없는 곳에서 이쪽의 턱을 노리고 내민 경봉을 스푸트니크는 거뜬하게 피했다.

한 걸음 물러나서 간격을 두며 말했다.

"너희, 제대로 된 경찰이 아니구나."

그때 클루가 콜록하고 기침을 했다.

한순간 그쪽으로 정신이 팔렸지만, 보석을 토하지는 않았다. 정신을 다시 차리고 계속해서 말했다.

"경찰관의 경봉술은 말이지, 보통 머리에서부터 위를 노리지는 않도록 교육받지. 나중에 과잉방어라고 판단되는 걸 피하기 위해서야. 그런데 너도 지금의 남자도 망설이지도 않고 내 머리를 노리는군."

"닥쳐."

"자아, 여기서 생각할 수 있는 건 두 가지 가능성."

잠자코 있을 수 없었다. 끌어 안겨 있는 클루는 무슨 생각을 하고 있는지 동글동글한 눈을 스푸트니크에게 돌리고 있었다. 눈이 어제보다 조금 부은 것처럼 보이는 것이 신경 쓰였다.

"너희가 가짜 경찰이라는 것. 너희가 내민 경찰수첩은 확실히 진짜였으니 그럴 경우 진짜 경찰에게서 빼앗은 거겠지. 그런 거라면 뭐 됐어——아니 바람직하지는 않지만. 다만 번거로운 건."

"공무집행 방해로 체포하겠다."

다른 한 가지 가능성일 경우야, 라고 말하려는 것을 가로막힘으로써 그 '번거로운 쪽'일 확률이 높아졌다.

정말 번거롭게시리. 내심 한숨을 쉬었다. 스푸트니크는 계단 아래에 시선을 주고 조금 전에 떨어진 남자를 시야에 담고서──눈을 크게 떴다.

"──너, 기절했었잖아?!"

"!"

스푸트니크의 고함 소리에 안경을 쓴 남자의 목이 빙그르 돌아서 계단 아래를 보았다, 그러나.

안타깝게도 남자는 여전히 쓰러져 있었다. 의아한 표정을 짓는 것과 동시에 스푸트니크는 클루를 내려놓고는 가방을 받아들어 몸을 낮춘 다음, 옆으로 후려쳐서 쓰러뜨렸다. 단단한 가방의 단단한 모서리가 방심하던 남자의 옆구리에 파고들었고, 남자는 그 자리에서 둔탁한 신음소리를 질렀다.

배를 감싸고 몸을 숙인 그 손에서 경봉을 낚아채 안경 낀 남자의 머리를 겨냥해 한 번 번쩍. 일격을 그대로 먹은 그 또한 발을 헛디뎌서 계단 층계참으로 떨어졌다.

맞은 충격으로 벗겨져서 바닥에 떨어진 안경. 안경을 밟아 부수면서 스푸트니크는 홍얼거렸다.

"멍청하기는."

"하기는."

몸을 굽혀서 클루를 다시 끌어안았다. 거리낌 없이 다가온 그녀를 이번에는 안은 형태로 들어올렸다. 자신의 뺨에 닿은 그녀의 뺨에서 열기를 느꼈다.

오른팔에 가방과 경봉을 들고, 왼팔로 그녀의 엉덩이를

받치면서 계단을 내려갔다. 층계참에서 여전히 가까스로 의식을 유지한 채 신음하는 경찰관의 옆구리를 짓밟으면서 "경봉 좀 빌려갈게"라고 말했지만 답은 없었다. 무언을 긍정으로 받아들이고 고맙게 넘어갔다.

1층에 도착해서 사람 형체를 보았다. 카운터 안에서 숙소 여주인이 새파란 얼굴을 하고 있었다.

"……괜찮아요? 저기, 죄송——."

"알고 있어. 어쩔 수 없었겠지. 소란을 떨어서 미안하군."

이제 와서 스푸트니크는 이 숙소에 돌아왔을 때 느낀 위화감의 정체를 알아차렸다. 그때 여주인은 명백하게 사건성이 있어 보이는 모습을 한 이 아이를 보고 스푸트니크에게 "의사는?"이라고 물었어도 "경찰은?"이라고는 묻지 않았다. 경찰을 불러도 의미가 없다는 사실을 그녀는 알고 있었던 것이다.

이 대륙의 치안은 장소에 따라서 제각각이다. 경찰 조직이 제 기능을 하고 있는 지역이나 도시가 있는가 하면, 기능의 우열이 뇌물의 많고 적음에 따라 달라지는 도시도 있다. 언뜻 봤을 때 그렇게까지 무법지대로 보이지 않았기 때문에 알아차리지 못했지만, 아무래도 이 도시는 그 후자인 모양이었다. 어젯밤에 들은 말을 떠올렸다, "이 마을의 수치일세".

그리고 그렇다면 이 도시에서 영업을 하는 여주인은 그들을 거역할 수 없을 것이다. 분명 그녀는 그 남자들로부터 "수상쩍은 아이를 숨기고 있지 않은가"라는 질문이라도 받아서 클루에 대해서 알려줬을 테다.

그러나 어찌 됐거나 그녀를 비난하는 것은 번지수를 잘못 찾은 일이라고 할 수 있다. 진정으로 벌을 받아야 하는 사람은······.

그렇다면 이 도시의 경찰 조직은 도시 밖에 있는 그 남자들로부터 뇌물이라도 받고 있는 걸까. 그렇다면 그 자금원이 이 아이라는 사실도 알고 있을지도 모른다. 그들이 클루의 '체질'까지도 알고 있는 걸까.

하지만 그에 대한 대처는 전부 나중으로 미루기로 했다. 우선은──

"······쳇."

벽에 붙어서 건너편에 들키지 않도록 하며 창밖을 보았다. 남자가 여러 명 무언가 지시를 내리고 있는 모습이 보였다. 이런 상황에서 입구에서 밖으로 나가면 독 안에 든 쥐다.

그렇다면 뒷문, 또는 부엌 통로는 어떨까. 시선을 돌리자 모습을 한 번 감췄던 여주인이 다시 나타났다.

"안 되겠어요. 미안해요. 뒤편에도 있어요."

"쓰레기 주제에 솜씨가 좋군."

스푸트니크의 씁쓸한 표정을 보고 무언가 생각을 했는지 클루의 팔에 힘이 들어갔다. "괜찮아"라고 쓰다듬어주었지만, 그 등은 떨고 있었다.

어떻게 도망칠까. 뺨으로 부슬부슬한 머리카락의 감촉을 느끼면서 여러모로 생각을 하던——중에 귓가에 닿는 숨소리가 묘하게 거칠다는 사실을 알아차렸다.

떨고 있는 것은 걱정 때문이 아니라 어쩌면.

"……야, 클루?"

답이 없었다. 대신해서 괴로운 듯이 끙 하는 소리를 냈다.

힘없이 기댄 몸을 떨어뜨려서 안색을 살펴보자 뺨이 묘하게 빨갰다. 환경 변화에 한계가 찾아온 건지 컨디션이 나빠진 것이 일목요연해 보였다.

놀란 여주인이 "열을 식힐 수 있는 걸 가져 올게요"라며 안으로 들어가는 것을 보면서 이마에 흥건하게 배인 땀을 손바닥으로 닦았다. 그렇다면 이런 상태의 아이를 보호하면서 경찰 집단을 물리칠 수 있을까? 형세는 갈수록 좋지 않았다.

실패를 전제로 행동하는 것을 싫어했다. 하지만 무기는 그다지 많지 않았고, 쥐고 있는 가방 안에는 서류와 몇 가지 상품밖에 없었다. 소지하는 칼, 또는 조금 전에 빼앗은 경봉은 자신 한 사람의 몸을 지키는 데는 아주 충분한 도구다, 하지만. 부패했다고는 하나 밖에 있는 경찰은 이 근방의 도적들보다 교육을 잘 받았을 것이다. 게다가 이 아이를 확보하기 위해서 녀석들이 어느 정도의 지원을 요청했을까, 혹은 사람을 불렀을까? 적의 정확한 세력도 가늠할 수 없었다.

흐응, 흐응, 하고 거친 숨을 몰아쉬면서 스푸트니크의 품에 매달리는 클루를 끌어 당겨 안았다. 얼른 조치를 취하지 않으면 계단에 쓰러진 그들이 의식을 되찾을 것이다. 자신의 편이 필요했다. 아니면 도구가 필요했다. 주변을 둘러보고 소지품을 떠올렸지만 하나 같이 현재 상황에서는 부족하기만 했다. 스푸트니크는 자신의 미숙함에 이를 빠득 갈다가 문득 깨달았다.

갑자기 밖이 소란스러웠다.

쳐다보자 밖에 모여 있던 경찰관들이 뭔가에 놀란 듯한 얼굴을 하고 뒤로 물러났고 이윽고 빠른 걸음으로 어딘가로 달려갔다.

무슨 일이 일어난 거지?

생각한 동시에 창 건너편에 사람이 아닌 형체가 나타났다.

보인 것은 말. ──마차는 아니었다. 덩치가 크고 팔팔한 청가라말 한 필이 모여 있던 남자들을 쫓아가서 숙소 앞에서 분산시키고 있었다.

그리고 그 말고삐를 쥐고 안장에 발을 얹고 있는 사람은.

"……늦었잖아."

실제로는 대단히 빨리 도착했지만, 그렇게 말하지 않을 수가 없었다.

바라던 이상의 '도구'의 도착에 그만 웃음이 솟구쳤다.

클루를 다시 끌어안고 말이 우는 소리를 들으며 숙소 문을 열고 밖으로 나갔다. 말에 걸터앉은 채 고삐를 조종하며 남자들을 단 한 명이서 분산시키고 있던 우리의 존경스러운 '만능'꾼은 스푸트니크의 모습을 확인하더니 말고삐를 잡아당겨 말을 멈추게 했다.

"클루롤 보석상회에서 경찰국에 통보했습니다. 저들을 조사하고 싶으면 대륙 경찰국 본부에서 정식 영장을 가지고 오십시오!"

주머니에서 서장 한 장을 펼치더니 남자들에게 치켜들었다. 그리고 그 여자는——스푸트니크의 '누나'는.

당차고 기세 좋게 또랑또랑한 목소리로 이렇게 말했다.

"전 클루롤 보석상회 업무부 제1업무관리과 소속 직원 유키입니다. 클루롤 보석상회 소속 스푸트니크 보석점 점주 스푸트니크로부터 요청을 받아 점주 스푸트니크 및 종업원 한 사람, 해당 두 사람의 신병을 보호하러 왔습니다!"

*

"지혜열인가(유아기에 별다른 이유 없이 발생하는 열)."

목에 차가운 수건을 두르고 쌔액쌔액 기분 좋은 숨소리를 내며 자는 클루. 그 이마에도 수선을 얹으며 유키는 그렇게 진단을 내렸다.

모여 있던 경찰들을 내쫓고 방 밖에 유키가 옆 마을에서 데려온 상인들을 호위로 세우자 마침내 조용해진 가운데 클루는 새근새근 잠이 들었다. 처음에 새로 나타난 모르는 사람──유키──에 겁에 질린 듯했지만, 열과 기분 좋은 포근한 이불에는 당해낼 수 없었나 보다. 이불에 뉘어서 몇 번인가 뺨을 문질러주자 곧바로 잠에 빠져들었다.

"몸을 혹사시킨 건가. 어젯밤에 졸려하는 걸 억지로 깨우고 한 건 아니지?"

"설마. 먹을 걸 먹이고 제대로 자게 했어."

"자는 동안 이불을 걷거나 하진 않았어?"

"그거야──."

반론하다가 머뭇거렸다. 거기까지는 신경 쓰지 않았다. 아니, 둘이서 소파에 뒤섞여 잤으니 이불 따윈 없었다. 덮어준 그 상의──지금도 손에 꼭 쥐고 있다──를 과연 아침까지 제대로 걸치고 있었을지는 의문이었다.

유키는 입을 다문 스푸트니크를 노려보았지만, 질책할 일은 아니라고 생각한 모양이었다. 그녀는 어깨를 으쓱하고 "앞으로 유의하도록 해"라고만 말했다.

그 화제를 이어갈 필요는 더 이상 없었고, 다시 문제 삼는 것은 이쪽으로서도 득책이 아니었다. 수고했다는 말이라도 한마디 해주자, 그리고 기회가 되면 유키의 기분을 맞춰주자 싶어서 다른 이야기를 시작했다.

"그런데 빨리 도착했네?"

"마차 대여점에 갔더니 마차가 전부 다 나가고 없다 하더라고. 그래서 어쩔 수 없이 채찍을 휘둘러서 왔는데 그 편이 결과적으로는 다행이었던 것 같네. 꾸물대면서 달려왔으면 늦었을 거야."

"말한테는 재난이었겠군. 거품이라도 물었던 거 아냐?"

"물었어. 청가라말 한 필이. 여기까지 타고 온 저 말은 도중에 오던 마을에서 구입한 거야."

"…………."

누나의 구두로 인해 한계까지 움직인 말의 모습을 상상했다. 그것이 마치 자신의 분신처럼 느껴져서 스푸트니크는 얼굴도 울음소리도 모르는 청가라말을 위해 슬쩍 기도했다.

흐음. 하고 갑자기 목소리가 들려서 기도를 하다가 정신을 되찾았다. 한숨처럼 잠꼬대를 하며 클루가 꿈틀꿈틀 몸부림치고 있었다. 조금 전까지 천장을 향해 있던 머리가 이번에는 이쪽 편을 향했다.

그리고 쥐고 있던 그의 상의를 잡아 당겨서 끌어안았다. 뺨에 비비다가 그걸로 모자랐는지 입이 쩍 벌리더니——작은 앞니가 들여다보였다——상의 팔 부근을 물고 늘어졌기 때문에 역시 스푸트니크도 놀랐다.

"야, 핥지 마. 뭐가 묻어 있는지도 모르잖아."

이상한 걸 먹고 몸 상태가 더 나빠지면 어쩌나 싶었다. 다급히 상의에서 클루를 떼어놓으려고 했지만, 턱에 실린 힘이 의외로 강했다. 그녀는 물고 늘어진 채 인상을 찌푸리고 싫다는 듯 고개를 가로저었다.

스푸트니크가 포기하고 놓아주자 미간에 진 주름이 금방 펴졌다. 하지만 딱 달라붙은 입은 옷에서 여전히 떨어지지

않았다. 아무리 핥아도 맛없을 텐데. 정말이지, 못 말리는
녀석이다.

"못산다니까……."

"흐음."

몸부림을 치는 바람에 이마에서 흘러내린 천을 다시 끌어
올려주면서 유키가 중얼거렸다. 재미있는 걸 봤다는 표정
을 짓고 있었다.

"왜 그래?"

"아니, 그냥. ——'내 상의에 뭐하는 짓이야?'라고 안 하
길래."

…………

자신이 옷보다 그녀의 몸 상태를 우선시했다는 것을 유키
에게 듣고서 처음 깨달았다.

"내 상의에 뭐하는 짓이야?"

"일부러 다시 말할 필욘 없어."

하지만 이제 와서 하는 수정은 전혀 무의미했는지 유키는
큭큭대고 웃었다.

격에도 맞지 않는 소리를 했다는 사실에 그만 인상이 찌
푸려졌다. 그러나 그것도 유키에게는 재미있는 모양인지
얄미운 웃음을 지으며 "조금 전의 클루랑 닮았어"라고 놀리
듯이 말했다. ——그녀는 그렇게 말하고 나서 문득 진지한
얼굴을 했다.

"일단 묻겠지만 괜찮을 것 같아?"

그것이 무엇에 관해서 '괜찮다'고 묻는 것인지 물을 필요도 없었다.

턱을 살짝 끌어당기고 유키를 내려다보았다. 그녀 또한 이쪽을 보고 있었다.

이 상황에서 "무리다"라고 말하면 그녀는 어떤 얼굴을 할까? 알고 싶지도 않았고 말할 마음도 없었다. 언령(言靈)을 믿지는 않지만, 말한다 해서 아무 득도 없다면 말하지 않는 편이 낫다고 생각한다.

"육아 따윈 모르지만. 난 이 녀석을 종업원으로 고용하는 것뿐이고. ──다만 고용했으니 점주로서 해야 할 일은 할 거야."

"……그렇구나."

의지할 곳 없는 아이를 시집보낼 때까지 지킨다든가, 어엿한 숙녀로 키운다든가. 아직 인생 경험이 얕은 자신이 그렇게 섣불리 과언할 수도 없고 말할 자신도 없었다. 하지만 아무리 그래도 한 가게의 점주다. 그 정도 능력은 있을 테다.

"그리고…… 뭐. 약속도 했고 말이지."

"약속?"

"이 녀석의 '체질'을 고쳐주겠다고."

그러자 유키가.

한순간 놀란 듯이 눈을 크게 떴고──그리고 눈부신 듯이 가늘게 떴다.

"……다 컸네, 푸짱도."

"그렇게 부르지 마."

스푸트니크라는 별명. 거기서 더욱 변화시킨 푸짱.

어릴 적에 한때 불렸던 애칭으로 불리자 무심코 떨떠름한 얼굴을 했다. 들린 말에 덩달아서 잠에 취한 클루까지도 "푸짱"이라고 말했기 때문에 스푸트니크의 표정은 더더욱 일그러졌고 유키는 활짝 웃었다.

"안심했어. 그럼 이 애 너한테 맡기는 걸로 할게. 두 사람의 보석점에 행복이 있기를 기도할게."

"그거 고맙군……."

그렇게 답하고 문득 생각했다. 만약 그녀의 신뢰를 얻을 수 있는 답을 하지 못했더라면 이 아이를 종업원으로서 고용하지 못하게 했을까. 즉 아직,

"이 녀석 종업원 등록, 아직 안 했어?"

"아니. 하고 왔어. 안 그럼 상회의 이름하에 신병 보호를 요청할 수 없잖아. 혹시 네가 멍청한 소리라도 하면 그 근성을 똑똑히 뜯어고쳐줘야겠다 싶어서 찾아왔지."

"……최악이야."

이 여자의 경우에는 '뜯어고쳐 준다'는 말이 비유가 아니다. 실제로 '뜯어고쳐 준다'. 그 사실을 옛날부터 알고 있기 때문에 그녀의 물음에 말을 잘못 선택하지 않았다는 사실을 새삼스럽게 안도했다.

"그런데 그 걱정은 기우였던 것 같으니 안심했어. 한 가게의 점주로서 앞으로도 열심히 해."

"알겠어. 그런데 그건 '담당 관리자'로서 하는 말이야?"

"절반은 말이지. ──자아, 그렇다면 관리 담당자로서 종업원을 처음 고용하는 점주인 너한테 업무 조언이라도 해줄까 싶네. 우선 이 아이의 월급으로 인형이라도 사주는 것부터 시작하는 게 좋을지도. 튼튼하고 귀여운 데다 안았을 때 유난히 기분 좋은 걸로 말이지."

"인형?"

"그래. 혼자 자는 게 불안한 건 알지만, 계속해서 네 옷을 끌어안게 내버려둘 순 없잖아?"

그리고 그녀의 시선이 움직였다. 그 시선을 좇아서 스푸트니크도 잠든 클루를 쳐다봤다.

몸부림을 친 탓에 이불에서 클루의 어깨가 들여다보였다. 그런데도 그 손은 여전히 고집스럽게 옷을 부여잡고 있었다──그렇군. 자신의 옷을 끌어안고 자야 안심할 수 있을 만큼 신뢰받고 있다고 스푸트니크는 새삼스럽게 깨달았다.

유키가 손을 뻗어서 이불을 어깨까지 덮어주었다. 동시에 클루가 쥐고 있던 상의를 살짝 잡아당겼다. 턱에서 이미 힘을 빼고 있었는지 입에서 스르륵 빠졌다. 물고 있던 부분은 침과 이빨 모양으로 옷 형태가 이미 대단히 뒤틀려 있었다.

얼굴에서 멀어진 그것에 매달리듯이, 아쉽다는 듯이 클루는 다시 그것을 꼭 끌어안았다.

가만히 있자 유키가 말했다. 그 말은 무척이나 힘이 실린, 불가사의한 울림을 주는 말이었다.

"이 아이를 잘 지켜줘. '점주님'."

4

"……그게 무슨 소리야?"

──너. 왜 저 아이를 지키는 거야?

긴 생각 끝에 나온 대답.

그 말을 질문의 주인에게 전하자 그는 어처구니가 없다는 듯이 말했다. 어딘가 얼이 빠진 듯한 목소리였다. 이제 막 잠에서 깨어난 목소리 같기도 해서, 이쪽이 그의 질문의 답을 진지하게 생각하는 동안 어쩌면 그는 계속 졸고 있었을지도 모른다는 생각이 들었다.

"무슨 소리야는 뭐야. 난 비교적 진지하게 생각했어."

"아니, 그런 거였어? 결론적으로 그런 걸로 괜찮은 거야? 말도 안 돼."

말도 안 된다니, 그럼 뭐라고 해야 한단 말인가.

"그런 소릴 해도 내가 저 아일 지킬 이유는 그 외에 없어── '종업원이니까'. 좀 더 말하자면 '복리후생의 일환'이라고 할까. 애초에 그거 말고 뭐가 있는 것처럼 보여?"

과정은 여러모로 있었지만, 결국은 그 한마디로, 그 외에 다른 이유는 없겠지.

그래서 그렇게 전했지만──그는 그에 납득이 되지 않는지 달려들 듯이 말하고 고개를 숙였다. 후드 아래에서 들여다 보인 얼굴에서 그 여유작작한 미소가 사라져 있었다.

　그리고 기침을 한 번 콜록했다. 폐나 기관지라도 안 좋은 지 불편해 보이는 기침이었다.

　"감기 걸렸냐?"

　"그럴지도 모르지. ……아니, 그것보다 너——."

　포기할 수 없는지, 뭔가 미련이라도 있는지 더욱 열을 내 며 말하려고 했다. 그러나 그 말은 바로 가로막혔다.

　"다녀왔습니다."

　이야기를 듣게 해서는 안 되는 사람이 돌아왔기 때문이다.

　말이 들리기가 무섭게 울려 퍼지는 종소리. 들어온 사람 은 목소리의 주인인 클루와 그리고.

　"다녀왔어? ……늘었네?"

　"넵."

　"늘었어요."

　사람 수 이야기가 아니다. 클루와 얼굴을 마주하고 장난 스럽게 웃는 일라쟈의 팔에는 클루가 가지고 있던 것과 같 은 곰 인형이 안겨 있었던 것이다. 이쪽은 옷을 입고 있지 않았지만, 클루의 곰과 얼굴이 비슷했다. 만든 사람이 분명 같을 것이다.

　소아란과의 대화는 이제 끝이겠지. 스푸트니크는 소아란 에게서 일어나 카운터로 이동했다. 그가 지금까지 앉아 있 던 자리에 일라쟈가 대신 앉았다. 기분 좋은 클루는 스푸트 니크의 뒤를 따라가며 일라쟈의 인형의 내력을 이야기하기 시작했다.

"엘사 씨네 가게에 다녀왔는데요, 쌍둥이 동생들이 또 신작을 만들었대요. 괜찮다면 가져가라고 하더라고요."

"폭신폭신하고 귀여워요. 정말이요."

각각의 팔에 든 헝겊인형을 끌어안으며 클루와 일라쟈가 입을 모아 말했다.

그리고 감상 발표가 일단락됐을 무렵,

"저, 저기, 저기요. 그래서 말인데요!"

클루가 갑자기 이상한 소리를 냈다.

어째서인지 뺨이 홍조를 띠고 있었다. 스푸트니크가 보는 앞에서 그녀는 주머니에서 포장지 덩어리를 꺼냈다. 리본이 묶여 있는 것을 보아 서툴지만 안에 무언가를 포장한 것 같았다──포장하려고 노력한 것 같았다. 그런데 그게 어쨌다고? 자신의 힘으로는 예쁘게 포장하기 힘드니 도와달라는 건가? 그리고 안에는 뭐가 담겨 있는 걸까?

"무슨 일이야?"

물어보자 클루가 소파 쪽을 돌아보았다. 확성기처럼 입에 양손을 댄 일라쟈가 "클루 씨, 힘내요!" 하고 응원을 보내고 있었다. 그에 클루가 "네!" 하고 고개를 크게 끄덕였다.

무슨 일람. 고개를 갸웃거리는 그 앞에서 클루는 후읍 하고 한 번 크게 심호흡을 하더니.

손에 든 포장지를 스푸트니크를 향해 내밀었다.

"이거, 이거, 저기, 스푸트니크한테!"

"나?"

내용물은 과잔가, 아니면.

"저기, 저기, 우리, 지금, 카페 피네에 다녀왔어요!"

"말했잖아."

"그래서, 그게 그러니까, 쌍둥이 형제한테 인형을 받고서…… 잘 만들었다고 하니 수예를 조금 가르쳐주더라고요. 그래서 실로 반지를 만드는 방법, 배웠어요! 이거예요!"

"그래."

"이거, 저기, 스푸트니크한테 선물하려고…… 저기, 요전번에 받은 반지 디자인을 흉내 내서 만들었어요. 예쁘게 만들긴 힘들었지만, 열심히 만들었어요!"

그녀가 말하는 '요전번에 받은 반지'가 어떤 디자인이었는지는 굳이 떠올릴 필요가 없었다. 지금도 클루가 손가락에 끼고 있으니 말이다.

그리고 그 손에 쥐고 있는 것은 포장지와 그리고.

"펴, 편지도 써 왔어요!"

하고 치켜든, 병아리가 잔뜩 그려진 봉투는 요전번에 본 적 있었다. 그리 머지않은 옛날에 말이다.

선물인 꾸러미는 일단 카운터 위에 올려놓았다. 봉투에서 꺼낸 편지지도 병아리가 잔뜩 그려져 있었고, 역시 그것들도 언젠가 읽었던 '유언장'과 같은 것이었다.

"읽을게요옷!"

뒤집어진 목소리로 시작을 선언했다.

스푸트니크는 다리를 꼬고 카운터에 팔꿈치를 괴고 뺨을 주먹으로 받치고서 그녀의 강의를 들었다.

"오늘은 무척이나 일진도 좋아서 삼가 아룁니다."

어딘가에서 잘못 외운 듯한 편지의 서두가 잠시 이어졌다. 하지만 처음만 그랬을 뿐, 중간부터는 그녀의, 그녀다운 문장으로 바뀌어 있었다.

읽은 것은 최근 한동안 여러모로 있었던 일. 스푸트니크의 '창고 조사'──아마도 '수행 조사'라고 말하고 싶었겠지만──를 하려고 뒤를 밟았던 일, 가출을 하려고 하다가 민폐를 끼쳐서 죄송하다는 것, 최근에 자주 데리고 놀러 가줘서 기뻤다는 것⋯⋯이것저것 산만하게 읽고 있었다.

"리아피아트 시는, 저기 3분의 1이, 꽃이에요. 3분의 1이 꽃이라서 꽃이 많아요. 하지만 난, 스푸트니크와 만나기 전의 일은 모르니까, 전부를 스푸트니크랑 함께해서, 나한텐 스푸트니크로 가득해요. 리아피아트 시 안의 꽃보다 내 안의 스푸트니크 쪽이 더 많아요. 그러니까 그림으로 그리면 이렇게 돼요."

그리고 한 장의 편지지를 건네받았다. 그곳에는 수수께끼의 막대기 그래프가 그려져 있었다. 그래프 옆에는 쿠, 스푸트니크, 리아피아트 시, 꽃이라고 적혀 있었다.

"알겠어요?"

"알겠어."

잘은 모르겠지만 그렇게 말해두지 않으면 이야기가 진행

245

되지 않을 것 같았다. 고개를 끄덕여서 답하자 클루는 만족한 듯이 가슴을 폈다. 그리고 계속해서 편지를 읽기 시작했다.

"지금까지 무서운 일도 많았지만, 스푸트니크를 만나서 다행이라고 생각해요. 스푸트니크를 만나기 전의 일을 잘 모르는 건 안타까울지도 모르지만, 스푸트니크로 가득하다면 그래도 괜찮다고 생각해요. 그래서."

그쯤에서 클루는 고개를 한 번 들더니 스푸트니크를 보고 빙긋이 웃었다.

"쿠는 스푸트니크의 종업원이 되어서 다행이에요."

──고용됐으니까요.

갑자기 그때 상처를 잔뜩 입었던 소녀가 했던 한마디가 뇌리에 되살아났다. 자신에 대해서 아무것도 모르던 그녀가, 아무것도 없던 그녀가 스푸트니크에게 답한 한마디. 그것이 분명 시작이었다.

누구에게 있어서 무슨 시작? ──글쎄.

고용주가 하는 생각을 아는지 모르는지 그녀의 '편지'는 이어져갔다.

"그래서, 그래서, 쿠, 쿠는, 쿠는……."

그러나.

무슨 일이 있는지 클루는 그쯤에서 말을 끊었다. 얼굴이 귀까지 빨개진 채 코를 실룩거리고 있었다. 땀도 묘하게 흘리는 데다 시선도 편지에서 거리를 둔 채 여기저기 빙빙 헤매고 있었다. "클루 씨, 힘내요!" 하는 성원에 이번에는 곤란한 표정을 지었다. 대체 무슨 일이람——이윽고.

"자, 잠깐만 기다려줘요!"

클루는 견디기 힘들었는지 편지를 끌어안고 '종업원 전용' 문 안으로 돌아갔다. 탁탁탁탁…… 하고 발소리가 멀어졌고 이윽고 다시 탁탁탁탁…… 하고 소란스런 발소리가 가까워졌다.

"기다리게 해서 미안해요!"

화장실에 갔다 온 것치고는 짧았다.

뭘 하고 왔는지 돌아온 클루의 오른손 엄지에는 어째서인지 잉크가 찰싹 묻어 있었다. 하지만 그 이유는 말하지 않은 채 빠른 말투로 남은 문장을 읽어 내렸다.

"늘 고, 고마워요. 앞으로도, 많이 공부해서, 종업원으로서 열심히 일할 테니, 여러모로 많이, 가르쳐주세요. 끝이에요!"

짝짝짝짝짝, 하고 박수소리가 울려 퍼졌다. 일라쟈의 박수소리였다.

클루는 다 읽고 나더니 다시 원래대로 봉투에 편지지를 넣고 꾸러미와 함께 이쪽으로 내밀었다.

"고마워" 하고 받아들고 편지지를 꺼내 대강 읽어보았다. 그녀가 소리 내 읽은 것과 완전 같은 문장이 아이다운 삐뚤삐뚤한 글자로 쓰여 있었지만, 후반에 그녀가 머뭇거린 일부분은 잉크가 잔뜩 칠해져서 판독 불가능한 상태였다. 무

언가가 적혀 있었던 모양인데 그렇다면 뭘 썼을까. 새까매
진 그 부분은 불빛을 비춰 봐도 읽을 수가 없었다.

하지만 대수로운 내용은 아닐 것이다. 그렇게 결론을 짓
고 편지지를 되돌리고 카운터에 놓았다.

그리고 이번에는 포장 쪽을 열어보자 안에서 반지가 나왔
다. 모양이 볼품없었다.

스푸트니크가 만든 반지와 비슷하게 만들었다고 그녀는
말했다. 하지만 만드는 사람의 솜씨도 소재도 다르다. 완성
된 모양은 전혀 달랐고, 반지에서 덩굴처럼 곡선을 이용한
디자인은 익숙하지 않은 뜨개질로 재현한 탓에 여기저기 구
멍이 뻥뻥 뚫려 있었다.

하지만 반지를 낀 그녀의 손가락과 나란히 놓고 보면 열
심히 흉내 내려고 애썼다는 것만큼은 알 수 있었다.

──따라서 스푸트니크가 그것을 보고 쓴웃음을 지은 것
은 그 완성도 때문이 아니었다.

"……아."

그것을 손바닥에 놓고 무심코 어처구니가 없다는 소리를
냈다.

스푸트니크의 반응에 클루는 충격을 받은 듯이 눈을 크게
떴다.

"여, 역시 예쁘지 않으니까…… 필요 없어요?"

"아니."

부정하고 반지를 손바닥에서 굴렸다.

필요하다든가 필요하지 않다든가, 예쁘다든가 예쁘지 않다든가 하는 문제가 아니다. 다만,

"이거, 반지 맞지?"

"네."

"나한테 안 들어가."

"어?"

손가락 중에서 가장 가느다란 왼손 새끼손가락에 실제로 껴 보였다. 물론 클루의 손가락보다 두꺼운 스푸트니크의 손가락에는 반지가 들어가지 않았다. 관절 위에서 딱 멈춰 있었다. 말도 안 돼, 말도 안 돼, 하고 클루는 아연실색한 모습으로 스푸트니크의 왼손을 끌어당겨 가까이에서 관찰했지만, 거짓말을 할 리가 없지 않은가. 이 이상 억지로 끼려고 하면 분명 실이 끊어질 것 같았다.

그러고 보니 클루에게 그 반지를 준 것도 사이즈를 틀렸기 때문이다. ──정말이지, 쓸데없는 점만 닮아서 말이지.

낙담한 클루가 어깨를 축 늘어뜨렸다. 하지만 스푸트니크는 그런 표정을 짓게 만들려고 실수를 지적한 것이 아니었다.

정말이지 표정 변화가 빠른 녀석이다. 언젠가는 경직된 입술을 일그러뜨리기만 하더니 말이다.

언제부터 이렇게 된 걸까. 그런 생각을 하면서 스푸트니크는 포장에 사용한 리본을 집어 들어서 손가락 대신 반지를 통과시켰다. 그리고 양 끝자락을 묶어 반지를 만들더니 검지

에 리본 반지를 걸고 달랑달랑 흔들리는 반지를 바라봤다.

"이렇게 해서 가공실 벽에 걸어두자. 인테리어는 되잖아."

매달린 반지가 인테리어로서 훌륭할지 어떨지는 확실하지는 않지만 말이다.

클루의 성장 기록 정도는 되지 않을까.

"소중하게 간직해주세요."

"가능하다면 말이지."

그렇게 대답하자 클루가 홋홋 하고 웃었다. 그리고,

"언젠가 더 예쁘게, 스푸트니크에게 딱 맞는 반지를 만들 수 있도록 할게요!"

양손으로 주먹을 불끈 쥐는 클루를 보고 소아란의 말을 떠올렸다.

"왜 저 아이를 지키는 거야?"――그리고 무심코 웃었다.

고용됐으니까.

그것이 그녀의 행동 원리라면 자신도 분명 그럴 것이다.

고용했으니까.

자신이 그녀를 종업원으로서 고용했고, 그녀가 종업원으로서 적합한 일을 해주니까. 그 이상의 의미는 없다. ――설령 있다고 해도 그런 말은 굳이 하지 않아도 괜찮다, 분명.

"그래?"

"네."

스푸트니크는 씩씩하게 대답하는 그녀의 얼굴을 쓰다듬어주었다.

고민하고 웃고 자라는 클루. 언젠가 손에 든 반지를 스푸
트니크 이외의 누군가에게 주고 싶다고 생각하는 날이 올지
도 모르지만.

아무렴 어때. 스푸트니크는 웃었다.

"기대하고 있을게."

그때는 그녀를 고객으로 마주하면 된다.

＊

자신이 만든 선물에 기뻐해주자 기분이 좋았고 수줍었다.

클루는 에헤헤 하고 웃으며 멋쩍은 듯이 스푸트니크의 손
가락에 걸린 리본 한쪽을 잡아당겼다. 그러자 리본 원 안에
서 자신이 만든 반지가 흔들렸다. 그 모습이 무척이나 사랑
스럽고 즐거워서 몇 번이나 반복하고 있자니 갑자기 스푸트
니크가 말했다.

"피네에선 재미있었어?"

"네. 때마침 안나랑 루안도 와 있어서 같이 반지를 만들었
어요. 안나는 바느질이 엄청 서툴러서 실이 엉키고 잘 못 만
들어서 루안이 보다 못해 도와줬어요. 그래서 다들 제대로
만들었어요. 즐거웠어요."

"그렇군."

"아, 맞다. 그리고 저기, 일라쟈 씨도——."

친구의 이름을 말하다 클루는 흠칫하고 떠올렸다. 맞다,

그녀도.

다급히 고개를 들고 깨달았다. 스푸트니크는 클루의 건너편을 보고 있었다. 시야 끝에는──응접용 소파가 있었다. 클루도 다급히 그쪽을 쳐다보자──소파에 앉은 소아란 앞에서 일라쟈가 선물을 쥐고 서 있었다.

"……괜찮다면, 저기 이거."

끝.

그들의 마음
Housekihaki no Onnanoko

1

요 며칠, 어쩐지 몸 상태가 좋지 않다는 자각은 있었다.

일에 쫓기고 이 보석점을 향한 의혹 은폐로 동분서주했던 데다 스푸트니크에게 팡숑에 대해 조사하라는 지시까지 받았다. 약혼자의 죽음은 소아란에게 있어서 그다지 깊이 알고 싶은 것이 아니라서 계속 외면해왔다. 하지만 어째서인지 이 상황에 와서 스푸트니크가 그것을 알고 싶다고 한다. 또한 그것이 아무래도 그의 종업원과 관계가 있는 모양이다. 외면할 수 없게 되었다.

하지만 그 탓에 몸 상태는 갈수록 악화되었다.

부하인 일라쟈가 반지를 만들었다고 한다.

평소의 감사하는 마음의 증표로 그 반지를 준다고 한다. 그 정도까지 감사하고 있을 줄이야, 상사로서 더할 나위 없는 일이다. 고맙다고 받아든──그 순간.

머릿속에서 선명하게 되살아난 그림이 소아란의 의식을 순간적으로 날려버렸다.

2

마법사 소아란의 나이가 열 살을 조금 넘었을 적의 일이다.

"반지가 말이지, 갖고 싶어."

그것은 여느 때처럼 두 사람이 그녀의 방에서 차를 즐기고 있을 때의 일이었다.

약혼자 팡슝이 갑자기 한 '부탁'에 마법사 소아란이 할 수 있었던 말은,

"……왜?"

하고 묻는 것뿐이었다.

그러나 그 반응은 그녀로서 불만스럽기 짝이 없는 모양이었다. 팡슝은 입술을 뾰로통하게 내밀고 소아란을 쳐다보았다.

"왜냐니 뭐야."

"어, 아니, 저기 뭐랄까…… 너도 그런…… 뭐랄까, 그런 정상적인 걸 갖고 싶어 하는구나 싶어서 조금 의외였어."

"내가 갖고 싶어 하는 건 전부 다 정상적이지 않다는 소리로 들리는데."

"요전번 생일 때 뭐가 갖고 싶냐고 물어봤더니, 네가 '징그러운 괴수 같은 거'라고 했잖아."

"그랬었나."

"잊었어? 난 실컷 고민했다고. 징그러운 괴수는 뭔가 하고."

"결국엔 테이블을 줬잖아."

"기억하고 있었네."

고민한 끝에 차를 마시기 위한 높은 테이블과 화병을 세

257

트로 보내주었다. 그건 그것대로 마음에 들어 한 것 같았지만 말이다.

"그러니까 의외라고 생각했어. 반지라니 왜 갑자기 그런걸."

"약혼반지. 그러고 보니 안 받았구나 싶어서."

팡숑은 케이크 스탠드에서 샌드위치 한 조각을 들더니 입을 크게 벌려서 집어넣었다. 씹고 나서 샌드위치에서 비어져 나와 엄지에 묻은 달걀을 혀로 핥더니 그녀는 이렇게 이어서 말했다.

"그 방면의 책에서 읽었는데 연인에게 반지를 끼게 하면 나쁜 벌레들이 꼬이지 않는대. 그러니 량, 선물해두면 당신한테 분명 도움이 될 거야."

"나쁜 벌레 말이지……."

볼이 미어지게 스콘을 먹으며 소아란은 우물우물 중얼거렸다. 하고 싶은 말은 많았지만.

개인적으로는 그녀가 나쁜 벌레보다 먼저 '기묘한' 벌레를 어떻게든 해주길 바랐다. 소아란은 찻잔을 받침에 되돌리고 아무 말 없이 그녀의 등 뒤, 책장에 시선을 줬다.

그곳에서는 한 아름쯤 될 법할 크기에다 미끌미끌하고 사부작사부작 움직이는 형체가 책장에서 지금 바로 기어 나오려던 참이었다——

"앗, 야."

그의 시선을 좇아서 돌아본 팡숑의 눈이 순간적으로 치켜

올라갔다. 높은 의자에서 깡충 뛰어내려서 빠른 걸음으로 책장에 다가가더니 무릎을 구부리고 그것을 안아 들었다.

그녀는 거대한 거미를 사역마로 사용하고 있었다. 하지만 거미치고는 심상치 않는 크기, 미끌미끌하고 번질번질 빛나는 새까만 몸통, 사부작사부작 움직이는 긴 다리, 그것은 아무리 봐도 생리적 혐오감의 덩어리로밖에 생각할 수 없어서 소아란은 그 거미를 처음 봤을 때 그만 참다못해 팡숑에게 '귀여운 걸 사역마로 사용하는 건 어떨지' 조언을 했다.

하지만 설마 그게 오늘 전신을 파스텔 핑크색을 하고 맞이해줄 줄은 꿈에도 몰랐다. "귀여운 걸 사역마로 사용하는 게 어떠냐고 했잖아?"라고 아주 당연한 듯이 말하는 그녀의 정신세계를 여전히 잘 이해하지 못하겠다.

또한 어디에서 조달했는지 그 거대한 거미가 고용인과 같은 형태의 에이프런을 하고 있는 것도 팡숑으로서는 '귀여움'을 표현한 아이디어 중 하나인 모양이었다. 진지한 얼굴로 '이른바 알몸 에이프런'이라고 한 말은 진담인지 농담인지 말투로는 알 수 없지만 그건 그렇다 치고.

"왜 자꾸 마음대로 나오는 거야?"

"책장 안이 갑갑할지도 모르지."

"아버님이나 어머님께 부탁해서 방을 준비해달라는 편이 나을까?"

"기절하실지도 모르니 관두는 편이 나을 거야."

"혹은 고용인의 방 한편을 빌린다든지."

"고용인들이 모조리 그만둘지도 모르니 그건 더 관두는 편이 좋을 거야."

어느 쪽이냐고 할 것 같으면 책장 안쪽에 있는 공간을 확장하는 편이 좋지 않을까 싶었지만, 말하면 분명 이쪽이 나서야 할 테다. 그냥 가만히 있기로 했다.

색이 바뀌든, 에이프런을 하든 형태는 여전히 거대한 거미였다. 그녀의 품 안에서 사박사박 미끌미끌 움직이는 핑크색 덩어리를 되도록 시야에 담지 않도록 유의하며 소아란은 차를 홀짝였다.

"뭐어…… 반지 말이지. 나중에 교육 담당자한테 상담해 볼게."

교육 담당자는 소아란에게 마법사로서의 지식이나 작법을 가르치거나 일상의 이모저모를 보살펴주는 마법사를 말한다.

개인적인 억지를 들어줄 만한 사람은 아니지만, 약혼자와의 관계에 관한 물품이라면 아마 구해다주겠지. 협회로서도 자신과 약혼자와의 사이는 되도록 좋은 걸로 해두고 싶을 터이다.

약혼반지. 값싼 것은 아니지만, 그런 배경을 생각하면 아마도 그녀의 바람은 이루어질 것이다. 그래서 그렇게 말했지만,

"아, 아냐 아냐."

"응?"

팡숑은 어째서인지 손을 좌우로 저었다.

주인의 흉내를 내겠다는 심산인지 거미도 다리 하나를 뻗었다.

"기성품이 갖고 싶은 게 아니야."

"그렇다면?"

"만들어줘."

"뭐어?"

팡숑은 책장 앞에 주저앉더니 여전히 다리를 사락사락 움직이는 핑크색 거미를 안쪽으로 집어던졌다. 툭, 하는 좋은 소리가 났다. 대단히 폭력적인 대접이지만, 마력으로 가공되어 있으니 그 정도로는 상처입지 않는 모양이다.

그리고 책장에 머리를 집어넣고 잠시 무언가를 찾은 후 돌아왔다. 다시 건너편 의자에 앉은 팡숑은 여느 때처럼 백의를 걸치고 있었고, 또한 그 손에는 무언가를 쥐고 있었다. 조각도와…… 백회색의 덩어리였다.

"이런 걸 손에 넣었는데. 만들어줘."

"……점토?"

건네받은 것은 바로 점토 덩어리였다. 양초보다 조금 두꺼운 원기둥꼴을 한 그것의 중심은 뚫려 있어서 마치 관(管)처럼 되어 있었다. 밀봉된 봉지에 담겨 있는 것은 건조 방지를 위해서인 모양이었다.

"은점토라는 거야. 구우면 은이 된대."

"은?"

"그래. 굽는 작업은 내가 준비해줄 테니까, 량은 형태를 만들어줘."

"그거 내가 할 필요가 있을까?"

"처음 하는 공동 작업 같아서 좋지 않아?"

"진짜 목적은 뭐지?"

"옆에서 계속 참견할 수 있어서 재미있잖아."

"······그럴 거라 생각했어."

시원스레 자백하는 팡숑에게 소아란은 한숨을 쉬었다. 정말이지 매번 이상한 걸 손에 넣는 여자다.

그녀는 한 번 말을 꺼냈다 하면 어떻게 설득하든 자신의 주장을 굽히지 않는다. 어떤 것이라도 최종적으로는 그녀가 말하는 대로다. 떨떠름해하면서도 고개를 끄덕이고 소아란은 그녀로부터 점토를 봉지째 받아들었다.

3

원기둥꼴을 한 점토의 중심에는 구멍이 뚫려 있었지만, 팡숑의 왼손 약지의 두께보다 조금 두꺼운 정도로 되어 있다고 했다. 구우면 조금 수축해서 그녀의 손가락에 딱 맞는 치수가 된다는 것이다. 즉, 마치 작은 도넛 같은 형태를 한 그것의 표면을 조각하거나 덧붙여서 디자인을 하라는 것인 모양이었다.

박학다식하고 마법사로서의 능력에 흠잡을 데가 없는 팡

숑은 우스꽝스럽게도 그림 재능만큼은 형편없었다. 이 반지에 관해서도 먼저 종이에 희망하는 디자인을 그렸지만, 우선 무엇을 그렸는지 도통 알 수 없었다. 다만 "여기가 이빨이고 이 부근에는 뿔이랑 부리랑 다리 일곱 개가 있는 거야"라고 설명하기 시작했을 즈음에서 제대로 된 것이 아니라는 사실을 알아차렸다.

"디자인도 나한테 맡겨줬으면 좋겠어, 분명 네가 마음에 들어 하는 걸 만들 테니까."

하고 애원했다.

후일 정식 약혼반지를 보낸다고 해도 이 반지도 소아란이 보낸 선물 중 하나로 남게 될 것이다. 그런데 그 디자인이 다리가 일곱 개라는 둥 이빨이라는 둥——만약 교육 담당자가 알게 된다면 무슨 소리를 들을지 뻔했고, 애초에 여자아이한테 보내도 되는 물건도 아니었다.

여자아이에게 보내는 물건은 좀 더 귀여워야 한다. 예를 들어 꽃이라든가 나비라든가.

하지만 이런 작업이라면 거의 해본 적이 없었다. 그녀가 꺼내온 조각도 몇 개를 다루어서 표면을 깎아 어떻게든 무늬와 같은 것을 새겼다.

마법도구를 만드는 것과는 또 달라서 섬세한 손놀림을 요구받는 작업이었다. 생업으로 삼기에는 자신과 맞지 않는다고 생각하지만, 그런 작업 광경이 신기한지 팡숑은 그런 그의 모습을 뚫어져라 바라보고 있었다.

──점토의 표면에 기본 스케치 절반 정도를 팠을 무렵이던가.

갑자기 팡숑이 입을 열었다.

"잘하네."

"그런가."

칭찬하는 말에 애매하게 답했다. 긍정할 수 없었던 것은 자신에게 그림이나 예술적 재능이 없다는 사실을 잘 알고 있었기 때문이다. 그러나 그 사실을 부정하지 않았던 것은 팡숑에 비하면 잘한다는 사실도 알고 있었기 때문이다.

점토에서 얼굴을 살짝 뗐다. 그러자 엇갈리듯이 팡숑이 얼굴을 가까이 가져갔다. 인상을 찌푸리고 으음 하고 신음했다.

"뭘 먹어야 이렇게 될 수 있을까."

"먹는 음식의 차이는 아닐 것 같은데."

성격이라든가 센스의 차이가 아닐까. 그리고 만약 정말 그림으로 밥을 먹고 살 수 있을 만큼 잘 그리고 싶다면 기술을 갈고닦는 시간도 필요할 것이다. 나머지는 뭘까, 사사받는 사람? 교본? 경우에 따라서는 좋은 스폰서와 후원자도 필요할지도 모르지만, 팡숑이 알고 싶은 것은 분명 그 점이 아닐 것이다.

"그리고 난 딱히 이런 걸 잘하는 편이……."

"저기, 이 꽃은 뭐야?"

……정말이지 남이 하는 말은 안 드는 녀석이다.

그녀는 반지에 그린 꽃을 가리키고 소아란을 쳐다보았다.

"조금 특이한 형태의 꽃."

특이한가?

꽃을 모티브로 만들기로 정했지만, 단순히 간략화한 꽃을 그리는 것은 재미없게 느껴졌다. 하지만 꽃에 그다지 박식하지는 않다…… 그래서 소아란은 자신이 잘 아는 꽃을 그렸다.

꽃잎 네 장을 가지고 있고, 그 중앙에 긴 암술과 수술이 튀어나와 있는 그것의 이름은,

"백접초."

기억 속에 있는 그 모습을, 내가 그렸지만 잘 그렸다고 생각했다.

그러나 팡숑은 그 꽃의 모습을, 이름을 마치 처음 안 것 같은 표정을 지었다. 그에게 있어서는 익숙한 식물인 만큼 조금 의외라는 생각이 들었다.

"백접?"

"그래. 흰색이나 핑크색 꽃잎을 달고 다부지게 살아가는 꽃. 가느다란 줄기와 잎에 길쭉한…… 여기저기에 피어 있었던 것 같은데. 본 적 없어?"

"글쎄, 없는 것 같은데."

팡숑은 테이블 위에 흩어진 서류 한 장을 끌어당기더니 펜으로 무언가 낙서를 했다. 그것은 꽃——인 걸까. 엉망, 혹은 상당히 개성 넘치는 그림체였기에 소아란은 잘 알 수

없었다.

백접초. 말하고서 눈치챘지만 그러고 보니 요즘 들어서
본 기억이 없었다. 마지막으로 본 게 언제였더라…… 생각
하던 중에 팡숑은 자리에서 일어났다. 책장을 향해 걸어갔
다. 그 비밀 책장에서 다음엔 대체 뭘 꺼내려는 걸까 하고
보고 있자니 이번에는 아니었다.

비밀 책장 쪽이 아니라 책장에 가지런히 꽂혀 있는 책 등
표지를 한 권씩 확인하듯이 손가락을 미끄러뜨려 나가다가
이윽고 그 손이 멈추었다.

손가락을 걸고 빼낸 것은 두툼한 책이었다. 아무래도 사
전인 것 같았다. 양팔로 끌어안다시피 해서 가져오더니 위
의 표지가 보이게 테이블 위에 놓았다.

《식물사전》

목차 안에 백접초가 나와 있는 페이지가 확실히 있었다.

책을 펼쳐 들여다보고서 알았다. ──그랬던 거군. 자신
에게는 낯이 익지만 그녀는 잘 몰랐던 이유. 요즘 들어 이
꽃을 본 기억이 없었던 이유.

답은 사전 속의 자신이 그린 것보다 훨씬 잘 그린 백접초
그림 옆에 곁들여져 있었다.

백접초.

여름에서 가을 무렵, 네 장의 꽃잎이 달린 아담한 꽃을 피
운다.

모습이 나비를 닮았다 하여 그 이름이 붙었다. 서남대륙
에서 많이 자라는 식물이며……

옛날. ──이곳과는 언어조차 다른 장소에서 부모님과 살
았을 적에.

"흐음."

그때 팡슝이 흥미로운 듯이, 소아란을 놀리듯이 웃었다.

뭐가 흥미로운지는, 무엇을 비웃었는지는 생각할 것도 없
이 예상할 수 있었다. 그녀의 손이 사전 위를 뻗어가다 그
의 시야에 들어왔다.

……하지만.

가리킨 것은 의외로 '서남대륙'이라는 글자가 아니었다.
그녀가 장난스럽게 웃은 것은 그런 것이 아니었다.

그 손끝이 멈춘 곳을 보고, 소아란은 자신의 실태를 알
았다.

그녀가 가리킨 것은 서남대륙 이야기에서 더욱 이어진 백
접초의 설명 항목…… 꽃말. 백접초의 꽃말은 '섬세', '오기'
그리고──

"'변덕'."

"……곤란하려나."

올려다본 자신은 내심 겸연쩍은 표정을 짓고 있었을 테다.
약혼반지에 새기는 것치고는 더할 나위 없이 부적절했다.

하지만 그것조차도 남들과는 품격이 다른 이 약혼자는 웃

음으로 날려버렸다.

"괜찮은데? 적어도 서로 사랑해서 엮인 사람들은 아니니까 아무도 뭐라고 할 사람도 없을걸. 그리고."

그리고.

손가락이 사전을 뻗어가다 이번에야말로 소아란이 생각한 말을 가리켰다. 하지만 그 말을 가리킨 그녀가 지은 표정은, 그리고 그 표정이 의미하는 바는 소아란이 생각했던 감정이 아니었다――

"이 꽃이 량, 당신 고향에서 자라는 꽃이라면 제일 적합한 모티브잖아?"

――그녀는.

예기치 못한 말에 숨을 머금은 소아란의 앞에서 팡슝은 미완성인 모형을 치켜들고 귀엽다며 웃었다.

"백접초구나. 그렇구나, 이젠 외웠어."

그리고 미소를 지은 채 그녀는 말했다.

소아란을 향해서.

"소중히 간직할게."

*

그 후 교육 담당자들의 준비에 따라 정식 약혼반지가 팡

숑에게 보내졌다. 협회에서 보낸 흠잡을 데 없는, 큼직한 다
이아몬드가 박힌 플래티넘 반지였다. 계약의 반지로써만
아니라 마법도구로써도 대단히 훌륭한 물건이라고 소아란
은 교육 담당자에게 들었다.

하지만 그녀가 소아란과 만날 때마다 손가락에 끼고 있던
것은 늘.

엉성한 꽃 그림이 새겨진 은반지였다──

4

"──어이!"

귓가에서 부르는 소리에 소아란은 흠칫하고 제정신으로
돌아왔다.

머리가 빙글빙글 도는 것은 상대가 자신의 어깨를 잡고
앞뒤로 흔들고 있기 때문이라는 사실을 깨달았다. 머리는
끓어오르듯이 뜨거운데 몸의 심지는 묘하게 차가웠다.

누군가가 떠들썩하게 무언가를 말하고 있었다. 남자 목소
리였다.

여기는 어디지. 자신은 여느 때처럼 팡숑이 불러서 저택
에──아니다.

"어이. 살아 있어?"

"살아 있고말고…… 재수 없는 소리 하지 말아줄래?"

어느새 소파에서 떨어지려 하고 있었다. 몸을 들어 올려

서 똑바로 앉았다.

아니다. 이곳은 동쪽 도시에 있는 보석점이다. 이곳 점주에게 전해야 하는 말이, 해야 할 말이 있어서 자신은 오늘 부하와 함께 이 가게를 방문했다.

"멍하니 딴생각하고서는 무슨 소리야. 잘 들어. 실수로라도 남의 집에선 죽지 마."

죽지 마──어이없는 소리였다.

그런 그에게 하고 싶은 말이 있어서 소아란은 입을 열었다.

"넌."

그러나.

숨을 들이쉬자 목에 가래가 끓었다.

그만 콜록대자 몸속으로 울림이 전해졌다. 폐가 욱신거리고 머리가 아팠다. "소아란 님!" 하고 자신의 이름을 부르는 여자의 눈물 섞인 비통한 소리가 들렸지만, 그것이 누구의 목소리인지는 중요하지 않았다. 손에서 힘이 빠져서 쥐고 있던 무언가가 떨어졌다. 그것 또한 반지라는 사실을 소아란은 잊고 있었다.

몇 번이나 기침을 하고 나서 마침내 고개를 들었다. 잿빛 눈동자.

흔치 않게도 염려스런 표정을 지은 잿빛 눈동자가 말했다.

"의사 부를까?"

그러나 그 말 또한 사소해서 그만 웃고 말았다.

지금 자신이 듣고 싶은 말은, 하고 싶은 말은 그런 게 아닌데 말이다. 지금 이쪽이 듣고 싶은 말은 그렇다.

"네가 말했었지? ——고용했으니까, 그녀를 지킨다고."

"응?"

눈앞의 남자가 인상을 찌푸렸다. 상태가 좋지 않다고 생각했는지 종업원을 향해 지시를 내렸다.

"야, 쿠. 의사 불러와."

"들어봐."

딴 데로 방향을 돌린 잿빛 눈동자를 좇았다.

두통이 심해져서 시야가 흐릿해졌다. 그럼에도 물어봐야 하는 말이 있었다.

"'종업원이니까' 넌 이 아이를 지키고 있다고 했어. 그리고 넌 확실히 마법사를 물리쳐서 지켜냈고. 하지만."

말하면서 머릿속으로 생각했다. ——그 은반지는 어디로 간 걸까.

그녀의 시체에는 없었는데 말이다.

"그럼 나는."

요 며칠 서류에서 본 이름은 확실히 자신의 옆에서 살아 있던 사람의 이름이었다.

일시적이기는 하지만 그녀는 자신의 약혼자였다. 그리고 파트너이자 악우로 어떤 의미에서는 스승이기도 했다.

그런데.

기억이 혼탁해졌다.

보석을 토하는 소녀.

자신에게 있어서 '단순한' 종업원에 지나지 않는 그녀를 계속 지키는 그.

……그렇다면.

어째서 자신은.

약혼자이기까지 했던 그녀를.

"내 반지를 받아들고 웃어준 약혼자를. 난 어째서 못 지켜줬을까?"

질문을 내뱉은 순간——

——소아란은 정신을 잃었다.

*

량.

*

보석을 사랑한 그녀의 이야기.

끝.

에필로그

클루롤 보석상회 피네치카 지부 지하 서고에서.

"아, 시간이 벌써 이렇게 됐네."

함께 서류 정리를 하고 있던 동료의 말에 고개를 들었다. 벽에 걸린 시계는 점심을 지나고 있었다.

"유키 씨, 나, 점심 먹고 올게요. 유키 씨는 어떻게 할래요?"

"다녀오세요. 전 좀 더 일할게요."

유키는 동료의 말에 답하고 빙긋이 미소 지었다. 그럼 먼저 다녀올게요, 하고 동료가 서고에서 나가는 것을 배웅하고——

자신 이외에 아무도 없는 서고에서 한동안 숨을 죽였다. 그 외에 기척이 느껴지지 않는다는 사실을 확인하고 나서 그녀는 파일 안에서 봉투 하나를 꺼냈다.

그것은 '동생'으로부터 온 편지였다.

안에는 서비스업을 하는 인간이 썼다고는 생각할 수 없을 만큼 쌀쌀맞은 문장이 간결하게 적혀 있었다. 하지만 자신을 닮아서 바깥에서는 점잖게 구는 그 녀석이 자신에게만 그런 글을 쓴다는 사실을 유키는 알고 있었다. 당연한 일이다. 누나에게 아양을 떨어도 그 녀석에게 아무 득도 되지 않을 테니 말이다.

——그런데.

"전해졌으려나."

이쪽에서 그에게 보낸 편지의 문면을 다시 생각하면서 고개를 갸웃거렸다. 어떻게든 할 테니 어떻게든 하고 있어. 주어조차도 생략한 그 글은 어쩌면 지나치게 간결했을지도 모른다. 전하고 싶었던 것은 그래——

'네가 요청한 건은 어떻게든 할 테니 몸 상태가 안 좋은 그 부지부장을 어떻게든 하고 있어.'

고개를 이번에는 역방향으로 꺾으면서 유키는 다시 한 번 중얼거렸다.

"······안 전해졌을지도 모르겠네."

소꿉친구의 이심전심에 너무 기대했을지도 모른다. 생각해보면 파트너의 호흡 따윈 우리 사이에 애초부터 없었던 것 같기도 하고 말이다.

그래서 한 통 더 보내야 하나 하고 한순간 생각했지만,

"뭐 괜찮겠지."

바로 그 안을 기각했다. 이쪽의 의도를 파악하지 못했다고 한다면 그건 파악하지 못한 상대편의 잘못이다.

게다가 그 정도의 부담을 준다 한들 벌은 안 받겠지. 뭐라해도 이쪽은 대단히 수고스러운 '요청'을 그에게 받았으니 말이다.

"자아, 그렇다면."

동료가 돌아오기 전까지는 아마도 한 시간. 그 정도 있으

면 작업이 다소 진행되겠지.

"어쩔까나."

책장에서 책 몇 권을 꺼내면서 유키는 작은 목소리로 중얼거렸다. 책상으로 돌아가 발밑에 놓인 가방 안에서 서류 한 부를 꺼냈다.

그리고 유키는 웃었다. 그리고 생각했다.

'동생'의 의뢰에 대한 보고를 어디서부터 정리해야 하나 하고.

――꺼낸 서류의 서두에는 어느 여자의 이름이 쓰여 있었다.

보석을 토하는 소녀④ ~그녀의 마음과 그의 마음~ 끝.

4

Housekihaki
no
Onnanoko

Written by Namiato,Illustration by Kei

특 별 단 편

스푸트니크 보석점의
사계절 이야기

봄잠

스푸트니크 보석점의 어느 봄날의 이야기.

"흠냐……."
"야, 쿠. 일하는 중에 자지 마."
"안…… 자요…… 근데…… 너무 따뜻해……서."
"……못 말린다니까."

"스푸트니크…… 보석점에…… 어서…… 오……세
요……."
"…………."
"손님…… 네……."
"…………."
"규동 하나요."
"우린 보석점이거든?"

어느 따뜻한 봄날의 이야기.

테루테루

"주룩주룩."

"벌써 이래저래 사흘 동안이나 비군."

창문에 찰싹 들러붙은 클루를 보면서 스푸트니크는 오도카니 중얼거렸다.

스푸트니크 보석점의 어느 여름날의 이야기.

스푸트니크가 중얼거리는 소리에 반응한 클루는 그가 있는 쪽을 바라보았다. 그 뺨은 불만스럽게 뾰로통해져 있었고 눈썹은 쌜쭉하게 일그러져 있었다.

"밖에서 못 놀아서 심심해요."

"실내에서 놀면 되잖아."

"질렸어요. 그리고 안나도 밖에서 놀고 싶댔어요."

친구의 이름을 들며 그렇게 생각하는 것은 자신뿐만이 아니라고 주장했다.

"그리고 비가 오면 푹푹 찌고 머리카락도 퍼석퍼석해져요."

여기저기 뻗쳐서 정리가 안 돼요, 하고 양손으로 머리를 각각 싸쥐고 부끄러운 듯이 고개를 내젓는 클루. 여느 때와 뭐가 다른지 스푸트니크는 알 수 없었지만, 아마도 본인만이 알 수 있는 무언가가 있는 것 같았다.

──하지만.

"뭐어, 비가 오면 손님들 발길도 뜸해지고 습해서 불쾌하잖아. 곤란하다는 건 동의해."

아이스커피가 담겨 있어서 물방울이 맺힌 잔을 들어 한 모금 홀짝였다. 해가 쨍쨍한 맑은 날이 좋냐고 한다면 그렇지도 않지만, 과도한 습기는 공구 관리에 영향을 끼친다. 그리고 무엇보다 습도가 높을 때의 무더위와 끈적임은 불쾌하기만 하다.

다시 창으로 다가가 잔뜩 찌푸린 하늘을 노려보는 클루를 향해 스푸트니크는 이렇게 말했다.

"비도 오니까 테루테루보즈라도 만들어봐."

"테루테루?"

그러자.

클루의 뺨이 창문에서 떨어졌다. 상당히 원망스러운 듯 비를 노려보고 있었는지 창문에 닿아 있던 부분만 자국이 남아 있었지만, 본인은 알아차리지 못한 모양이었다.

스푸트니크의 제안에 그녀는 눈을 끔벅였다.

"그게 뭐예요?"

"둥글게 만 솜을 천으로 감싸서 주문을 건 인형이야. 내일은 날이 맑아지도록 기도하고 천장에 매다는 거지."

"오호."

"그래도 안 맑으면 벌로 테루테루보즈의 목을 베는 거야."

"너무해요."

스푸트니크가 검지와 중지로 가위 형태를 만들어 싹둑하고 자르는 시늉을 하자 클루가 윽, 하고 숨을 머금었다. 그

리고,

"일족 전원을 참수한 후에 옥문에 내걸다니."

"그런 말까진 안 했어."

어째서 잔혹성을 강화시킨 거람.

"뭐어, 그 정도 말해두면 테루테루보즈도 진심을 다해 날씨를 맑게 해준다는 거지."

"그렇군요."

그렇게 대답하면서 점내를 두리번두리번 둘러보는 것은 아마도 솜과 천이 어디에 있는지 생각하고 있는 것일 테다. 스푸트니크가 가공실에서 필요 없는 천과 솜, 그리고 바느질 도구를 건네주자 클루는 무척이나 기쁜 듯이 감사 인사를 하고 그것을 받아들었다.

──조금 전까지 '비가 오는 날은 무료하다'고 투덜대던 그녀. 그러나 테루테루보즈를 만들어서 창가에 장식하며 "싹둑할 거니까 내일은 꼭 맑게 해줘"라고 말을 거는 모습은 어딜 어떻게 봐도 지루해 보이지 않았다.

이 녀석은 늘 즐거운 것 같단 말이지 하고 스푸트니크는 그만 웃음을 터뜨렸다.

그러나 이튿날 일어나 보자 역시 비가 오고 있었다.

오늘도 한가하겠군, 결국 테루테루보즈는 효과가 없었다고 생각하면서 준비를 마치고 가게로 내려갔다. 그러자 오늘은 클루가 먼저 가게로 와 있었다.

그러나 어째서일까. 스푸트니크가 왔다는 사실을 알아차리자 그녀는 명백하게 허둥댔다. 어깨를 떨고 손으로는 어째서인지 테루테루보즈를 꼭 쥐고 있었다.

　겁에 질린 듯한 표정을 지은 그녀에게 스푸트니크가 "뭐해?"라고 묻자——

　클루는 떨리는 목소리로 이렇게 말했다.

　"저기, 오늘도 비가 와요."

　"그러네."

　"저, 저기, 저기……."

　클루는 안절부절못하며 잠시 주변을 살피고 있었지만, 이윽고 결심한 듯이 고개를 들더니 스푸트니크를 똑바로 쳐다보고 이렇게 말했다.

　"테, 테루조에게 한 번 더, 딱 한 번 더 기회를 줘요!"

　"언제 또 이름을 붙인 거야."

　"그의, 그의 고향에는 그가 돌아오기를 기다리는 아내와 아이가 있어요."

　"설정은 또 언제 생각한 거야."

　"그러니 참수는 제발. 자비를 베풀어줘요."

　아무래도 애착이 생긴 모양이었다.

＊

그날 오후는 거짓말처럼 맑게 갰다.

길고 짧게

스푸트니크 보석점의 어느 가을날의 이야기.

가을이라는 것은 대단히 애절하고 서글픈 기분이 들게 하는 계절이지만, 엘리제 님께선 어떻게 지내고 계신가요? 창문으로 보이는 저 나무에서 잎이 한 장 떨어질 때마다 제 존재도 당신 속에서 잃어가는 게 아닐까 하고 대단히 불안해집니다. 제 마음은 일 년 내내 변하지 않고 당신이라는 잎으로 채워져 있는데——

이런 역겨운 말을 장황하게 쓰고 있는 것은 스푸트니크 보석점의 '우량 고객'에게 보내는 편지였다. 돈을 자주 써주는 고객에게 계절 인사를 보내는 것은 점주 스푸트니크의 업무 중 하나였다.

가게 카운터, 평소에 늘 자리하고 있는 의자에 앉아서 편지를 썼다. 손에 익은 편지지에 손에 익은 만년필로 줄줄이, 보고 싶다는 둥 당신을 생각한다는 둥 이 또한 써서 질릴 만큼 익숙한 문장을 거듭 쓰고 있는데.

——딸랑딸랑 딸랑딸랑.

입구 벨소리가 요란하게 울렸다.

"다녀왔습니다."

편지에서 고개를 들고 그쪽을 쳐다보자 한 소녀가 온 얼굴에 미소를 가득히 짓고 가게 안으로 들어왔다.

헉헉 하는 거친 숨소리, 상기된 뺨과 더불어 힘차게 외치는 귀가 인사. 몇 시간 전에 친구와 논다며 외출했던 종업원 클루가 귀가한 것이었다.

종소리 기세에서 보건대 아무래도 무척이나 서둘러 돌아온 것 같았다——이다음에 특별한 스케줄은 없었던 것 같은데 말이다.

그녀는 점내를 두리번두리번 둘러보고 카운터에서 스푸트니크의 모습을 발견하더니 매우 기쁜 듯 그의 곁으로 다가왔다.

"다녀왔어? 무슨 일 있어?"

에헤헤, 에헤헤 하고 굉장히 기분 좋은 듯이 웃는 클루에게 물었다.

그러자 그녀는 스푸트니크를 향해 주먹을 내밀었다. 그리고,

"이거, 스푸트니크한테 줄게요. 선물이에요."

그녀가 쥐고 있던 손을 펼치자 카운터 위에 무언가가 섰다. 둥그스름한 몸통에 기다란 팔이 붙은 것이었다.

유심히 쳐다보자 몸통은 도토리, 손은 철사로 만들어져 있었다. 허수아비를 닮은 그것은 도토리의 뾰족한 모서리 끝으로 서서 두 팔로 용케도 균형을 잡은 채 살랑살랑 흔들리고 있었다.

그것을 뭐라고 하는지 스푸트니크는 물론 알고 있었다. 하지만 그가 이름을 말하기보다 먼저 팔을 펼친 클루가 가

르쳐주었다.

"야지로베(막대 끝에 T자 형의 가로대를 대고, 그 가로대 끝에 추를 매단 인형)예요. 안나가 가르쳐줘서 만들었어요."

"오호."

"예순의 계절, 가을이니까요."

"예술이겠지."

"예순."

제대로 말하지 못했다.

그건 어찌 됐거나──스푸트니크가 만년필 끝으로 철사한쪽을 가볍게 누르자 야지로베는 크게 흔들렸다. 그럼에도 쓰러지지 않고 자세를 곧장 바로잡았다.

스푸트니크가 만년필을 끌어당기자 이번에는 클루가 손끝으로 찔렀다. 아무리 찔러도 제자리로 돌아와요, 굉장해요, 하고 클루의 손가락에 농락당하면서도 야지로베는 흔들흔들 흔들흔들 마이페이스로 흔들렸다.

그것을 멍하니 바라보고 있는데 클루가 갑자기,

"저기."

하고 말했다.

"응?"

"야지로베, 귀엽죠?"

"……뭐어, 잘 만들었네."

"그죠?"

동의하자 클루는 황홀한 듯이 웃는 표정을 지었다. 그리고 그것도 당연하다는 듯이 몇 번인가 고개를 끄덕이고 나서 이런 말을 했다.

"저기. 나 달려 왔어요."

"알아."

"무지무지 서둘러 왔어요."

"그런 것 같네."

그 정도나 숨을 헐떡이고 있으면 귀가하는 모습을 보지 않더라도 상상이 간다.

"무슨 일 있었어?"

물어보자 그녀는 수줍은 듯이 에헤헤, 하고 웃었다. 그리고,

"야지로베, 엄청 귀엽고 재미있어서요. 스푸트니크한테 얼른 보여주고 싶었어요. 그래서 열심히 달려 왔어요. …… 그러니."

그리고 클루가 해맑은 표정으로 한 말은.

"이 야지로베, 스푸트니크가 좋아해준다면 기쁠 것 같아요."

순진무구한 그 말에.

스푸트니크는 무심코 웃었고, 그리고 자신도 모르게 중얼거렸다.

"……애들은 좋겠군."

"뭐라고요?"

"비밀이야."

의아해하는 듯한 클루에게 그 말만 전했다.

그리고 스푸트니크는 쓰다 만 편지에 시선을 떨어뜨렸다. 자신이 편지에 쓴 것은 장황하게 긴, 길기만 한 문장이었다. 남의 비위를 맞추고 상대를 기쁘게 하기 위해서 달콤한 말을 오로지 나열하고 있을 뿐이었다.

……그에 비해 이 아이는.

답을 가르쳐주지 않은 탓인지 클루가 순식간에 뾰로통한 표정을 짓는 것을 보고 스푸트니크는 다시 웃었다.

──정말이지, 애들이 부럽군.

전하고 싶은 마음을 단 한마디로 전할 수 있으니 말이다.

*

"그리고 말이죠."

"응?"

"'독서의 계절, 가을'이라는 말도 배웠어요. 스푸트니크에게 책을 읽어줄게요."

말하기가 무섭게 클루는 가방에서 책 한 권을 꺼냈다.

그 표지는 스푸트니크도 본 적 있었다. 최근에 클루가 마음에 들어 해서 읽고 있는 추리소설이었다. 어린이용으로 표현을 어느 정도 순화시킨 것이었다.

그녀는 스푸트니크의 옆에 있던 의자에 앉더니 "내가 좋아하는 부분을 읽어줄게요" 하고 책갈피를 꽂아놓은 페이지를 펼쳤다. 그리고 명랑한 목소리로 낭독을 시작했다.

"으음…… '듀를 죽인 범인은 당신입니다!' 제임스는 말하고 어떤 사람을 가리켰습니다. 그 손가락 끝에 있던 사람은 무려 마가렛 아가씨였습니다."

아무래도 이 아이가 좋아하는 장면은 탐정이 수수께끼 풀이를 하는 부분인 모양이다. 등장인물의 대사 부분에만 음색을 바꿔서 박진감 넘치는 모습으로 낭독을 개시했다.

스푸트니크는 만년필을 손에 들고 그녀의 낭독에 귀를 기울이면서 편지를 이어서 쓰기 시작했다.

"모두가 놀라는 가운데 제임스는 이어서 말했습니다. '단골 상인 듀와 당신은 좋은 관계를 구축하고 있었던 모양이더군요. 당신에게 듀를 죽일 이유는 없어 보입니다, 하지만!'

전개와 더불어 힘찬 클루의 목소리.

……어째서일까, 어째서인지 자신이 규탄받고 있는 듯한 느낌이 들었다.

"듀가 당신에게 보낸 이 편지. 언뜻 보기엔 당신에 대한 사랑이 흘러넘치는 것처럼 보이기도 합니다만."

클루의 낭독에 스푸트니크는 시선을 문득 떨어뜨렸다.

아래에 있는 편지와 봉투. 그리고 그곳에 쓰여 있는 글은,

"실제로 그는 당신을 사랑하지 않았다."

"……아냐."

"입으론 달콤한 말을 속삭이면서도 듀는 당신을 단순한 고객으로밖에 보지 않았다."

"아냐."

"그 사실을 알아차린 당신은 그의 짐에서 그가 애용하던 만년필을 꺼내 손잡이에 독을——아아, 뭐하는 거예요, 스푸트니크!"

"관둬."

"여기가 중요한 부분이란 말이에요!"

"그만해달라고."

겨울잠

스푸트니크 보석점의 어느 겨울날의 이야기.

"흐으…… 스토브…… 따듯해……."
"……못 말려."
"손님…… 네."
"…………."
"…………."
"…………."
"조림 하나요."
"오늘 밤에는 전골이라도 먹으러 갈까."

어느 추운, 겨울날의 이야기.

밤을 잇다

"올 한 해도 신세 많이 졌습니다."

"그래, 수고 많았어."

스푸트니크 보석점의 어느 연말의 이야기.

*

보석점의 올해 영업은 며칠 전에 끝났다.

점포 청소를 하고, 고객에게 1년간 신세를 졌다는 내용이 담긴 편지를 부치고, 신년을 맞이할 준비를 했다. 손님이 오지 않는 가게 안을 둘이서 청소하는 것은 나름대로 힘에 부쳤지만, 콧노래를 부르며 먼지떨이를 움직이는 클루는 그것마저도 즐기고 있는 것 같았다.

──그리고 지금은 마침내 연말, 올해의 마지막 날. 의 밤.

스푸트니크가 자신의 방 정리를 끝내고 책을 읽고 있으니 클루가 찾아왔다. 인형을 끌어안고 잠옷 차림을 한 그녀는 연말 인사와 더불어 이런 말을 했다.

"올해는 말이죠, 저 '해맞이'를 할 거예요."

"해맞이?"

"해가 바뀌는 순간을 볼 거예요."

평소의 토끼 인형을 꼬옥 끌어안으며 기쁜 듯이 웃었다. "늘 잠들었지만 올해는 깨어 있을 거예요"라고 말하는 것을 보아하니 매해 도전은 하고 있는 모양이다.

그러나 그녀가 하는 일이니 어차피 올해도 잠이 들겠지. 그렇게 생각한 스푸트니크는 적당히 놀려주기로 했다.

"그렇군. 깨어 있는 채 해를 맞이한 적이 없었구나…… 그럼 넌, '해를 꿰매는 난쟁이'를 본 적이 없겠네."

"난쟁이요?"

"올해가 다음 해로 교체되는 거야. 올해의 끝이랑 다음 해의 시작을 꿰매 붙여두지 않으면 올해에서 내년으로 매끄럽게 이동할 수가 없거든. 그래서 매해 연말이랑 연시를 잇는 밤에는 밤과 밤을 꿰매는 난쟁이가 나타나는 거지."

그러자.

클루의 입이 치켜 올라갔다. 눈을 가늘게 뜨고 뾰로통하게 심기가 불편한 표정을 지었다.

"스푸트니크. 내가 그런 말을 믿을 것 같아요? 시간과 시간을 이어 붙인다니 이상하잖아요. 그렇게 이상한 게 있을 리가 없어요."

그렇군.

인형을 안고 자는 아이니까 이런 말도 믿지 않을까 싶어서 말해봤지만, 역시 너무 아이 취급을 한 것 같았다.

스푸트니크가 뭐어 안 믿으면 됐고, 라고 말하려고 하는 그때.

다른 쪽을 향해 무언가를 생각하던 클루가 그를 다시 힐끗 쳐다보았다.

"······그런데 스푸트니크."

"응?"

"그, 그 난쟁이는 대체로 몇 시부터 작업을 시작하는지 알고 있어요······?"

믿은 모양이다.

"난쟁이 씨, 난쟁이 씨."

스푸트니크의 방에서.

침대 위에 앉아 기쁜 듯이, 노래하듯이 말하는 클루를 시야 끝에 담으면서 스푸트니크는 생각했다. 시시한 거짓말을 믿는 것은 괜찮다. 난쟁이를 보고 싶어 하는 것도 괜찮다. 해가 바뀌는 것을 기다리는 것도 괜찮다. 그런데──

"······어째서 내 방에 있을 필요가 있는 거야?"

"그야."

의자를 회전시켜 돌아보더니 클루는 눈을 질끈 감았다. 그리고 인형을 끌어안고 몸서리를 치듯이 몸을 떨었다.

"혼자 있으면 잠이 드니까요."

"그냥 자."

"자면 안 돼요."

"왜?"

"난쟁이를 못 만나잖아요."

"그런 걸 만난다 해서 뭐가······."

"하아암."

"상사가 말할 때 하품 하지 마."

그가 그렇게 말하자 클루는 다급히 입을 다물었다――하지만 참지 못하고 하품을 거듭 했다. 눈을 비비적비비적 비비는 그녀에게 이미 심한 수마가 덮쳐온 모양이었다.

어쩔 수 없군. 스푸트니크는 한숨을 쉬고 일어났다. 카페인이라도 먹게 하면 잠기운은 다소 달아나겠지.

"……커피라도 마실까."

"앗, 저도 주세요."

"알고 있어."

"우유랑 설탕 가득 넣어주세요."

"…………알고 있어."

그러고 보니 이 아이는 쓴맛을 싫어한다.

우유를 가득 넣은 커피, 핫밀크에 가까운 커피로 졸음을 깨는 효과가 있을까. 오히려 수면 효과 쪽이 높을 것 같은데――라고 생각하면서도 블랙커피 한 잔과 우유가 과다하게 들어간 카페오레를 한 잔 타서 방으로 돌아왔다, 하지만.

"만들 필요는 없었나 보군."

그만 쓴웃음을 지었다.

그곳에는 인형과 같이 침대 위에서 둥글게 몸을 만 클루의 모습이 있었다. 힘을 빼고 쭈그려 앉은 자세라고나 할까, 부자연스러운 모습으로 쌔근쌔근 평온한 숨소리를 내고서 자고 있었다.

정말로 해의 마지막 순간까지 고용주에게 민폐를 끼치는

종업원이었다.

　"……못 말린다니까."

　시계를 쳐다보자 시각은 밤 11시를 가리키고 있었다. 날짜가 바뀌기 1시간 전. 목표는 이루지 못했지만, 일찍 자고 일찍 일어나는 클루로서는 노력한 편이다.

　이 자세 그대로 하룻밤을 재우면 잠을 잘못 자서 내일 아침에 불편한 자세로 깨어나겠지. 그러면 분명 목이 결린다느니 어깨가 결린다느니 소란을 떨어댈 거다. 신년부터 그런 쓸데없는 불평은 듣고 싶지 않아서 스푸트니크는 그녀를 침대에 똑바로 눕히고 인형과 같이 이불을 덮어주었다.

　책을 조금 읽고서 자자고 결정한 후에 다시 의자에 앉은
──그때 갑자기.

　창밖에서 움직이는 것이 보였다. 뭔가가 창에 날아온 것 같았지만 아닌 모양이었다. 시선을 돌렸지만 그곳에는 아무것도 없었다.

　의아하게 생각하면서도 창문을 열자──

　"그렇구나, 오늘은……."

　밤하늘을 올려다보고 스푸트니크는 오도카니 혼잣말을 했다.

　처음에는 몇 분마다 언뜻언뜻 나타났다가 사라지기만 하던 그것은 순식간에 수를 더해가다──바로 밤하늘 여기저기에 퍼졌다.

　자신이 지은 거짓말이지만, 또한 잊고 있었지만, 이건 분

명히 '꿰매고' 있는 것이다. 이 광경을 클루에게도 보여주고 싶었지만, 행복하게 잠든 그녀를 깨우는 것 또한 아까웠다.

마치 밤을 꿰매듯이 하늘을 흐르는 띠에 내년도 좋은 한 해가 되기만을 오로지 빌었다.

스푸트니크는 쌀쌀한 바람이 클루를 깨우지 않도록 조용히 창을 닫았다.

오늘 밤에는 별똥별이 쏟아졌다.

후기

후기에서 매번 편집자에게 사과하고 있다는 소리를 듣기도 하고 매번 뭔가 저지르고 있다는 자각도 있지만, 4권에서는 지금 특별히 폐를 끼치고 있지 않으니 딱히 사과드릴 말씀이 없습니다. ……하지만 후기를 쓴 후에 무슨 일이 일어나지 않으란 법은 없으니 만약을 위해서 사과해둘까 합니다. 죄송합니다.

그런 뜻에서 지금 앞서 사과를 올렸으니 이후에 뭔가 실례를 저질러도 한 번은 눈을 감아주시겠지요. 그런 이해타산적인 생각을 하면서 4권의 후기를 쓰고 있습니다.

《보석을 토하는 소녀》가 마침내 4권을 맞이했습니다. 늘 찾아주셔서 감사합니다.

이번에는 등장인물들 각각의 '마음'을 이야기하는 형태로 이루어져 있습니다. 클루, 스푸트니크, 마법사들, 각자가 상대에게 품은 마음에 대한 이야기입니다. '그들의 마음'에 등장하는 백접초는 실존하는 식물로 부드러운 줄기 끝에 하얀 꽃이 핍니다. 장미처럼 화려하지는 않지만 청초해서 제가 좋아하는 꽃입니다. 부디 한 번 찾아봐주시길 바랍니다.

그리고 이번 권말 기획은 스푸트니크 보석점의 사계절 이야기입니다. 보석을 토하는 체질과는 전혀 무관한, 클루와 스푸트니크의 일상 이야기를 담았습니다. 언젠가 어떤 기회에 실을 수 있으면 좋겠다고 생각해서 조금씩 써두고 있었습니다만, 이번에 그 일부를 4권 기획으로 게재하지 않겠냐는 말에 이렇게 싣게 되었습니다. '4'권에서 '사'계절 기획, 숫자가 딱 맞아떨어져서 행복한 작품이 완성되지 않을까 기대해봅니다.

……그런 흐뭇한 이야기를 하면서도 본편은 조금 불온한 느낌을 자아내고 있지만, 각각의 마음이 이르게 되는 목적지를 아무쪼록 지켜봐주시기를 바랍니다.

감사의 말씀을 올립니다.

출판사와 크라우드 게이트 관계자 여러분. 늘 신세지고 있습니다.

담당 편집자 U 씨. 후기 서두에서 '사과드릴 일이 없다'고 했지만 실은 있었습니다. 최근 들어 연락할 때마다 요즘 제가 열심히 시청하고 있는 작품에 대한 감상을 끈질기게 이야기해서 죄송합니다. 언제나 든든하게.의지하고 있습니다.

일러스트레이터 케이 씨. 삽화를 지정할 때 '동물 파카를 입은 클루가 꼭 보고 싶다'는 요청을 드렸습니다만, 디자인을 본 순간 부탁드리길 잘했다…… 이 이야기를 쓰길 정말 잘했다고 진심으로 생각했습니다. 역시 대단하십니다.

그리고 늘 신세지고 있는 액세서리 작가 여러분. 저의 농담이나 시시한 일상 이야기를 언제나 들어주는 친구들. 《보석을 토하는 소녀》를 읽어주시는 여러분.

이번에도 감사드립니다. 5권에서 다시 뵙겠습니다.

나미아토

HOUSEKIHAKI NO ONNANOKO ④
©Namiato 2016
Originally published in Japan in 2016 by PONY CANYON INC., Tokyo.
Korean translation rights arranged with PONY CANYON INC., Tokyo,
through PONY CANYON KOREA INC., Seoul.
Korean translation rights ©2017 by Somy Media, Inc.

보석을 토하는 소녀 4

2017년 4월 8일 1판 1쇄 인쇄
2017년 4월 15일 1판 1쇄 발행

저   자 나미아토
일 러 스 트 케이
옮 긴 이 김현화
발 행 인 유재옥
본 부 장 조병권
담당편집자 김민지
편   집 권오범, 김다솜, 김민지, 정영길, 박찬솔, 조찬희
라이츠담당 오유진
발 행 처 ㈜소미미디어
진 행 협 력 (포니캐넌 코리아) 이자묵 조수영 임재환 김수영
등   록 제2015-000008호
주   소 서울시 마포구 토정로222, 403호 (신수동, 한국출판콘텐츠센터)
판   매 ㈜소미미디어
마 케 팅 박지혜
전   화 편집부 (070)4164-3962, 3963 기획실 (02)567-3388
            판매 및 마케팅 (070)4165-6888, Fax (02)322-7665

ISBN 979-11-5710-879-4 04830
ISBN 979-11-5710-371-3 (세트)

던전에서 만남을 추구하면 안 되는 걸까 외전
소드 오라토리아
7

오모리 후지노 — 지음
하이무라 키요타카 — 일러스트
야스다 스즈히토 — 캐릭터원안
김민재 — 옮김

"우리가 단장님을 구해야 해! 아이즈나 가레스 씨가 아니고, 우리가! 우리밖에 없다고!"

◆ 초판한정 ◆
스페셜 책갈피
일러스트 트럼프 증정

"안녕히, 【로키 파밀리아】.
좋은 악몽을 꾸길."

항구도시 멜렌에서 단서를 얻은 【로키 파밀리아】는 미궁거리 '다이달로스 거리'를 조사하기 시작했다. 적의 아지트를 밝혀내고, 마침내 이블스의 잔당을 몰아붙이려는 아이즈 일행. 그러나——.

"'인조미궁 크노소스'…… 시조님께서 만드신 걸작의 초석이 되거라."

전에 없을 정도로 강렬한 어둠의 망집이 이빨을 드러낸다. 저주 받은 혈족, 용사에 대한 악연, 모습을 드러내는 마지막 사신, 그리고 돌아온 붉은머리 괴인.

'악'의 소굴이 지금 아이즈 일행에게 최대의 위기를 가져온다.

이것은 또 다른 권속의 이야기,

——【소드 오라토리아】——

던전에서 만남을 추구하면 안 되는 걸까 외전 소드 오라토리아 소책자 특별 한정판

7

오모리 후지노 지음
하이무라 키요타카 일러스트
야스다 스즈히토 캐릭터원안
김민재 옮김

"우리가 단장님을 구해야 해! 아이즈나 가레스 씨가 아니고, 우리가! 우리밖에 없다고!"

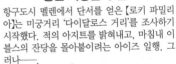

◆소책자 한정판◆
스페셜 책갈피
일러스트 트럼프
한정 소책자 증정

"안녕히, 【로키 파밀리아】. 좋은 악몽을 꾸길."

항구도시 멜렌에서 단서를 얻은 【로키 파밀리아】는 미궁거리 '다이달로스 거리'를 조사하기 시작했다. 적의 아지트를 밝혀내고, 마침내 이블스의 잔당을 몰아붙이려는 아이즈 일행. 그러나──.

"'인조미궁 크노소스'…… 시조님께서 만드신 걸작의 초석이 되거라."

전에 없을 정도로 강렬한 어둠의 망집이 이빨을 드러낸다. 저주 받은 혈족, 용사에 대한 악연, 모습을 드러내는 마지막 사신, 그리고 돌아온 붉은머리 괴인.

'악'의 소굴이 지금 아이즈 일행에게 최대의 위기를 가져온다.

이것은 또 다른 권속의 이야기.

──【소드 오라토리아】──

유령도 귀족도 물리치고── 남자의 꿈인 내 집을 장만하라!

두 번째 인생은 이세계에서
3

마인   지음
카보차   일러스트
정선옥   옮김

헤로인은 메이드 요정?!

◆ 초판한정 ◆
포스트 카드
증정

© Mine Illustration Kabocha

"어째서 유령이 나오는 건물에서 하룻밤을 묵는 건데⋯⋯제발, 돌아가자⋯⋯."

파티를 위한 아지트로 삼기 위해 집을 사기로 한 렌야네 3인방. 그러나 그 집에는 아무래도 유령이 출몰한다는 불온한 소문이 있는 것 같다. 하지만 렌야는 그 유령 소동을 말끔히 해결하고 그 집을 구입, 결과적으로 땡전 한 푼 없는 빚쟁이 신세가 되고 만다. 집의 대출금을 갚기 위해, 그리고 당장 쓸 활동 자금을 마련하기 위해 렌야 일행이 애즈에게서 떠맡은 일이란, 귀족 학생의 콧대를 꺾어 놓는 것인데─. 꿈에 그리던 내 집(메이드 요정이 눌러사는)을 장만하고 자유분방함이 더욱 가속하는 대인기 이세계 판타지 제3권!

온실 밖의 퇴마사와 늑대인간의 이야기를 그려내는 제3권!!

재배소년 3
~퇴마사와 늑대인간의 밤~

단해, 샤야드 　지음
바다달팽이, 코멧 　일러스트
OWLOGE 　원작

시리즈 3권 출간 기념, 작가 사인본 &
사인 일러스트 카드 증정 이벤트 개최!!

◆ 초판한정 ◆
게임 코드 쿠폰 2종
양면 일러스트 카드
증정

**"걱정하지 마세요. 저는 여행자니까.
길을 서두르지 않으면 안 돼요."**

퇴마사의 밤 (단해 지음)
　퇴마사인 아마릴리스는 교황청의 명령으로 한국으로 온다.
흡혈귀 백일홍은 한국에서 사람과 공존하면서 살고 싶었다.
하지만 흡혈귀 옵스쿠르는 백일홍과 아마릴리스의 작지만 평온한 일상을 깨버리는데…….

늑대인간의 밤 (샤야드 지음)
망나니 신부라고 불리는 부겐은 기분을 풀기 위해 술집으로 향한다.
늑대인간인 비엔은 외로움을 잊기 위해 술집으로 향한다.
둘은 서로 다른 종족이라는 것을 모르는 채 하룻밤을 지새우는데…….
누구에게나 공평하게 다가오는 밤에
과연 퇴치하고, 퇴치당하는 사이인 그들에게 우정이 생길까?

슬라임 던전에서 천하를 얻고자 한다
4

사이토 　지음
시이나 유 　일러스트
한수진 　옮김

던전의 깊숙한 곳에서 태어난 것은 무엇인가?!
황금용, 폭주!

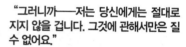

◆초판한정◆
양면 커버
증정

"그러니까——저는 당신에게는 절대로 지지 않을 겁니다. 그것에 관해서만은 질 수 없어요."

무능한 마법사 마기는 던전에서 혼자 살고 있었다.
그런데 그의 던전은 날이 갈수록 점점 북적거리게 된다.
요염한 인간형 슬라임 슬라코와
요정 시이, 소녀 스켈.
마기를 사모하는 늑대소녀 칼라와
귀족 아가씨 루크레티아,
그리고 황금용 스트로플라이!

그 무렵, 던전의 깊숙한 곳에서는
뭔가가 꿈틀거리기 시작한다.
수수께끼의 슬라임과 거대한 괴물?!
세계 멸망의 위기가 닥쳐온다?!